AF151006

Lars Sommer

Die Innere Führung

Kriminalroman

ars vivendi

Originalausgabe

Erste Auflage 2024
© 2024 by ars vivendi verlag
GmbH & Co. KG, Bauhof 1,
90556 Cadolzburg
Alle Rechte vorbehalten
www.arsvivendi.com

Umschlaggestaltung: ars vivendi
Coverfoto: © Matt Hearne/unsplash
Druck: CPI books GmbH, Leck
Gedruckt auf holzfreiem Werkdruckpapier
der Papierfabrik Arctic Paper

Printed in Germany

ISBN 978-3-7472-0627-0

Die Innere Führung

Für meinen Petter

SAMSTAG

1

Erich Kleinrädl war leicht zu übersehen, und das war ihm ganz recht.

Am Münchner Hauptbahnhof war es noch gedrängter als sonst. Am Vorabend hatte Deutschland die EM eröffnet und gegen Schottland gewonnen. Zwischen den übrigen Reisenden leuchteten die Trikots der Fußballfans weiß und rosa, die karierten Röcke der Schotten, dazwischen schwarze Inseln der Bereitschaftspolizei. Es war bereits dunkel, aber die Temperaturen machten noch keine Anstalten zu fallen. Das Werbeschild der Apotheke am Südausgang verkündete zweiunddreißig Grad. Es roch nach Bockwurst und Schweiß und Gewaltbereitschaft.

Tief sog Kleinrädl die Luft ein. Er wäre gewiss nicht so weit gegangen, die Melange an Gerüchen als erquicklich zu beschreiben. Doch das Gegröle, der Gestank waren ihm so vertraut, dass er eine Geborgenheit in der aufgeheizten Atmosphäre empfand, die einem Außenstehenden wohl schwerlich zu vermitteln gewesen wäre.

Dass auch er selbst im Grunde nichts anderes war als ein Außenstehender, störte ihn nicht. Am Fußball lag ihm nichts, noch weniger an den flüchtigen Freundschaften, die aus Rausch und Gewohnheit geboren waren. Sein Bier trank er stets alkoholfrei und allein.

Jemand rempelte ihn an, eine Flüssigkeit schlug gegen seinen Rücken, doch auch diese Unappetitlichkeit konnte ihm nichts anhaben. Das Sakko zog er aus, und das Hemd würde schnell trocknen. Wahrscheinlich war er der Einzige in der gesamten Innenstadt, der bei diesen Temperaturen mit Sakko unterwegs war.

Geduldig arbeitete er sich zum Nordausgang vor. Junge Männer mit blauen Schals und roten Gesichtern schrien verschmierte Satzfetzen in die Metallstreben des Hallendachs hinauf, Parolen, die nur die Erfahrung als Liedtexte einzuordnen vermochte.

Die Ausgelassenheit war erzwungen, die Gemeinschaft eine Illusion, der Überschwang nur einen falsch verstandenen Blick von zügelloser Aggression entfernt. Und doch fand Kleinrädl hier, was ihm im Alltag abhandengekommen war: einen bedingungslosen, verzweifelten Willen, das Leben nicht einfach geschehen zu lassen, sondern ihm eine Bedeutung abzuringen, so fadenscheinig und vergänglich sie auch sein mochte.

Er verließ den Bahnhof. Der Rausch der Masse hatte ihn mit nervöser Hand gestreift, doch kaum trat Kleinrädl auf die Arnulfstraße, drückte ihn die brutale Nüchternheit der Nachkriegsfassaden zurück in die Nichtigkeit seiner Existenz. Reflexhaft zog er sein Sakko wieder über, ein zweifelhafter Schutz gegen die Gleichgültigkeit der Welt. Die Hundertschaft, die sich in der Hirtenstraße bereithielt, beachtete ihn nicht.

Kleinrädl durchquerte den Alten Botanischen Garten. Die Polizei war mit den Fußballfans beschäftigt, das wussten die Dealer und lungerten entspannt unter Bäumen, deren Namen Kleinrädl nicht kannte. Er spürte die Blicke der Dealer zwischen seinen Schulterblättern. Sie konnten sehen, dass er unbewaffnet war. Trotzdem bestand keine Gefahr. So unscheinbar Kleinrädl wirkte, in bestimmten Kreisen hatte er doch einen gewissen Ruf. Er kannte München bei Nacht genauso gut wie bei Tage, er war zu Hause in den dunkelsten Ecken der Messestadt und erhielt Einlass in Grünwalder Villen. Es gab Tage, an denen das Leben ihm Aufgaben zutrug, deren Erfüllung genügend Konzentration erforderte, um die Melancholie in die Schranken zu weisen. An diesen Tagen ertappte er sich manchmal dabei, die Stadt als sein Eigen zu betrachten.

Heute nicht.

In der Ottostraße stieg er in die Tram und fuhr Richtung Schwabing. Vom Elisabethplatz aus waren es noch zwei Minuten bis zu seinem Ziel. Er beeilte sich nicht. Eine Brise kam auf, trieb die Hitze des vergangenen Tages aus den Straßen. Neben einem Fahrradladen stand ein Tor offen. Kleinrädl zog sich so weit in die Einfahrt zurück, bis die Straßenbeleuchtung ihn nicht mehr erreichte, er vom Dunkel des Innenhofs geschluckt wurde.

Er hatte die Position mit Bedacht gewählt, das gegenüberliegende Gebäude war gut zu erkennen. Im zweiten Stock, dem sein besonderes Interesse galt, brannte Licht. Er hätte selbst nicht zu sagen gewusst, ob es Glück oder Unglück bedeutete – aber an einem der Fenster stand das Mädchen, dessentwegen er hier war. Es trug ein helles Top und eine blaue Jogginghose und war damit beschäftigt, seine langen blonden Haare zu kämmen. Dabei wippte es rhythmisch, bewegte die Lippen dazu. Doch obwohl das Fenster offen stand, drang keine Musik zu Kleinrädl herüber.

Das Mädchen hieß Sophia Mayers und stand kurz vor seinem fünfzehnten Geburtstag. Kleinrädl wusste so viel über sie und gleichzeitig viel zu wenig. Er fragte sich, wie sie ihren

Geburtstag wohl feiern würde. Ob sie sich betrinken würde? Eine große Party veranstalten oder nur ihre engsten Freundinnen zum Essen einladen würde? Hatte sie einen Freund, mit dem sie die Nacht verbringen würde? Für den sie sich gerade vielleicht hübsch machte? Oder eine Freundin? Die Schweißflecken unter seinen Armen rührten nicht mehr von der Hitze.

Das Mädchen schloss das Fenster, zog dunkelgrüne Vorhänge zu. Für einen Augenblick befürchtete Kleinrädl, sie hätte ihn entdeckt. Rasch sah er weg.

»Was wollen Sie hier?«, blaffte ihn eine Männerstimme von der Seite an.

Erschrocken fuhr Kleinrädl herum. Tastete instinktiv nach der Waffe, die er normalerweise an der Seite trug. Vergeblich, natürlich. Hinter ihm im Hof stand ein breitschultriger Mittdreißiger in Hosenträgern, der einen zusammengeklappten Kinderwagen in Händen hielt. Der Mann musste aus einem der angrenzenden Gebäude in den Hof gelangt sein. Und zwar ohne dass Kleinrädl es mitbekommen hatte – verflucht, warum zur Hölle war er bloß hierhergekommen? »Ich warte auf einen Freund.«

»Hier?« Der Mann trat einen Schritt näher. »In meiner Einfahrt?« Er betätigte einen Lichtschalter.

Kleinrädl blinzelte. »Verzeihung. Ich dachte, er wohnt hier.« Er erfand einen Namen.

»Nie gehört«, sagte der Mann brüsk. Er verströmte die selbstbewusste Aura eines glücklichen Familienvaters, der gut genug verdiente, um sich eine Wohnung in der Münchner Innenstadt leisten zu können. »Im Übrigen bilde ich mir ein, ich hab Sie schon mal hier gesehen.«

»Das kann nicht sein«, behauptete Kleinrädl. Innerlich bebte er vor Zorn über seine Fahrlässigkeit.

»Machen Sie, dass Sie wegkommen.«

»Ja, schon gut.«

»Wenn ich Sie noch einmal hier erwische, rufe ich die Polizei.«

»Die können Sie vergessen. Die braucht eine halbe Stunde, bis sie hier ist.« Kleinrädl biss sich auf die Lippe. Hatte er wirklich gerade eine Situation eskaliert, die ihn Kopf und Kragen kosten konnte?

»Was?« Inzwischen war der Mann auf einen Schritt herangetreten. Breitbeinig stand er da, hatte den Kinderwagen erhoben, als wolle er gleich damit zuschlagen.

So gleichgültig wie möglich zuckte Kleinrädl die Schultern. »Na, mit den ganzen Fußballfans.« Er wandte sich zum Gehen. »Schönen Abend.«

2

In ihren Achseln zwickte das geliehene Kleid, an den Fersen rieben die hochhackigen Schuhe, die Modern-Talking-Gedächtnis-Band spielte mit verstimmter Gitarre, und von den Kaviartorten ging ein Geruch aus, der keinen Zweifel daran ließ, dass man das Büfett besser in den Schatten gestellt hätte.

Wenn Minden sich ausmalte, wie viel Geld in die Hand genommen worden sein musste, um eine halbe Autostunde vor München ein ganzes Schloss zu mieten, konnte sie sich über das schäbige Ergebnis nur wundern.

»Sieh an, Inka Minden.« Der große Mann in maßgeschneiderten Nadelstreifen, der mit breitem Grinsen auf sie zutrat, hatte ihr gerade noch gefehlt. »Dich hätte ich ja am wenigsten hier erwartet.«

Minden rang sich ein Lächeln ab. »Jonathan.«

Eine Sekunde lang fürchtete sie, er wolle sie umarmen, aber wenn es eine Sache gab, die man Jonathan von Holl zugutehalten konnte: Er wahrte die Distanz. Zumindest die körperliche. Mit verschränkten Armen musterte er sie von oben bis unten, als wäre sie ein Auto auf dem Parkplatz eines Gebrauchtwagenhändlers. »Fantastisch siehst du aus. Steht dir. Also die Frauenklamotten.«

Minden leerte ihren Sekt. »Ich hol mir mal noch was zu trinken.«

»Ausgezeichnete Idee.« Von Holl leerte seinen eigenen Drink und folgte ihr zur Bar. Der Pavillon war mit einer Lichterkette aus blinkenden Herzen geschmückt. »Was macht der Nachwuchs?«

»Nachwuchs?«

»Bist du nicht Erzieherin inzwischen?« Er zwinkerte ihr zu. »Verantwortlich für die Zukunft unseres Landes.«

»Jugendtherapeutin.« An der Bar ließ sie sich einen Mai Tai mixen. Eine dumme Idee, aber nicht dümmer als die Entscheidung, überhaupt hierherzukommen.

Von Holl bestellte Whiskey Sour. »Mensch, wie lange haben wir uns nicht gesehen? Drei Jahre?«

Minden spähte vergeblich nach einem vertrauten Gesicht, das sie retten könnte. »Sollte die Zeremonie nicht bald losgehen?«

»Halbe Stunde frühestens. Jugendtherapeutin also. Vom Regen in die Traufe, könnte man sagen.« Sein Lachen war zu laut.

Minden betrachtete die kandierte Kirsche, die in ihrem Cocktail schwamm. »Und du?«, fragte sie. »Dienst du noch?«

»BKA inzwischen.«

»Als Scharfschütze?«

»Ballistische Forensik.«

Das lieferte zumindest eine Erklärung, warum er sein Haar nicht mehr so kurz geschoren trug, wie sie es in Erinnerung hatte. »Wiesbaden? Fehlen dir die Berge nicht?«

Von Holl führte aus, dass er regelmäßig in München sei, Wiesbaden im Übrigen unterschätzt werde. Außerdem habe er den Nachlass einer Tante zu verwalten, die ein paar Güter in Nordhessen besessen habe.

Ein Kellner wieselte vorbei, Minden stellte ihr Glas auf seinem Tablett ab. Der Mann blieb stehen, starrte sie mit großen Augen an. »Sie sind Inka Minden!«

Schicksalsergeben nickte sie.

»Hören Sie, ich bin Ihr größter Fan. Ich klettere selbst

ein bisschen, aber was Sie machen, das ist krass. Ehrlich, Sie haben mich zum Klettern gebracht – 2016 Paris! Das Finale, ich hab so mitgefiebert, wirklich. Und dann der Ellenbogen, oder die Schulter – was war's noch mal?«

»Schulter.«

»Trotzdem noch Bronze. Sie müssen doch vollgepumpt mit Schmerzmitteln gewesen sein, verrückt, ich fass es nicht, Inka Minden ... können wir vielleicht ein Selfie?« Schon fuhr der Mann mit der freien Hand in die Hosentasche.

Ein Hüsteln von der Seite. »Was haben Sie da an den Händen?«

Der junge Mann sah verwirrt zu von Holl, der die Frage gestellt hatte. »Handschuhe ...« Er zog die leere Hand wieder nach oben.

»Sehr richtig. Und sehen Sie noch jemanden mit weißen Handschuhen hier herumlaufen?«

»Die anderen Serviceleute ...?«

»Gleich die zweite korrekte Antwort in Folge, Sie haben ja einen richtigen Lauf. Und warum tragen denn Sie und Ihre Kollegen diese schönen weißen Handschuhe?«

Minden warf von Holl einen bittenden Blick zu, aber wenn der einmal losgelegt hatte, war er schwer aufzuhalten. »Damit keine Fettflecke an die Gläser kommen«, erklärte er, »während Sie uns Getränke anreichen. Das ist nämlich Ihre Arbeit. Sie werden dafür bezahlt, uns Getränke anzureichen. Nicht dafür, unsere Gespräche zu stören. Also ...«

»Jonathan.« Minden fasste ihn am Arm. »Lass ihn doch sein Foto machen.«

Doch der Kellner haspelte bereits eine Entschuldigung und bemühte sich, Land zu gewinnen. Von Holl sah ihm hinterher und faselte etwas von gutem Geld und gutem Personal, die natürlicherweise zusammengehören sollten.

In Mindens Schädel begann der Mai Tai zu wirken. Die Juni-Hitze tat ihr Übriges. Kaviartorten hin oder her, sie brauchte was zu essen.

»Schau mal, wer da kommt.«

Widerwillig folgte sie von Holls Blick. Wer immer es war, ihr Bedarf an Small Talk war gedeckt. »Oh nein«, entfuhr es ihr.

Der Großteil der Hochzeitsgesellschaft hatte sich auf der oberen Terrasse versammelt. Von dort kam ein Mann die Stufen herunter, dessen weißer Anzug sich wie gemalt von seinem dunklen Teint abhob. Dass hinter ihm die Türmchen eines neobarocken Schlosses in der Mittagssonne leuchteten, verstärkte das Gefühl, in ein impressionistisches Gemälde geraten zu sein.

Mit ausgebreiteten Armen kam er auf sie zu. Erst einen Schritt vor ihr blieb er stehen, offensichtlich unschlüssig, welche Begrüßung angemessen war. Verlegen ließ er die Arme zu den Seiten fallen.

Und von Holl, den Minden zum ersten Mal an diesem Tag gerne neben sich gehabt hätte, fiel nichts Besseres ein, als »den beiden Turteltäubchen alles Gute« zu wünschen und sich Richtung Bar zu verabschieden.

»Hi, Inka«, sagte Hossam. »Ich hätte nicht gedacht, dass du kommst.«

»Ich hab doch zugesagt.«

»Trotzdem.«

Sie schwiegen.

»Schöner Ort«, sagte Minden.

»Clarissa hat ihn ausgesucht.« Hossam betrachtete seine glänzend schwarzen Schuhe.

Noch nie hatte Minden seine marokkanischen Locken in derart akkurater Ordnung gesehen. Als er den Blick hob, wandte sie ihren ab und beobachtete zwei kleine Mädchen in rosa Kleidern, die einen Beagle über die Wiese jagten.

»Geht es dir gut?«, fragte er.

Sie nickte. Hinter den Schläfen pochte der Mai Tai. »Ich freu mich für euch.«

Er räusperte sich. »Du, Inka ... Du weißt, wie viel du mir bedeutest ...«

»Bitte, Hossam, nicht wieder. Nicht heute.«

»Aber du hast Schluss gemacht. Ich hätte alles für dich getan ...«

Sie musste weg. Weg von diesem Gespräch, weg von dieser Feier. Stattdessen sagte sie: »Warum hast du mich eingeladen?« Ihre Stimme war fest, war hart geworden auf dem Weg durch die verkrampfte Halsmuskulatur.

Keine Antwort.

Sie fand die Kraft, ihm in die Augen zu sehen. »Warum, Hossam?«

»Weil ich dich nicht verlieren will.« Es war nur ein Wispern. »Weil ich will, dass du ein Teil meines Lebens bleibst.«

Mit jedem Wort nahm der Druck in Mindens Kiefern zu. Der Grund für Hossams Einladung glich ihrem Grund, diese Einladung anzunehmen.

»Schatz!«, schrillte eine Frauenstimme über den Platz. »Die Fotografin wartet!« In einem goldenen Paillettenkleid rauschte Clarissa Werker heran – Münchens schillerndste Schönheitschirurgin, Meisterin der Selbstinszenierung, Hossams Braut.

Als sie Mindens gewahr wurde, rutschte die aufgekratzte Heiterkeit aus ihren Gesichtszügen. Es dauerte nur einen Moment, dann hatte sie sich wieder gefangen und warf mit großer Geste ihre Arme um Minden. »Inka, meine Liebe, wie schön, dass du da bist.«

Minden unterdrückte den Drang, sich vorzeitig aus der Umarmung zu befreien. »Danke für die Einladung.«

»Natürlich! Hossam hat darauf bestanden, er ist wirklich eine treue Seele. Der Beste. Aber das brauche ich dir ja nicht zu erzählen. Komm, Schatz«, sie packte ihn am Handgelenk, »lass uns die Fotos hinter uns bringen.« Schon stürmte sie wieder davon, ihren Bräutigam hinter sich herzerrend.

Wie einen Gefangenen, schoss es Minden durch den Kopf. Sie schämte sich für ihre Missgunst. Der Schmerz in ihren Kiefern pulsierte dumpf. Die Band spielte *Bella ciao*. Vor ein paar Monaten hatte die Zahnärztin ihr eine Knirschschiene verschrieben. Minden hatte sie nie abgeholt. Erst ein Wasser, beschloss sie, dann einen Mai Tai.

3

Es wurde nicht besser. Der Trauredner hatte von Schicksal und Seelengleichklang schwadroniert, die Blasen an Mindens Fersen hatten sich geöffnet, die Band spielte Helene Fischer, und an der Bar gab es kein Eis mehr.

Von Holl hatte sie nicht weiter behelligt, aber das war auch schon die einzige Gnade, die der Tag ihr zu bereiten gewillt schien. Zu jeder Stunde, die verstrich, hatte sie erneut entschieden, das Anwesen zu verlassen, nur um sich stattdessen jedes Mal einen weiteren Drink zu bestellen. Mit Anbruch der Nacht begannen die Lampions in der Platane zu leuchten. Man hatte Minden zwischen zwei Mitgliedern ihres alten Zugs positioniert, und die beiden hatten sich in einer Diskussion darüber verloren, weswegen der Krieg gegen den Terror, den George W. Bush nach 9/11 in Afghanistan begonnen hatte, gescheitert war. Der eine sah den Grund in den komplexen Stammesstrukturen vor Ort, der andere in der Diskreditierung des Unterfangens durch die wenig später erfolgte Irak-Invasion, in der wirtschaftliche und politische Interessen schamlos vermischt worden waren.

Minden empfand das Thema nicht als geeignet, sie von ihrer schlechten Laune zu befreien. Die Männer versuchten ihr Bestes, sie einzubeziehen, aber als Sportsoldatin war sie nie im Einsatz gewesen. Und Kameradschaft entstand nicht im Manöver, das hatte sie früh genug gelernt. Einer der Gründe, weshalb sie damals den Dienst quittiert hatte.

Sobald Hossam das Festmahl für beendet erklärt hatte und die Gesellschaft Richtung Tanzfläche lotste, entschuldigte sich Minden bei ihren Sitznachbarn und machte sich auf die Suche nach einer Zigarette. Hinter einem der Cateringzelte entdeckte sie Bastian, Clarissas Bruder, der gerade damit beschäftigt war, die Hochzeitstorte zu inspizieren. Der Anzug stand ihm. Von seinen zahllosen Tätowierungen war nur noch ein Teil der Dornenhecke am Hals zu sehen.

»Hey, Basti, hast du ne Kippe?«

»Leider nicht.« Er lud die Konditorin ein, sich am Büfett zu bedienen, dann wandte er sich Minden zu. »Ich rauch nicht mehr. Hast du nicht auch aufgehört?«

Minden zuckte die Schultern. Und weil Bastian sie ansah, als läge ihm etwas auf dem Herzen, fragte sie: »Ist was?«

»Also, ich gönne meiner Schwester ihr Glück, wirklich. Aber wenn ich ehrlich bin – du und Hossam, ihr habt schon besser zusammengepasst.« Er zögerte. »Keine Ahnung, ob das jetzt hilft ...«

»Schon gut. Kümmer dich mal um die Torte.«

Immerhin war an der Bar neues Eis eingetroffen. Der Park, der das gemietete Schloss umgab, war riesig. Ihre Schuhe in der einen Hand, ihren Drink in der anderen, ging Minden barfuß in den unbeleuchteten Bereich. Die Wiese fühlte sich angenehm kühl an. Es war schwerer als gedacht, auf dem dunklen, unebenen Boden das Gleichgewicht zu halten. Wann war sie das letzte Mal so betrunken gewesen? 2010 musste das gewesen sein, als sie sich für ihre ersten Deutschen Meisterschaften qualifiziert hatte. Ein Luftzug rieselte durch die Baumwipfel, Minden fröstelte. Vierzehn Jahre lag das jetzt schon zurück. Unwillkürlich musste sie grinsen. Wie der Trainer sie am nächsten Morgen entdeckt hatte, völlig zerstört, zusammengerollt auf dem gefliesten Boden der Jungsumkleide, mehr bewusstlos als schlafend. Vor dem versammelten Team hatte er sie dermaßen runtergeputzt, dass sie Rotz und Wasser geheult hatte.

Vor ihr ragte die Silhouette eines Springbrunnens aus dem Dunkel. Über einer der umliegenden Bänke tanzte ein Glühwürmchen. Nein, kein Glühwürmchen, eine Zigarette. Sie trat einen hoffnungsfrohen Schritt näher und erkannte den Kellner, der sie vorhin angesprochen hatte.

»Darf ich mal ziehen?«

»Frau Minden, ja, natürlich, bitte, setzen Sie sich.« Er rückte hastig zur Seite.

Sie setzte sich zu ihm, nahm die dargebotene Zigarette und zog fest genug daran, dass der Tabak bis ins letzte Lungenbläschen drang. Sie hatte nie viel geraucht. Als Kaderathletin war das von vornherein ausgeschlossen gewesen. Während ihres späteren Studiums dann hier und da auf einer Party, das war es auch schon. Zur Eröffnung ihrer Praxis hatte sie wieder aufgehört.

Der Junge neben ihr sagte etwas. Sie hörte nicht zu, aber es klang nicht unangenehm. Sie legte den Kopf in den Nacken und blies den Rauch den Sternen entgegen. Die Venus leuchtete. Eigentlich war es nicht Mindens Angewohnheit, lange Trübsal zu blasen. Es war die richtige Entscheidung gewesen, sich von Hossam zu trennen. Sie zweifelte daran, dass er mit Clarissa glücklich werden würde, aber das mussten die beiden für sich herausfinden. Der Drink – ein Fog Cutter diesmal – glitt warm ihre Kehle hinunter. Sie nahm einen weiteren Zug von der Zigarette.

»Frau Minden?«

»Inka reicht.«

Er sah sie nur an, offenbar erwartete er eine Antwort auf irgendwas.

Minden sog ein letztes Mal an der Zigarette und drückte den Stummel auf der steinernen Bank aus. »Wollen wir knutschen?«

»Wie bitte?«

»Du hast mich schon verstanden.«

»Sie sind betrunken.«

»Ich dachte, wir duzen uns.«

»Sorry, ja, na ja, ich muss dann weiterarbeiten.«

»Ist es mein Kreuz?«

»Was?«

»Mein Kreuz ist zu breit. Du kannst es ruhig zugeben.« Die Worte formten sich zäh, klebten zusammen wie Agavendicksaft. Sie musste aufstoßen.

»Ich muss jetzt wirklich zurück.«

»Wie auch immer. Hast du noch eine Kippe für mich?«

Fahrig nestelte der Junge eine Zigarettenschachtel aus seiner Hosentasche und reichte sie ihr. Sie bediente sich. Nachdem er ihr Feuer gegeben hatte, murmelte er einen Abschiedsgruß und machte sich davon, zurück in den Lichtkegel des strahlend hellen Schlosses.

Minden rauchte und sah die Sterne an.

Die Welt war ein Wunder, das musste man glauben, alles andere führte zu nichts.

Irgendwann war der Fog Cutter getrunken, die Blase drückte. Mühselig stemmte Minden sich auf. Die Bäume drehten sich. Nach einigen bangen Sekunden hatte sie das Stehen im Griff.

Die Lampions in der Platane wiesen ihr den Weg. Schritt für Schritt kämpfte sie sich den Hang hinauf. Die Terrassen lagen gespenstisch leer. In den Cateringzelten wurde aufgeräumt. War die Show schon vorbei? Na gut, ihr sollte es recht sein. Während sie zum Parkplatz taumelte, kramte sie ihr Handy aus der Handtasche und suchte eine Taxi-Nummer. Die Tasten waren kleiner als sonst.

Das Tippen beanspruchte sie so sehr, dass sie beinahe

über ein winziges Mädchen gestolpert wäre, das quer auf dem Kiesweg lag und offensichtlich schlief. Als Kopfkissen diente ihm ein Teller mit den Resten eines Tortenstücks. Vorsichtig stieg Minden über das Mädchen. Sie fragte sich, ob es vergessen worden war, da hörte sie Jubel vom Parkplatz aus. Als sie aufsah, entdeckte sie dort die versammelte Hochzeitsgesellschaft. Eine Frau in mintgrünem Kleid tanzte mit dem Brautstrauß im Kreis und ließ sich beklatschen.

Eine übertrieben lange Limousine fuhr vor. Bastian stieg aus und öffnete mit großem Ernst eine der Hintertüren. Hossam hatte seine Braut auf die Arme genommen und trug sie der Limousine entgegen, gesäumt von einem ausgelassen lärmenden Spalier an Gästen.

Eine sanfte Stille breitete sich in Minden aus. Es war gut, dass es endlich vorbei war. Erst jetzt bemerkte sie, wie sehr die letzten Monate an ihr gezehrt hatten. Sie wäre mit ihm nicht glücklich geworden, er mit ihr auch nicht. Es war das Beste, neue Wege zu gehen, wenn die alten nicht weiterführten. Das Beste für alle.

Nachdem das Brautpaar in der Limousine verschwunden war, schlug Bastian die Tür zu.

Die Limousine verwandelte sich in gleißend helles Licht.

Eine Feuersäule stieg hoch.

Die Hochzeitsgäste wurden von der Druckwelle umgeworfen.

Donner und Hitze erreichten Minden.

Wie ein plötzlicher Regenschauer prasselte Glas.

Auf dem Parkplatz heulten die Alarmanlagen los.

4

Von Holl hat sich zu Boden geworfen. Eine Sekunde später steht er wieder. In Deckung zu bleiben wäre fahrlässig gegenüber den Zivilisten. Er sondiert die Lage. Hauptmann und Zugoffizier sind ausgefallen. Von den Feldwebeln ist keiner vor Ort. Es liegt an ihm.

Im Handbuch heißt es, nach der Sprengfalle kommen die Mörser. Die Erfahrung sagt, alles ist möglich.

»Ins Haus!«, brüllt er. Seine Jungs wissen, dass er die Zivilisten meint.

Bei der Restarmee sieht es anders aus. Neben ihm starrt eins ihrer Mitglieder ins Feuer. Von Holl packt den Mann am Ärmel und herrscht ihn an, die Leute ins Schloss zu treiben. Er selbst rennt auf den Parkplatz. Er exponiert sich. Er ist unbewaffnet. Aber er muss wissen, wo der Feind steht. Keine Regung zwischen den Fahrzeugen. Ein Blick zum Wrack – der Medic geht bereits bei Basti in die Hocke. Seinen eigenen Leuten muss von Holl keine Befehle geben. Während er sich neben der Kühlerhaube eines Kombis auf ein Knie fallen lässt, erfasst er die Baumlinie. Auch hier keine Regung. Er blickt in den Nachthimmel. Keine Drohnen – zumindest keine, die er auf die Schnelle erkennen kann. Er unterdrückt den Drang, sich nach seinem Fernmeldespezialisten umzusehen. Der Mann ist nicht unter den Gästen, und selbst wenn, hätte er sein Gerät nicht dabei.

Die Taliban hätten bereits das Feuer eröffnet. Aber wie sollten die Taliban in diesen beschaulichen Münchner Vorort gelangt sein? Wer dann? Von Holl blickt erneut zum Wrack. Flammen züngeln aus den geborstenen Fenstern.

Die Gegebenheiten lassen keine Sprengfalle zu, der Sprengsatz muss am Wagen platziert worden sein. Kein Hinterhalt – ein Attentat. Von Holl beobachtet, wie seine Jungs die Zivilisten ins Schloss drängen. Von den Gästen, die von der Druckwelle erfasst wurden, liegen immer noch einige auf dem Asphalt. Unter ihnen ein kleines Mädchen im rosa Kleid. Von Holl wendet sich wieder der Baumlinie zu. Die Triage muss er dem Medic überlassen. Er starrt mit einer Konzentration in die Finsternis jenseits des Parkplatzes, als könnte schiere Willenskraft den Feind ans Licht befördern.

Nichts.

Ein Attentat. Kein Hinterhalt. Trotzdem schickt er drei Halbtrupps los, das Gelände zu sichern. »Wer hat sein Auto hier?«, ruft er seinen Leuten zu. Vier Hände gehen hoch. Er befiehlt ihnen, Verbandskästen zu holen. Den Rest weist er an, dem Medic mit den Verletzten zu helfen. Dann eilt er ins Foyer des Schlosses, sieht nach den übrigen Gästen. Der Schrecken in ihren Augen lodert wie das Feuer, dem sie entronnen sind. Stumm starren sie ihn an. Alle stehen, also sind sie körperlich unversehrt, und das ist von Holl genug. Sie vor der seelischen Wunde zu schützen liegt weder in seiner Verantwortung noch in seiner Macht.

Unter den Zivilisten entdeckt er Minden, ein Mädchen im rosa Kleid auf dem Arm. Hat er das Mädchen nicht draußen liegen sehen? Dann fällt es ihm ein: Zwillingsschwestern. Zu wem sie gehören, hat er vergessen.

Minden hat ihr Mobiltelefon in der freien Hand. »Die Rettung ist unterwegs.«

»Hältst du hier die Stellung?«

Minden nickt.

Von Holl rennt wieder nach draußen. Lässt sich vom Medic die Lage schildern. Mehrere Leichtverletzte, hauptsächlich Verbrennungen ersten Grades. Selbst Basti ist stabil. Die Explosion scheint glimpflich verlaufen zu sein. Außer für das Brautpaar natürlich. Von Holl vermeidet den Blick zum Wrack. Der erste seiner Trupps ist zurück und erstattet Bericht. Keine Auffälligkeiten.

Von Holl gibt Anweisungen, holt Meldungen ein, wischt sich Blut aus den Augen. Woher es kommt, weiß er nicht, aber der Medic hat ihn nicht darauf aufmerksam gemacht, also kann es nicht schlimm sein.

Als zwischen den Bäumen das erste Blaulicht flackert, rennen einige Zivilisten aus dem Foyer auf die Terrasse. Von Holl unternimmt nichts dagegen. Ein Attentat, kein Hinterhalt. Er hat bereits dafür gesorgt, dass alle Autos ausreichend umgeparkt wurden, um den Rettungskräften Platz zum Rangieren zu lassen.

Überraschenderweise ist der Löschzug der Feuerwehr vor der Polizei da. Von Holl läuft dem Einsatzleitwagen entgegen und unterrichtet die Zugführerin. Noch während er spricht, gibt sie ihre eigenen Anweisungen.

Es dauert eine Weile, bis er versteht, dass er nicht mehr gebraucht wird. Unschlüssig steht er im blau flackernden Licht, während Einsatzfahrzeug um Einsatzfahrzeug auf den Parkplatz schießt. München scheint alles geschickt zu haben, bei dem der Motor angesprungen ist. Eine mobile Leitstelle wird per Tieflader geliefert, zwei Rettungsbusse kommen nicht durch und müssen aus der Zufahrt zurücksetzen.

Eine Ärztin spricht von Holl an. Er versteht nicht, was sie will, sie muss die Frage wiederholen. Ob er irgendetwas brauche? Er schüttelt den Kopf. Sie reicht ihm trotzdem eine knisternde Rettungsdecke. Mechanisch nimmt er sie an. Die Ärztin will seine Stirn untersuchen, aus der es immer noch blutet. Er unterdrückt den Reflex, sie darauf hinzuweisen, dass es bloß eine Platzwunde ist. Die Ärztin macht nur ihre Arbeit. Sicher ist sie gut ausgebildet, aber sie ist Zivilistin. Sie würde die falschen Schlüsse ziehen, wenn er sich querstellte.

Sie nimmt ihn an der Hand und führt ihn wie ein Kind zum nächsten Rettungswagen. Er lässt es geschehen. Sie gibt ihm einen Kaffee im Pappbecher und klebt seine Wunde. Seine Liege wird gebraucht, er gibt sie frei und setzt sich auf den Tritt am Heck. Ein paar Meter entfernt entdeckt er seinen von der zivilen Rettung zum Nichtstun verdammten Medic, der ebenfalls einen Pappbecher in der Hand hält.

Er winkt ihn zu sich und fragt ihn nach Werker. »Stabil«, wiederholt der Medic seine vorige Beurteilung.

»Immerhin«, murmelt von Holl.

»Ja.«

»Das Mädchen?«

»Rika? Mit dem Schrecken davongekommen.«

»Gut.«

Schweigend sitzen sie da und trinken ihren Kaffee. Irgendwann steht der Medic auf. »Ich geh mal telefonieren.«

Von Holl nickt und trinkt seinen Kaffee alleine weiter. Erst jetzt merkt er, welche entkoffeinierte Plörre man ihm da in den Becher gefüllt hat. Aber er ist den Leuten nicht böse. Sie bemühen sich. Er schüttet den Rest des Kaffees unauffällig unter den Tritt, auf dem er sitzt.

Ein Mann im Anzug kommt auf ihn zu. Er trägt ein Sakko, das schon bessere Tage gesehen hat. Auch der Mann hat schon bessere Tage gesehen.

»Herr von Holl?« Er hat die Augen eines Trinkers.

Von Holl nickt.

»Erich Kleinrädl.« Der Mann streckt ihm die Hand entgegen. »Ich leite die Ermittlungen.«

SONNTAG

5

Minden saß im Wartezimmer des Kriminalfachdezernats 1 in München auf einem grauen Schalensitz aus Plastik und beobachtete die Wanduhr, die ihr gegenüber neben einem Flyerständer hing. Der Minutenzeiger sprang auf die Zwölf. Drei Uhr nachts. Vor einer halben Stunde hatte das Adrenalin nachgelassen, seitdem spürte sie den Alkohol wieder. Die bohrenden Kopfschmerzen kündeten einen phänomenalen Kater an. Ihr Magen rumorte. Sie hielt sich an ihrem Automatenkaffee fest, ohne zu trinken. Ein einziger weiterer Schluck, und sie würde sich übergeben müssen. Sie schielte den Gang hinunter, der zu den Toiletten führte. Prophylaktisches Erbrechen? Der Gedanke war verlockend. Irgendetwas hielt sie zurück. Stolz? Trotz? Ein Klicken, als der Minutenzeiger seine Runde fortsetzte.

Eine Tür öffnete sich, und eine blutjunge Beamtin bat Minden, ihr zu folgen. Die Beamtin führte sie in ein kleines Büro, in dem ein älterer unrasierter Mann in zerknittertem Sakko saß. Sie hatte ihn schon am Tatort gesehen, allerdings nur von Weitem. Von Nahem sah er so müde aus, wie Minden sich fühlte. Der Mann erhob sich und stellte sich als Hauptkommissar Kleinrädl vor, seine Kollegin als Kommissarin Schlanghain. Minden verspürte den plötzlichen Drang, sich die Zähne zu putzen.

»Ich hoffe«, begann Kleinrädl, »es ist in Ordnung, wenn wir unser Gespräch aufzeichnen?« Als Minden keinen Einspruch erhob, nickte er Schlanghain zu. Diese hatte bereits das Aufnahmegerät aus einem Metallschrank geholt, legte es auf den Tisch und schaltete es ein.

Kleinrädl nahm Mindens Personalausweis zur Hand, den sie schon vorher hatte abgeben müssen. Er drehte den Bildschirm zur Seite, der zwischen ihnen auf dem Tisch stand und den Blick versperrt hatte. »Sie sind Inka Minden?«

Sie nickte.

Kleinrädl deutete entschuldigend auf das Aufnahmegerät.

»Ja, bin ich.«

»Geboren am 12. Oktober 1988?«

»Ja.«

Nachdem Minden außerdem Adresse und Familienstand bestätigt hatte, reichte Kleinrädl ihr den Personalausweis zurück. Schlanghain hatte sich auf seine Seite des Schreibtischs gesetzt und tippte etwas in den Computer.

»Sie waren am gestrigen Abend Teil der Gesellschaft, die sich in Schloss Walfurt versammelt hatte, um die Hochzeit des Ehepaars Said zu feiern. Ist das korrekt?«

Minden nickte erst, dann erinnerte sie sich an das Aufnahmegerät. »Ja.«

»Können Sie uns einen Überblick geben, wie der Abend aus Ihrer Sicht verlaufen ist?«

Sie beschränkte ihre Ausführungen auf das Nötigste. Über zweihundert Menschen hatten die Explosion gesehen, und sie wusste nicht, was genau ihre Aussage zur Lösung des Falls beitragen sollte. Sie wollte sich nicht damit auseinandersetzen, was geschehen war. Und vor allem wollte sie diese wenigen kostbaren Stunden, die sie noch hatte, bis die Erkenntnis und mit ihr der Schmerz kommen würden, nicht auf einer elenden Polizeiwache verbringen.

Als sie geendet hatte, lehnte sich Kleinrädl in seinem verschlissenen Bürostuhl zurück. Die Lehne knackte bedrohlich. Er wartete, bis Schlanghain aufgehört hatte zu tippen, dann fragte er: »Irgendwelche Auffälligkeiten vor der Explosion?«

Minden schüttelte den Kopf. Ihr Schädel glühte.

»Wissen Sie vielleicht, ob eines der Opfer in der Vergangenheit in Konflikte verwickelt war?«

»Was denn für Konflikte?«

»Was immer Ihnen einfällt.«

»Nichts, was einen Mord rechtfertigen würde.«

»Haben Sie die Beziehung zwischen Herrn und Frau Said als belastet wahrgenommen?«

»Wieso?«

»Einige Zeugen haben erwähnt, dass das Brautpaar etwas angespannt gewirkt habe.«

»Welches Brautpaar ist nicht angespannt während der eigenen Hochzeit?«

Kleinrädl warf einen Blick auf Schlanghains Bildschirm. »Sie waren bei der Bundeswehr, Frau Minden?«

»Was tut das denn zur Sache?«

»Dort haben Sie Herrn Said kennengelernt, richtig?«

»Kann ich vielleicht eine Aspirin haben?«

Kleinrädl nickte Schlanghain zu, woraufhin diese den Raum verließ.

»In welchem Verhältnis standen Sie zu Herrn Said?«

Minden seufzte. »Wir waren mal eine Weile zusammen.«

»Bis wann?«

»Letzten Dezember.«

»Trotzdem waren Sie zur Hochzeit eingeladen …«

Da es sich nicht direkt um eine Frage handelte, verzichtete Minden auf eine Antwort.

»Das heißt, Sie haben nach der Trennung ein freundschaftliches Verhältnis gepflegt?«

»Ja.«

»Wie würden Sie Ihr Verhältnis zu Clarissa Said, geborene Werker, beschreiben?«

»Ich kannte sie nicht gut, hab sie nur ein paarmal gesehen, über Basti.«

»Bastian Werker, Clarissas Bruder, richtig? Sie haben gegenüber Clarissa nie Eifersucht verspürt?«

Minden wunderte sich, was die persönlichen Fragen sollten. Offenbar zog Hauptkommissar Kleinrädl tatsächlich in Erwägung, dass *sie* hinter dem Anschlag steckte.

»Alles in Ordnung, Frau Minden?«

Die absurde Situation hatte sie auflachen lassen, doch Kleinrädls besorgter Ton brachte sie rasch in den Ernst der Lage zurück. Sie nickte matt.

Der Kommissar schien mit der Reaktion nicht zufrieden. Glücklicherweise öffnete sich im selben Moment die Tür. Schlanghain trat ein, hatte zusätzlich zur Schmerztablette einen Becher Wasser dabei. Dankbar nahm Minden beides entgegen.

Kleinrädl schien die pikanten Fragen fürs Erste sein lassen zu wollen. »Sie haben Herrn Werker genauso wie Herrn Said bei der Bundeswehr kennengelernt?«

»Ja.«

»Aber Sie selbst waren nie beim KSK?«

»Nein, Sportsoldatin, bei den Gebirgsjägern. Dort war Basti eine Zeit lang Zugführer. Bevor er zum KSK ist.«

»Und Said?«

»Den habe ich erst beim KSK kennengelernt.«

»Aber Sie sagten doch, Sie seien nie beim KSK gewesen.«

»Stimmt.«

»Ihre Einheit wurde gemeinsam mit dem KSK ausgebildet?«

»Nein, ich habe ein paar Fortbildungen geleitet.«

»Fürs KSK?« Der Unglaube in Kleinrädls Stimme war nicht zu überhören.

Früher hatte Minden es persönlich genommen, dass man ihr nicht zutraute, der Eliteeinheit der Bundeswehr gewachsen zu sein. Inzwischen sah sie es als Bestätigung für ihre Entscheidung, dem Militär den Rücken zu kehren.

»Was haben Sie denn unterrichtet?«

»Liegestütze.«

Kleinrädl runzelte die Stirn, aber so erschöpft er auch sein mochte, er bemerkte doch die Ironie. »Frau Minden?«

»Ich war Heeresbergführerin. Mit dem KSK habe ich das Überleben im Gebirge geübt.«

»Würden Sie sagen, dass eine derartige Extremsituation Menschen enger aneinanderbindet, als es sonst möglich wäre?«

Hinter Mindens Schläfen pochte es. »Herr Kleinrädl, ich habe Hossam und Clarissa nicht umgebracht. Da Sie mir noch keinen Anwalt angeboten haben, vermute ich, dass Sie mich bisher nur als Zeugin vernehmen. Es ist halb vier vorbei, und ich würde gern in mein Bett. Kann ich Ihnen noch irgendeine Frage beantworten, die tatsächlich mit dem Fall zu tun hat? Sonst würde ich mich jetzt verabschieden, wenn's genehm ist.«

Kleinrädl rieb sich den Nasenrücken. »Ja, Sie haben natürlich recht, es ist spät.« Er erhob sich. »Wenn Ihnen noch jemand einfällt, der dem Brautpaar missgünstig gestimmt gewesen sein könnte, geben Sie bitte Bescheid.«

Auch Minden war aufgestanden. »Oder Basti.«

»Bitte?«

»Es war klar, dass Basti die Limousine fahren würde. Der Anschlag kann genauso gut ihm gegolten haben.«

»Auch das ist möglich.« Die ausdruckslose Miene des Kommissars gab nicht preis, ob er die Möglichkeit selbstverständlich in Betracht gezogen oder völlig übersehen hatte. »Danke für Ihre Zeit. Meine Kollegin bringt Sie nach draußen.«

6

Prokofjew, *Romeo und Julia*. Als von Holl 2020 nach Wiesbaden gezogen war, hatte er den Steinway nicht mitgenommen. Eine Entscheidung, die ihm nun zugutekam. Er brauchte kein Blatt. Er hatte den Blick auf den Ammersee gerichtet, seine Finger folgten den Befehlen des Meisters. Im Hause Capulet wurde zum Tanz aufgespielt, und tanzen würden die Gäste, der Hausherr wollte es so. Der Hass hatte längst alle Freude zerrieben, die je in des Hausherrn Herzen gewohnt haben mochte. Der Hass war überall. Er hing in den Ecken der stuckbesetzten Decke, dünstete aus den schweren, samtenen Vorhängen, knirschte im Parkett. Legte sich schwer wie ein Henkersknoten um die Hälse der Gäste. Doch so, wie die Gäste nicht gewagt hatten, die Einladung des Grafen abzulehnen, so wagten sie auch jetzt nicht, sich der Farce zu entziehen. Sie tanzten. Tanzten, bis die Masken drückten und die Zehen bluteten. Tanzten und lachten dabei, in dem verzweifelten Bestreben, dem bösen Blick zu entkommen, mit dem der Graf all jene bedachte, die sich seiner Gnade zu sicher wähnten.

Und von Holl war vom Grafen, war vom Teufel persönlich erwählt, mit seinem Spiel die Posse am Laufen zu halten. Von Holl spielte, als ob es kein Morgen gäbe.

Doch es war Mitte Juni, der Morgen kam bald. Auf der anderen Seite des Sees blutete die Sonne bereits zwischen den Bäumen hindurch. Alles war Welt. Man konnte ihr nicht entkommen, selbst im Ballsaal der Capulets spürte sie einen auf. Man konnte nichts anderes tun, als sich ihr zu stellen und das Beste zu hoffen. Von Holl wischte sich das

Haar aus der schweißnassen Stirn und ging in die Küche, um ein Glas Wasser zu trinken. Auf Knopfdruck spuckte der Kühlschrank ihm Eiswürfel aus. Die einzige Annehmlichkeit, auf die er nie verzichten würde.

Nachdem er sich entkleidet hatte, ging er nackt nach draußen und zum See. Er schwamm so lange, bis das Wasser sich rosa färbte. Der Kleber, der seine Platzwunde zusammengehalten hatte, hatte sich gelöst. Auf dem Weg zurück ins Haus winkte sein Nachbar ihm zu, ein dicker Mann, der sein Vermögen mit Schrauben gemacht hatte. Von Holl hatte sich nie länger mit ihm befasst.

Als er sich hergerichtet und angekleidet hatte, fuhr er in die Stadt. Man hatte Bastian nach Großhadern in die Uniklinik gebracht. Von Holl war zwei Stunden früher da, als die Besuchszeiten es erlaubten. Er nutzte die Zeit, um seine eigene Wunde ein zweites Mal schließen zu lassen. Danach vertrat er sich die Beine und fand einen Buchladen, der *Lustige Taschenbücher* führte. Von Holl kaufte vier und machte sich auf den Rückweg zum Krankenhaus. Zwei der Bücher hatte er bereits durchgeblättert, als die Rezeptionistin auf ihre Theke klopfte und verkündete, die Morgenvisite sei abgeschlossen und die Station für Besuche freigegeben. Mit dem Telefonhörer in der Hand fragte sie, wen er denn besuchen wolle.

Als er den Namen sagte, zögerte sie, wies ihn an zu warten. Sie rief einen weiteren Pfleger zu sich, besprach sich leise mit ihm. Dann verschwand er wieder, sie selbst bat von Holl um etwas Geduld.

Nach einer Minute kam der Pfleger zurück und schüttelte den Kopf.

Die Rezeptionistin machte ein mitfühlendes Gesicht. »Sie können ihn leider nicht sehen.«

»Wie bitte? Der Medic meinte, er ist stabil ...«

»Keine Sorge, Ihrem Freund geht es gut. Polizeiliche Anweisung. Irgendeine potenziell erhöhte Gefahr oder so was.«

»Erhöhtes Gefährdungspotenzial?« Von Holl schnaubte spöttisch. »Welcher Raum?«

»Wie gesagt, Sie können jetzt nicht ...« Sie verstummte, als von Holl ihr seinen BKA-Ausweis hinhielt.

»Welcher Raum?«

»2.11. Dritter Stock«, murmelte sie. »Der Fahrstuhl ist links.«

Von Holl nahm die Treppe. Vom Treppenhaus aus gelangte er auf einen Gang, in dem es stärker als nötig nach Desinfektionsmitteln roch, und sah bereits die beiden Männer vom Vollzugsdienst, die vor einer der Türen standen und gelangweilt in ihre Handys starrten. Als er ihnen entgegenkam, blickten sie auf.

»Ich will zu Werker«, sagte von Holl, und weil er keine Lust auf Diskussionen hatte, hielt er ihnen direkt seinen Ausweis entgegen.

Die ältere der beiden Wachen verzog das Gesicht. »BKA? Das ging schnell. Gestern hieß es noch, München ist zuständig.«

»Nicht Ihr Bier, würde ich behaupten.« Ohne die Beamten weiter zu beachten, öffnete von Holl die Tür. Ein Einzelzimmer, natürlicherweise. Instinktiv hatte er einen Maschinenwald erwartet, stattdessen fand er neben dem Bett nur ein einsames, leise piepsendes EKG.

Bastians Gesicht war bandagiert, außerdem sein rechter Arm; im linken steckte ein Zugang. Aber er war bei Bewusstsein und drehte den Kopf. »Hey, Jojo, hoher Besuch.« Er versuchte ein Lächeln, ließ es aber gleich wieder bleiben.

Von Holl zeigte auf die Verbände. »Tut weh?«

»Woher soll ich das wissen? Die jagen mir so viele Schmerzmittel ins System, wahrscheinlich würde ich es nicht mal merken, wenn mir das Hirn aus dem Schädel läuft.«

Von Holl trat ans Bett, legte sachte die Hand auf Bastians verbundenen Arm. »Es tut mir wirklich leid.«

»Hätte viel schlimmer ausgehen können. Hab Glück gehabt.«

»Ich meinte Clarissa. Hossam.«

»Ja.« Zwischen den Mullbinden sahen Bastians Augen merkwürdig klein aus. »Das ist eine ziemliche Scheiße. Arschlöcher. Hat die Polizei schon eine Spur?«

»Keine Ahnung. Der leitende Ermittler hat auf jeden Fall ein Alkoholproblem.« Er reichte Bastian die Tüte mit den *Lustigen Taschenbüchern.* »Ich hoffe, es übersteigt dein Niveau nicht. Ich habe vorhin reingelesen – ist mehr Text als erwartet.«

»Wichser.« Aber hinter der Bandage verzogen sich Bastians Lippen zum Ansatz eines Grinsens. »Gut, dass du da bist.« Er gab die Comics von Holl zurück.

»Für dich immer.«

»Weiß ich.«

Bastian war von Holls Ausbilder bei den Gebirgsjägern gewesen, 2010 schon. Fünf Jahre später war von Holl ihm zum KSK gefolgt. Viele Kameraden taten sich schwer mit Bastians schnoddriger Art, die auch in ernstesten Situationen nicht totzukriegen war. Seit ein paar Jahren gab es sogar neue Leitlinien zur mentalen Gesundheit, aber von Holl hielt wenig von der Psychologisierung der Truppe. Entweder man war Soldat, oder man war Achtsamkeitscoach. Wer im Kampf zu lange Nabelschau betrieb, wäre besser zu Hause geblieben. Dass Bastian keine Lust hatte, seinen Schmerz an die große Glocke zu hängen, schätzte von Holl sehr.

Während er die Comics auf die Fensterbank legte, fragte ihn Bastian: »Kannst du dich um Ruby und Diamond kümmern?«

Vom Gang drang ein Wortwechsel herüber, der innerhalb weniger Sätze hitzig wurde. Von Holl hatte sich kaum im toten Winkel neben der Tür positioniert, als diese aufgerissen wurde. Kleinrädl stürmte herein. Als er nur Werker im Bett liegen sah, stutzte er, blickte sich um.

»Herr Hauptkommissar«, begrüßte ihn von Holl und breitete die Hände, die er ursprünglich in Verteidigungshaltung erhoben hatte, einladend aus. »So früh schon aktiv?«

»Was fällt Ihnen ein?«, fuhr Kleinrädl ihn an. »Für wen halten Sie sich?«

»Immer mit der ...«

»Sie stören die polizeiliche Ermittlung. Sie gefährden einen Zeugen. Sie missbrauchen Ihr Amt. Ich werde Beschwerde einreichen, und das wird nicht ohne Folgen bleiben, verlassen Sie sich drauf.«

Missfällig stellte von Holl fest, dass der Mann seit gestern sein Sakko nicht gewechselt hatte.

Eine junge Frau in Hosenanzug trat ein, was eine beruhigende Wirkung auf Kleinrädl hatte. »Aber jetzt, wo Sie schon mal da sind, warten Sie draußen, ich habe noch einige Fragen an Sie.«

Dieser Wendung konnte von Holl wenig abgewinnen. »Sie haben mich letzte Nacht bereits vernommen.«

»Gut, dass Sie mich dran erinnern. Und weil ich so vergesslich bin, stelle ich vielleicht am besten alle Fragen noch mal. Warten Sie bitte draußen.« Kleinrädl deutete Richtung Tür. »Oder muss ich die Kollegen bitten, Sie abzuführen?«

»Sie wissen nicht, mit wem Sie sich anlegen«, knurrte von Holl.

»Ach ja, mit wem denn?«

Für einen Augenblick erwog von Holl eine saftige Replik, besann sich jedoch eines Besseren. »Sie sind nicht meine Preisklasse«, sagte er nur, bevor er Kleinrädls Aufforderung folgte und den Raum verließ.

7

Nachdem er hinter von Holl die Tür geschlossen hatte, atmete Kleinrädl erst einmal tief durch.

»Alles in Ordnung, Chef?«, fragte Schlanghain.

Kleinrädl hatte Nackenschmerzen von drei Stunden Schlaf im Bürostuhl, Sodbrennen von zu viel schlechtem Kaffee und Druck auf der Lunge von den Blutdrucksenkern, die sein Hausarzt ihm seit letztem Jahr verschrieb. »Sie sind seit Januar in meiner Abteilung?«

»Seit dem Jahreswechsel, ja.«

»Davor Streife?«

»Pressestelle.«

Ungelenk schälte sich Kleinrädl aus seinem Sakko und warf es auf die Fensterbank neben einen Stapel Comics. »Dann hatten Sie vermutlich noch nicht das Vergnügen, mit dem BKA Bekanntschaft zu schließen. Sobald ein Fall eine gewisse Strahlkraft erlangt, rauschen die Kerle herbei wie die gottgewollte Kavallerie und pfuschen dir in die Ermittlungen.«

»Glauben Sie, von Holl war in offiziellem Auftrag hier?«

»Bestimmt nicht. Aber ich glaube …«

Ein Räuspern vom Bett her.

Am liebsten wäre Kleinrädl im Boden versunken. Interna vor Dritten auszubreiten – früher wäre ihm so ein Lapsus nicht passiert. Er biss die Zähne zusammen und zog sein Hemd zurecht. »Bastian Werker?«

»Der bin ich.« Zwischen den Verbänden lugte eine dunkle Kinnlinie hervor. Was nicht verbrannt war, war schwarz tätowiert.

»Erich Kleinrädl. Das ist meine Kollegin Schlanghain. Kripo München. Sehen Sie sich imstande, einige Fragen zu letzter Nacht zu beantworten?«

»Schießen Sie los.« Er hob den unversehrten Arm. Vom Handrücken krochen tätowierte Schlangen den Ärmel des Krankenhausleibchens hinauf.

»Wie geht es Ihnen?«

»Blendend, was denken Sie denn?«

»Zuerst einmal möchte ich mein tiefes Mitgefühl ausdrücken. Der Verlust Ihrer Schwester ...«

»Bitte, ersparen Sie sich und mir das Gesülze.«

Werker gab den harten Hund. Aber die Aggression in der Stimme verriet, dass er alles andere als Herr der Lage war.

Fürs Erste würde Kleinrädl darauf verzichten, Werkers emotionale Verfassung tiefer zu erkunden. Nachdem er die Formalia geklärt und ein paar allgemeine Fragen zur Hochzeit gestellt hatte, kam er auf den eigentlichen Grund seines Besuchs zu sprechen: »Der Sprengsatz muss an der Limousine angebracht worden sein. Sie haben den Wagen in der Früh vom Verleih abgeholt?«

»Am Abend vorher.«

»Wo haben Sie ihn geparkt?«

»Bei mir, in der Garage.«

»Harlaching?«

»Ja, am Perlacher Forst. Aber das Tor hat geklemmt, ich musste es offen lassen.«

Am Waldrand war die Chance auf Zeugen deutlich kleiner als in der Stadt. Seufzend ließ Kleinrädl sich die Adresse bestätigen, Schlanghain notierte sie. »Und ist Ihnen jemand aufgefallen, der sich an dem Wagen zu schaffen gemacht haben könnte?«

Aus den Mullbinden kam ein Geräusch, das Kleinrädl

irgendwo zwischen Lachen und Grunzen einordnete. »Ich war Trauzeuge. Glauben Sie, ich habe das Ding die ganze Zeit im Auge gehabt?«

»Und in der Nacht davor?«

»Da war ich mit Jojo unterwegs. Bis halb eins, würde ich sagen. Als ich nach Hause gekommen bin, stand der Wagen wie vorher vor der Tür. Aber ich gestehe, ich bin nicht unter den Unterboden gekrochen.«

»Jojo?«

»Der Typ, den Sie gerade so angefuckt haben.«

Kleinrädl beeilte sich, das Thema zu wechseln. »Eine Idee, wer es auf Sie, Ihre Schwester oder Ihren Schwager abgesehen haben könnte?«

»Was glauben Sie denn?«

»Sie sagen das, als wäre es offensichtlich?«

»Sie waren nie beim Bund, oder? Das halbe Land hält uns für rechte Rambos, die andere Hälfte für einen Haufen inkompetenter Bastarde. Und dann feiert ein KSK-Kommandeur Hochzeit mit genug Kameraden, um eine Kompanie vollzumachen. Hätte der Täter nicht so beim Sprengstoff gespart, könnte die Feuerwehr noch bis nächste Woche Altfleisch vom Asphalt kratzen.«

Schlanghain schüttelte es, und auch Kleinrädl hätte auf das Bild durchaus verzichten können. Insgesamt schienen ihm Werkers Schlussfolgerungen lange nicht so zwingend, wie dieser sie darstellte. Er ließ sich den Tathergang beschreiben, ohne neue Erkenntnisse zu gewinnen, und fragte schließlich, ob Werker auf der Hochzeit selbst verdächtige Personen wahrgenommen habe.

»Die Jungs von der Truppe kannte ich alle. Clarissas Freundinnen können unausstehlich sein, aber Bomben bauen die nicht.«

»Gut. Ich lege Ihnen meine Karte hier zu den Comics. Falls Ihnen noch was einfällt.«

»Sicher.«

Mit Schlanghain im Schlepptau verließ Kleinrädl das Krankenzimmer. Wappnete sich fürs nächste Gefecht mit von Holl. Doch dieser war auf dem Flur nirgends zu sehen. Kleinrädl fragte die Wache stehenden Polizisten nach ihm, doch die zuckten nur mit den Schultern. »Er hat uns einen schönen Tag gewünscht und ist gegangen.«

Als sie das Auto erreichten, schäumte Kleinrädl noch immer.

»Soll ich nachsehen«, fragte Schlanghain, »wer beim BKA für Personalfragen zuständig ist?«

»Und dann?«

»Dann reichen wir Beschwerde ein?«

Kleinrädl ließ sich auf den Beifahrersitz fallen. »Rufen Sie lieber Kromer an. Sie soll in der Datenbank schauen, was dort über Jonathan von Holl zu finden ist. Der Mann tritt mir zu großspurig auf. Ich will wissen, wem wir da ans Bein pinkeln.«

Während Schlanghain telefonierte, rieb Kleinrädl sich das Gesicht. Seit gestern Nacht war sein erbärmliches Leben noch eine gute Fuhre erbärmlicher geworden. Früher hätte ein Fall wie dieser ihn elektrisiert. Jetzt wäre er ihn am liebsten so schnell wie möglich wieder losgeworden. Aber er machte sich nichts vor: Wenn er das hier auch noch vergeigte, wäre es vorbei mit dem Job. Und jenseits des Jobs erwartete ihn der große Abgrund.

»Nichts«, sagte Schlanghain.

»Wie, nichts?«

»Die Datenbank. Kromer sagt, keinerlei Einträge zu von Holl.«

»Nicht mal Personalien? Aber wenn er beim BKA ist …?«

»Verschlusssache.«

Kleinrädl schnaubte vor Zorn.

»Was bedeutet das?«, fragte Schlanghain.

»Dass entweder der BND oder das KSK die Akte gesperrt hat.«

»Und warum sollten die seine Akte sperren, wenn er nicht mehr dort arbeitet?«

»Tja.«

Schlanghain tippte auf ihrem Handy herum.

»Fahren Sie schon los«, brummte Kleinrädl.

»Also, Google findet ihn«, grinste Schlanghain stattdessen. Triumphierend drehte sie ihm das Display entgegen.

Jonathan von Holl wurde in einem Artikel des *Münchner Abendblatts* erwähnt. Der Artikel stammte aus dem Jahr 2019 und handelte davon, dass von Holl mit dem Tod seiner Mutter alleiniger Eigentümer des Rüstungsunternehmens Kühn&vonHoll geworden sei. Das Unternehmen sei anderthalb Milliarden schwer und Marktführer bei intelligenter Munition.

»Puh«, murmelte Schlanghain. »Was jetzt?«

»Was wohl? Wir fahren zur Wache und machen unsere Arbeit.«

8

Minden konnte viele Gründe dafür aufzählen, warum sie die Bundeswehr verlassen hatte. Dafür, dass sie den Dienst nicht schon viel früher quittiert hatte, gab es genau einen einzigen Grund, den schäbigsten von allen: die finanzielle Sicherheit.

Ein wesentlicher Aspekt davon war ihr während ihrer Zeit in Uniform nie zur Gänze bewusst gewesen – wie viel einfacher eine Steuererklärung war, wenn man ein geregeltes Einkommen besaß. Verkatert, übermüdet und vermutlich nach wie vor unter Schock saß sie im winzigen Therapiezimmer ihrer Praxis und kämpfte mit drei verschiedenen Steuernummern. Neben ihrer freiberuflichen Tätigkeit als Therapeutin gab sie hin und wieder Kletterkurse. Außerdem tröpfelten noch immer ein paar Einnahmen aus alten Werbeverträgen ein, die von ihrer Zeit als Kaderathletin stammten.

Jemand anderes wäre womöglich nicht auf den Gedanken gekommen, die Steuer zu machen, wenn vor weniger als vierundzwanzig Stunden der Ex-Freund vor den eigenen Augen in die Luft gegangen war. Aber wenn Minden eines in ihrer Ausbildung gelernt hatte, dann, dass Traumabewältigung Zeit brauchte. Und für die Phase der Trauer war sie definitiv noch nicht bereit.

Doch nach einer Dreiviertelstunde auf dubiosen Steuertrickwebsites kapitulierte sie. Sie würde sich eine Steuerberaterin suchen. Ihr Magen knurrte.

Nachdem sie die Praxis abgeschlossen hatte, holte sie sich eine Nudelbox beim Asia-Imbiss ihres Vertrauens und wanderte zur Isar hinunter. Es ging gegen elf, das Ufer hatte sich bereits entvölkert, nur der Flickenteppich aus Servietten, Fast-Food-Verpackungen und anderem Müll kündete noch von dem Trubel, der tagsüber hier geherrscht haben musste. Minden fand ein Plätzchen nah genug am Wasser, um die Füße hineinzuhalten. Hungrig faltete sie ihre Nudelbox auf. Röstzwiebeln bis zum Rand. Hossam hätte es geliebt.

Schlagartig verging ihr der Appetit. Sie zog sich ihre Schuhe wieder an und stellte die Nudeln neben den nächsten überquellenden Mülleimer. Eine Frau warf ihr einen schrägen Blick zu. Sollte sie doch. Minden machte sich auf den Heimweg. Aber je näher sie ihrer Wohnung kam, desto mehr sorgte sie sich, diese zu erreichen. Wäre sie erst einmal eingesperrt zwischen ihren kalten Altbauwänden, wäre es vorbei mit dem Davonlaufen vor der Trauer. Ihr graute vor der Nacht. Ihre beiden engsten Freundinnen waren mit Partnern und Kindern aufs Land gezogen, verschluckt von den Pflichten des Kernfamilienalltags.

Um die Ankunft aufzuschieben, nahm Minden eine Seitenstraße und trödelte durch einige unscheinbare Gässchen im Glockenbachviertel, die auch bei Tage von den Touristenströmen zuverlässig übersehen wurden. Hinter vielen Fenstern war es bereits dunkel, die High Performer bereiteten sich auf die kommende Woche vor. Eine unwirkliche Stille, wie sie nur eine Großstadt bei Nacht erzeugen konnte. An dieser Stille lag es, dass Minden die Schritte auffielen, die ihr folgten.

Ohne ihren Gang anzupassen, bog sie in das nächste Sträßchen ab, schlenderte weiter. Tatsächlich, Sekunden später waren die Schritte wieder hinter ihr. Ihre Muskeln versteiften sich, instinktiv sah sie sich nach Fluchtwegen um. Ihre Reaktion erinnerte sie an Hossams Verhalten, wenn er sich an einem Ort unwohl gefühlt hatte. Sie hatte ihn immer traurig belächelt dafür. Auch wenn die wenigsten Kräfte, die die Bundeswehr nach Afghanistan geschickt hatte, in wirkliche Gefechte verwickelt gewesen waren, war doch keiner der Soldaten unversehrt zurückgekehrt. Hossam hatte Minden nie von seinen Afghanistan-Einsätzen erzählt, aber als Hauptmann der dort aktiven KSK-Züge musste er an vorderster Front gestanden haben.

Erneut nahm Minden eine Abzweigung. Die Schritte hinter ihr waren deutlich zu hören. Sie selbst war nie im Einsatz gewesen. Mehr als einmal hatte sie zu sterben geglaubt, aber das war in den Bergen gewesen; im Sturm, im Schnee, am Fels. Von Menschen hatte sie sich nie bedroht gefühlt. Doch seit gestern hatte sie das Gefühl, das Böse kannte keine Grenzen, egal, wie sorgfältig man sich seine eigene kleine heile Welt aufbaute.

Vom Sendlinger Tor her läuteten die Glocken von Sankt Matthäus Mitternacht. Nicht laut genug, um die Schritte zu übertönen. Es schauderte sie. Minden hätte nicht zu sagen gewusst, ob sie sich mehr davor fürchtete, dass die Bedrohung real war, oder davor, Bedrohungen zu sehen, wo keine waren.

Noch eine Biegung. Kurz entschlossen überquerte sie die Straße und ging hinter einem parkenden SUV in die Hocke. Wartete. Lauschte. Die Schritte näherten sich. Minden hielt den Atem an. Hörte die Schritte auf der gegenüberliegenden Straßenseite.

Immer noch hinter das Heck des SUV geduckt, wagte sie einen Blick.

Eine Frau. Minden sah nur ihren Rücken, aber das violette Jäckchen kam ihr bekannt vor. Zu enge Kleidung, um eine Waffe zu verstecken. Wieder so ein Gedanke, wie Hossam ihn gedacht hätte.

Die Frau war auffallend dünn. Sie ging noch ein paar Meter, dann blieb sie stehen, sah sich um.

Jetzt erkannte Minden sie: die Neugierige von der Isar.

Mit langen Fingern zog die Frau ihr Handy hervor, tippte etwas.

Zwei schnelle Schritte später war Minden bei ihr. »Guten Abend.«

Die Frau stieß einen Schrei aus, ließ vor Schreck das Handy fallen.

»Was wollen Sie von mir?«

»Ich? Nichts ... wie kommen Sie darauf ...? Sie fallen doch mich hier an ...«

Mit verschränkten Armen wartete Minden auf eine ergiebigere Antwort.

Die Frau mochte um die vierzig sein, hatte rötliche Locken und einen Teint, der selbst in der orangefarbenen Straßenbeleuchtung blass wirkte. Ihre Augen zuckten nervös hin und her – inzwischen war offenbar sie es, die auf der Suche nach einem Fluchtweg war.

Minden ärgerte sich. Über diesen nervösen Besenstiel vor ihr, dem es gelungen war, ihr eine ganz und gar lächerliche Angst einzujagen. Und über sich selbst, dass sie sich diese lächerliche Angst hatte einjagen lassen. »Ich warte.«

Die Frau bückte sich nach dem Handy, wischte übers Display, wollte wohl überprüfen, ob es Schaden genommen hatte.

»Also?«

Endlich wandte die Frau sich ihr zu, strich sich eine Locke aus der Stirn. »Lustow. Vom *Abendblatt*.« Sie streckte Minden eine schmale Hand entgegen.

Minden musterte die Hand, ohne nach ihr zu greifen.

»Ich wollte Sie um ein Interview bitten«, haspelte die Frau, während sie die Hand wieder zurückzog.

»Witzig.«

»Wirklich.«

»Und deswegen verfolgen Sie mich mitten in der Nacht durch die halbe Stadt?«

»Ich habe eine Karte.«

Sie kramte in ihrer Handtasche, und wenig später hielt Minden in der Tat die Visitenkarte einer Maria Lustow vom *Münchner Abendblatt* in den Händen.

»Perso?«

Die Frau verzog das Gesicht, reichte Minden dann aber auch ihren Personalausweis. Maria Lustow, wohnhaft in der Säbener Straße.

»Warum haben Sie mich nicht einfach angesprochen?«

Als Antwort erhielt Minden ein Gestammel, das höchstens als Versuch einer Ausrede gelten konnte. Aber langsam verstand sie die Logik, die zu dieser hanebüchenen Situation geführt hatte: Lustow hatte offensichtlich gehofft, mit ihrer Schleicherei etwas über sie herauszufinden, was sich marktschreierisch verwerten ließe. Dass der Boulevard sich zu keiner Schamlosigkeit zu schade war, hatte Minden in ihrer Zeit als Sportlerin zur Genüge erfahren müssen.

»Ich bin seit sechs Jahren nicht mehr aktiv«, sagte sie. »Ich weiß nicht, warum ich interessant für Ihre Leserschaft sein soll.«

»Vielleicht dürfte ich eine Reportage über Sie und Hossam Said schreiben?«

Minden glaubte, sich verhört zu haben. »Das ist nicht Ihr Ernst.«

Lustow streckte den Rücken durch. »Es ist eine ergreifende Geschichte, finden Sie nicht? Sie können am Ende gern über den Entwurf gehen. Ich verspreche Ihnen, dass wir den armen Hossam mit allem Respekt zeichnen werden. Sie natürlich auch …«

»Verschwinden Sie.«

»Wäre es nicht ein schöner Kontrast zu all den negativen Schlagzeilen, die das KSK normalerweise produziert? Die Schweineköpfe, die Staatsstreichfantasien, die gebunkerten Waffen, Sie wissen schon. Aber wir zeichnen ein anderes Bild: Auch im Schatten des Krieges ist Liebe möglich …«

Es war zu viel. Noch ein Wort Lustows, und Minden würde Dinge sagen, die sie bereuen würde. Ihre Kiefer mahlten.

»Hören Sie, die Geschichte zu erzählen könnte auch Teil Ihres Heilungsprozesses sein, finden Sie nicht? Sie haben …«

»Hossam wollte es nicht anders.«

Lustow starrte sie an. »Was meinen Sie?«

»Shit.« Bestürzt suchte Minden das Weite.

MONTAG

9

Der Soko Said waren zwei große Büroräume im ersten Stock des Präsidiums zugewiesen worden. Als Kleinrädl am Montagmorgen vor sein Team trat, hatte er keinen Sinn für die hübsche Aussicht auf die Frauenkirche. Sechzehn Leute hatte man ihm zugeteilt, aber die finsteren Mienen machten deutlich, dass die wenigsten freiwillig hier waren. Die fünf Gestalten aus der Nachtschicht glotzten trübe in ihre Kaffeetassen und hatten neben dem Überstehen des Morgenbriefings vermutlich keine größeren Ziele mehr in ihrem Leben. Der Rest beäugte Kleinrädl mit einer Mischung aus Feindseligkeit und Angst, die ihm inzwischen leider nur zu vertraut geworden war.

»Kaffee, Chef?«, fragte Schlanghain.

Kleinrädl nahm dankend die Tasse entgegen. Offiziell hatte er Schlanghain unter seine Fittiche genommen, um sie persönlich mit der praktischen Ermittlungsarbeit vertraut zu machen. Aber eigentlich hatte er schlicht jemanden gesucht, der oder die ihm unvoreingenommen begegnete. Natürlich wurde auch in seinem Kommissariat getratscht – trotzdem hoffte er darauf, dass die übelsten Geschichten noch nicht an die Dreiundzwanzigjährige herangetragen worden waren.

»Also«, begann Kleinrädl mit einem Blick auf den mehrseitigen Bericht, den ihm die Nachtschicht zusammengestellt hatte, »das Tatfahrzeug stammt von Limoscout24 in Giesing und wurde am Vorabend der Hochzeit von Bastian Werker abgeholt. Werker hat es nach eigenen Angaben über Nacht in seiner offenen Garage in Harlaching stehen lassen. Wir haben einige Anwohner gefunden, die bestätigen können, die Limousine gesehen zu haben. Verdächtiges Geschehen wurde nicht beobachtet.«

Er blätterte zur nächsten Seite des Berichts. »Die Zeugenvernehmungen sind größtenteils abgeschlossen ...« Er stutzte. »Bis auf Saids Vater und Werkers Eltern. Warum ist das so?«

Sechzehn Augenpaare duckten sich weg.

Er sah zu Kromer hinüber, der Einzigen in diesem armseligen Haufen, bei der er noch Hoffnung hatte. »Warum in Herrgotts Namen haben wir die Bäckerin der Hochzeitstorte befragt, aber noch nicht die Eltern der Opfer!?«

Kromer spielte an ihrer filigranen Armbanduhr. »Werkers Mutter hatte einen Nervenzusammenbruch, der Vater hat erbeten, die Vernehmung auf heute Vormittag zu verschieben.«

»Und warum haben wir dann den Vater nicht bereits vernommen?«

»Er meinte, er könne in diesen schwierigen Stunden nicht von der Seite seiner Frau weichen.«

»Und das haben Sie ihm einfach so durchgehen lassen? Es geht um den Mord an seiner Tochter, verdammt.«

Kromer schwieg.

»Und Said?«

»Saids Mutter hat ausgesagt.«

»Das steht hier auch. Ich meine den Vater.«

»Zum Vater hatte das Opfer nach Angaben der Mutter keinen Kontakt mehr. Er war auf der Hochzeit nicht zugegen. Bisher konnten wir ihn nicht erreichen, weder telefonisch noch persönlich. Gemeldet ist er in Neuburg an der Donau. Aber die Streife, die wir zu seiner Wohnung geschickt haben, hat kein Zeichen von Leben gefunden. Nur heruntergelassene Rollläden und einen vollen Briefkasten.«

»Seine Nachbarn?«

Kromer knetete ihre Finger.

»Sie wurden nicht befragt?« Fassungslos verschränkte Kleinrädl die Hände im Nacken und fluchte die über ihm hängenden Leuchtstoffröhren an.

»Sollen wir ihn zur Fahndung ausschreiben?«, fragte Kromer.

Kleinrädl wandte sich Friedrichs zu, der gemäß der Akte die Vernehmung durchgeführt hatte. »Hat Saids Mutter angedeutet, dass der Vater ein Motiv haben könnte?«

»Nein, nicht wirklich.« Friedrichs war Schwabe und sah immer etwas unglücklich aus. Mit den Fingern kämmte er durch seinen roten Vollbart. »Allerdings war sie nur bedingt vernehmungsfähig.«

Kleinrädl seufzte. »Fürs Erste keine Fahndung. Weiter im Text.« Er überflog das nächste Blatt. »Die wenigen Gewebeproben, die die Spurensicherung hat sicherstellen können, sind allesamt stark beschädigt und mit unseren Mitteln nicht lesbar ... na gut – bei hundertachtzig Zeugen verzichtet die Staatsanwaltschaft ja vielleicht ausnahmsweise auf die posthume Verifizierung der Opfer. Was macht die Sprengstoffanalyse?« Aber er ahnte die Antwort bereits. Im Bericht wurde nichts erwähnt, und im Raum hatte er keinen Vertreter vom Kriminaltechnischen Institut entdeckt. Das KTI war dem LKA unterstellt, weswegen Kleinrädl keine Verfügungsgewalt über die dortigen Beamten hatte und auf ihren guten Willen angewiesen war. Zu den Besprechungen seiner Sokos erschienen sie in der Regel nur, wenn sie mit besonders spektakulären Ergebnissen prahlen wollten.

»Das KTI ist dran«, sagte Kromer.

»Selbstverständlich ist es das. Ich fasse zusammen: Bisher haben wir ...«, er ließ die Blätter auf den Konferenztisch fallen, »nichts.«

Er funkelte seine Mitarbeiter an, niemand erwiderte seinen Blick.

Nachdem er die Nachtschicht entlassen hatte, teilte er die Teams für die restlichen Vernehmungen ein. »Die Kollegen in Neuburg sollen die Nachbarn von Saids Vater abklappern«, wies er Kromer an. Er selbst würde sich noch einmal Saids Mutter vorknöpfen. Friedrichs schickte er zusammen mit einem weiteren Kollegen zu Limoscout24, um den dortigen Angestellten auf den Zahn zu fühlen und außerdem herauszufinden, wer die Limousine vor Werker gemietet hatte.

Einem technikaffinen jungen Beamten trug er auf, alle Überwachungskameras in und um Schloss Walfurt aufzuspüren und sich Zugang zu den relevanten Bildern zu verschaffen.

Ansonsten hieß es warten, bis das KTI sich meldete. Es ging Kleinrädl nicht nur um die Sprengstoffanalyse. Mit etwas Glück war das Navigationssystem des Wracks so gut erhalten, dass die IT-Forensiker die letzten Routen auslesen konnten.

»Noch Fragen?« Es war rhetorisch gemeint. Wer ihn kannte, wusste das.

»Was ist mit von Holl?« Schlanghain.

Dass der Raum geschlossen die Luft anhielt, störte Kleinrädl mehr als ihr Einwurf. Er hatte nie Freude daran gehabt,

Macht auszuüben – und trotzdem betrachteten seine Leute ihn, als wäre er der Teufel persönlich.

»Was soll mit ihm sein?«

»Haben wir keinen Weg, an seine Akte zu kommen? Es muss doch eine Stelle über dem BND oder dem KSK geben, die uns eine Freigabe erteilen kann?«

»Wenn wir keinen Zugriff auf die Akte haben, heißt das, sie ist auf Bundesebene gesperrt.« Als Schlanghain ihn verständnislos ansah, fuhr er fort: »Von Holl scheint ein Fall der nationalen Sicherheit zu sein. Solange wir keinen dringenden Tatverdacht gegen ihn haben, kommen wir nicht an ihn ran. Oder hat jemand von Ihnen Kontakte ins Bundeskanzleramt?«

Niemand lachte.

10

Von Holl hatte den Geländewagen genommen, um Ruby und Diamond von Bastians Eltern abzuholen. Der Lamborghini kam prinzipiell nicht infrage; der alte Lexus bot zwar genügend Platz, doch wenig war von Holl so zuwider wie die Vorstellung, zwei sabbernde, stinkende Bulldoggen könnten die Ledersitze des einzigen Wagens besudeln, der ihm von seinem Vater geblieben war.

Statt direkt zum Ammersee zurückzufahren, entschloss sich von Holl für den Umweg über Harlaching, um nach Bastians Garten zu sehen. Nachdem er den Rasen gewässert und die Teichfische gefüttert hatte, begannen Ruby und Diamond unruhig zu werden. Bevor er ihnen die nächste Dreiviertelstunde im Auto zumutete, nahm er die Hündinnen an die Leine und machte eine Runde durch den Perlacher Forst.

Auf dem Rückweg rief Wiesbaden an und fragte, wie es ihm gehe. Er könne so lange Urlaub nehmen, wie er brauche. Ob er Herrn Werker ausrichten könne, dass die gesamte Abteilung aufrichtig Anteil an der Tragödie nehme?

»Sicher.«

Er hatte bereits den Waldrand erreicht. Zwischen den Bäumen schimmerte das Weiß ordentlich verputzter Einfamilienhäuser. Vor Bastians Adresse fuhr ein Polizeiwagen vor. Der Tag versprach interessant zu werden. Suchten sie immer noch nach Hinweisen, wie die Limousine präpariert worden war?

Eine Hintertür des Polizeiautos öffnete sich, und auf die Straße trat eine Mumie in Joggingklamotten.

Die Bulldoggen bellten los, zerrten an ihren Leinen.

Bastian humpelte ihnen entgegen, ging vor ihnen in die Hocke. »Meine Mädchen, habt ihr Daddy vermisst. Ja, schon gut, vorsichtig.« Während die Hündinnen ihn ansprangen, versuchte er lachend, das verbundene Gesicht zu schützen.

Von Holl brauchte eine Sekunde, bis er verstand. »Du hast dich selbst entlassen? Du bist wirklich in Form gegossene Dummheit.«

»Jojo, ein bisschen freundlicher könntest du mich schon begrüßen.« Bastian grinste schief. »Die paar Verbrennungen. Was machen sie denn im Krankenhaus – außer Kochsalzlösung zu spritzen? Da kann ich auch Gemüsebrühe saufen.«

»Du machst mich fertig. Komm her.«

Sie umarmten einander, wobei von Holl darauf achtete, keine verbundenen Stellen zu drücken. Anschließend nickte er in Richtung Polizei. »Die haben Taxi für dich gespielt?«

»Eher spielen sie Bodyguards. Die glauben, ich bin immer noch in Gefahr.«

»Und warum soll das so abwegig sein?«

»Mensch, jetzt enttäuschst du mich aber. Wenn der oder die Killer es auf mich abgesehen hätten, hätten sie mich auch einfach nachts besuchen und mir eine Kugel in den Kopf jagen können. Die wollten wahrscheinlich ein Zeichen setzen, und das ist ihnen offenbar gelungen.«

»Ein Zeichen? Wofür?«

»Lass uns reingehen. Kommt, Mädels.«

Mit einem kurzen Blick zur Streife folgte von Holl ihm ins Haus.

»Willst du was trinken?« Der Hausherr holte bereits zwei Gläser von der Bar.

»Eher nicht.« Dass auch Bastian besser mit etwas Alkoholfreiem bedient gewesen wäre, behielt von Holl für sich.

»Also, was für ein Zeichen?«

»Na, dass wir die Bösen sind. Bei den Amis feiern sie das Militär wie Popstars, und bei uns? Da sind wir die Wurzel allen Übels. Selbst für unsere eigenen Herrn und Meister. Putins Allmachtsfantasien hin oder her. Ich glaube kaum, dass sie eine Fliegerstaffel für die Beerdigung ordern werden.«

»Dein Vater meinte, die ist schon morgen?«

Bastian schnaubte spöttisch, während er sich Whiskey einschenkte. »›Beerdigung‹ ist ordentlich übertrieben. Ist ja nicht mehr viel da, was man unter die Erde bringen könnte. Es gibt eine Zeremonie, eine Reihe wichtiger Leute sagt was, das war's.«

»Hör mal, Basti ...«

»Ja?«

»Wie geht's dir?«

»Warum fragen mich das alle? Wie soll's mir schon gehen?«

»Wenn du was brauchst ...«

Bastian nickte in Richtung Bar. »Alles da, danke dir.«

Sie schwiegen. »Der Generalinspekteur soll kommen«, sagte von Holl schließlich.

»Abwarten. Und wenn, kann ich's ihm schlecht verbieten.« Bastians Ablehnung für Stabsoffiziere war legendär. »Echt keinen Drink?«

Von Holls Handy klingelte. Tiffany Blasius, die Vorstandsvorsitzende. Er ging in die Küche und nahm geduldig Beileidsbekundungen entgegen, während er sich einen Orangensaft einschenkte. Endlich kam Blasius aufs Geschäft zu sprechen. Sie war schnell im Kopf, aber sie hatte die nervtötende Eigenart, keine größere Entscheidung zu treffen, ohne sich vorher von Holls Plazet zu holen. Was kümmerte es ihn, ob Indien günstiger produzierte oder die Amerikaner die eigenen Firmen subventionierten? Seit dem Fall der Sowjetunion war die geopolitische Lage nicht mehr so labil gewesen wie heute. Und in Anbetracht des Klimawandels würden die Konflikte zwangsläufig zunehmen. Hardware für High-Tech-Waffen zu verkaufen war da ein todsicheres Geschäft. Von Holls Firma war ein Goldesel, Blasius musste nichts weiter tun, als das verdammte Vieh in den Sonnenuntergang zu reiten.

Als es an der Haustür klingelte, nutzte von Holl den Vorwand, um sie abzuwimmeln. Er erreichte das Wohnzimmer gleichzeitig mit den neuen Gästen. Der Mann trug dasselbe unvorteilhafte Sakko wie beim letzten Mal. Die Frau ließ ihre blonden Haare offen auf die Schultern fallen; ihre Fingernägel waren perfekt manikürt und dunkelrot lackiert. Außerdem war sie sehr jung, sehr hübsch und in einen schneidigen Hosenanzug gekleidet.

»Herr Kleinrädl, was für eine Überraschung.« Er wandte sich der Frau zu. »Und Sie sind? Wir sind uns gestern im Krankenhaus begegnet, wenn ich mich nicht irre?« Er war am Tag zuvor von Kleinrädl so vereinnahmt gewesen, dass die Frau ihm weniger ins Auge gefallen war, als sie es verdiente.

»Meine Kollegin«, ergriff Kleinrädl das Wort, »Kommissarin Schlanghain.«

»Eine Freude. Darf ich Ihnen einen Gin Tonic anbieten, Frau Kommissarin?«

Schlanghain warf einen verunsicherten Blick zu Kleinrädl. »Ich bin im Dienst.«

»Na, dann einen Orangensaft.« Er zwinkerte ihr zu. »Den Gin Tonic können wir später immer noch trinken.«

Bevor sie etwas erwidern konnte, stellte er seinen Saft auf den Couchtisch und holte einen zweiten aus der Küche. Außerdem ein Bier, das er Kleinrädl in die Hand drückte. »Ist alkoholfrei, ich hoffe, Sie sehen es mir nach. Auf unsere Freunde und Helfer.« Er nahm sein Glas und stieß mit allen an. Bastian hatte seinen Whiskey bereits halb vernichtet.

»Also«, sagte von Holl, »dann geh ich mal mit den Hunden raus, damit Sie ungestört Ihre Arbeit machen können.« Er legte Bastian eine Hand auf die Schulter. »Wenn du was brauchst ...«

»Herr von Holl«, sagte Kleinrädl. »Ehrlich gesagt sind wir Ihretwegen hier. Vielleicht stehen Sie uns jetzt für die Fragen zur Verfügung, zu denen Sie gestern offenbar die Zeit nicht gefunden haben?«

»Mit dem größten Vergnügen. Aber woher wussten Sie, dass ich ... ach so, Bastis Chauffeurservice hat Ihnen Bescheid gesagt.«

»Soll ich eigentlich gehen?«, fragte Bastian.

»Bleiben Sie ruhig.«

Von Holl setzte sich auf die Lehne einer mittelpreisigen Ikea-Couch. »Also«, fragte er und sah dabei Schlanghain an, »wie kann ich Ihnen helfen?«

»Alle Zeugen«, antwortete Kleinrädl, »die wir bisher vernommen haben, charakterisieren die Minuten nach der Explosion einstimmig dadurch, dass Sie die Initiative ergriffen hätten.«

Von Holl zuckte die Schultern. »Ja, und?«

»Die anwesenden Soldaten hätten auf Ihre Befehle gehört.«

»Soldaten führen Befehle aus, das ist Teil des Berufs. Worauf wollen Sie hinaus?« Von Holl war nur halb interessiert an Kleinrädls Fragen. Sein Augenmerk galt Schlanghain, welche die wuchtigen Regale musterte, die Bastian rechts und links des Kamins aufgestellt hatte. Comics und Terry-Pratchett-Romane bis unter die Decke. Dazwischen ein paar angestaubte Orden auf dunkelgrünem Samt.

»Sie sagten selbst«, fuhr Kleinrädl fort, »Sie sind beim BKA. Leider haben wir keinen Zugriff auf Ihre Akte.«

Die bemühte Beiläufigkeit in Kleinrädls Stimme entlockte von Holl ein Lächeln. »Das tut mir leid.«

»Wann sind Sie denn aus der Bundeswehr ausgeschieden?«

»2020.«

»Interessant. Und trotzdem haben Sie am Samstag wie selbstverständlich Befehle erteilt ...«

»Keine Sorge, er liest das nicht alles«, bemerkte von Holl in Richtung Schlanghains, »die Bilder reichen ihm.«

»Du Arschloch«, sagte Bastian.

Sowohl Schlanghain als auch Kleinrädl warfen ihm einen irritierten Blick zu, aber von Holl hatte sich ausreichend an die derbe Ausdrucksweise seines Freundes gewöhnt, um sie nicht weiter zu hinterfragen.

»Herr von Holl«, sagte Kleinrädl, und die Ungeduld in seiner Stimme war nicht zu überhören, »auf der Hochzeit waren vierundzwanzig aktive Soldatinnen und Soldaten, darunter vierzehn des Kommandos Spezialkräfte. Wie kommt es, dass gerade Sie, der Sie seit Jahren aus dem Dienst ausgeschieden sind, das Kommando übernommen haben?«

Von Holl leerte seinen Orangensaft. »Hossam und ich haben im Spezialzug Wüste gedient. Die meisten Soldaten, die Hossam zur Hochzeit eingeladen hat, stammten aus diesem Zug. Zu meiner Zeit war Hossam Zugoffizier und ich sein Stellvertreter. Später haben sie Hossam zum Hauptmann befördert; am Samstag hätte er das Kommando gehabt. Da

er ausgefallen war, wäre der aktuelle Zugoffizier FvD geworden ...«

»FvD?«

»Führer vom Dienst. Aber der war nun unglücklicherweise ebenfalls gefechtsunfähig.« Er deutete auf Bastian,
der nachlässig die Whiskeyflasche hob, mit der er gerade
sein Glas nachgefüllt hatte.

»Gut, der höchstrangige Soldat, der einsatzfähig ist, übernimmt das Kommando, das versteh ich schon. Aber Sie sind
kein Soldat. Also nicht mehr ... Oder täusche ich mich?«

»Sie missachten, dass wir nicht in Kundus waren, sondern auf Schloss Walfurt in Oberbayern. Auf einer Hochzeit.
Unterschiedliche Kompanien, unterschiedlich fortgeschrit-
tene Alkoholisierung. Manche Kameraden hatten ihre Familie dabei. Es gab keine etablierte Befehlskette.«

Kleinrädl schien noch nicht überzeugt, wollte ein weiteres
Mal Einspruch erheben. Bastian kam ihm zuvor: »Herr von
Holl ist der beste Kommandeur, den wir haben. Das wussten
alle. Also hat er seinen Job gemacht. Geschichte zu Ende.«

»Haben oder hatten?«

»Herr Kleinrädl«, sagte von Holl, »ich kann akzeptieren,
dass meine gesperrte Akte Sie ganz wuschig macht, aber ich
bin seit 2020 a. D., ob Sie es mir glauben oder nicht. Und
selbst wenn nicht – sind Sie nicht eigentlich damit betraut,
einen gewissen Doppelmord aufzuklären?«

Zum ersten Mal griff Kleinrädl nach seinem alkoholfrei-
en Bier. Doch statt zu trinken, inspizierte er nur das Etikett.
»Ihr Dienstgenosse lobt Sie als geborenen Anführer, aber
Hauptmann Ihrer Einheit wird Hossam Said, während Sie
selbst die Truppe verlassen.« Er stellte die Flasche wieder
ab, richtete seinen Blick auf von Holl. »In welchem Verhältnis standen Sie und Said?«

»Lassen Sie meinen Freund in Ruhe«, knurrte Bastian, »meine Hunde ...«

»Bitte, Basti«, unterbrach ihn von Holl. In vollendeter Liebenswürdigkeit wandte er sich Kleinrädl zu. »Hossam und ich standen in einem sehr guten Verhältnis. Ich war auf seiner Hochzeit, wissen Sie.«

»Können Sie das ausführen?«

»Wie gesagt, er war mein Zugoffizier, ich sein Stellvertreter. So ein Zug funktioniert nur, wenn man zusammenarbeitet, da gibt es keinen Platz für Hierarchiegerangel.«

»Hatten Sie manchmal das Gefühl, Sie hätten einen besseren Job gemacht als Ihr Vorgesetzter?«

»Nein.«

Als Kleinrädl für zwei Sekunden seine Gedanken sortierte, nutzte von Holl die Gelegenheit, sich Schlanghain zu widmen, die nach wie vor die Bücherregale abschritt. »Eine Frau von Format lässt sich sicher nicht von Bilderbüchern begeistern, aber Sir Pratchett hier ist weniger albern, als er gemeinhin wahrgenommen wird. Stilistisch ist er Douglas Adams zum Beispiel weit überlegen. Zum Einstieg empfehlen würde ich *Nation*, auf Englisch selbstredend.«

»Ich mag Douglas Adams«, sagte Schlanghain.

»Herr von Holl«, sagte Kleinrädl, »bisher ist es uns nicht gelungen, Herrn Saids Vater ausfindig zu machen. Die Nachbarn seiner gemeldeten Adresse haben ihn letzte Woche noch gesehen. Könnten Sie sich vorstellen, dass sein Verschwinden etwas mit dem Mord zu tun hat? Die Frage ist natürlich genauso an Sie gerichtet, Herr Werker.«

»Der war doch gar nicht auf der Hochzeit, oder, Basti?«

»Nee. Die hatten seit Jahren keinen Kontakt mehr. Clarissa wollte ihn eigentlich einladen, aber Hossam war wohl dagegen.«

»Wissen Sie, wieso?«

»Leider nicht. Warum fragen Sie nicht seine Mutter?«, fragte Bastian.

»Zu ihr waren wir gerade unterwegs.«

»Na dann. Ich denke, ich sollte mal langsam die Verbände wechseln.«

Während Bastian ins Badezimmer ging, brachte von Holl die Ermittler zur Tür. »Wenn Sie noch was brauchen«, er lächelte Schlanghain zu, »Gin und Tonic habe ich immer vorrätig.«

Ihr Nicken war förmlich, aber er hatte keine Eile.

Zurück im Wohnzimmer, kam ihm ein halb nackter Bastian entgegen, den Blick aufs Handy gerichtet. »Das glaubst du nicht, Alter. Boah, in ihrer Haut möchte ich nicht stecken.«

»Zeig her.«

Bastian reichte ihm das Handy.

Die Website des *Münchner Abendblatts* war geöffnet.

Große Liebe bei der Bundeswehr?
Von Maria Lustow

Während die Polizei nach wie vor auf Hochtouren ermittelt, um den brutalen Mord an Elitesoldat Hossam S. und seiner Braut Clarissa W. aufzuklären, entfaltet sich im Schatten der Gewalt eine weitere gleichermaßen unerwartete wie tragische Dimension. Bis Mitte letzten Jahres befand sich der Bayer mit marokkanischen Wurzeln in einer glücklichen Beziehung mit der Sportkletterin Inka Minden. Minden galt als eine der besten deutschen Kletterinnen, bevor sie 2018 aufgrund einer dramatischen Verletzung ihre Profikarriere beenden musste. [Hier erfahren Sie mehr.]

Kennengelernt haben sich Hossam S. und Inka Minden in Uniform, denn Letztere war Sportsoldatin, das heißt, sie wurde von der Bundeswehr für die Ausübung ihres Sports bezahlt (das Konzept gibt es schon lange – Ziel ist es, mehr junge Leute fürs Militär zu gewinnen, indem Spitzensportler als Markenbotschafter fungieren). Dass beide Berufe eiserne Disziplin und einen unbedingten Siegeswillen verlangen, hat das Paar vermutlich fest zusammengeschweißt.

Umso erstaunlicher ist, dass Hossam S. nur wenige Monate nach der Trennung nicht nur einen neuen Schwarm – Clarissa W. – gefunden, sondern auch direkt geheiratet hat.

Noch mehr verwundert, dass Minden auf der Hochzeit als geladener Gast zugegen war. Was muss in einem Menschen vorgehen, dem das Herz gebrochen wurde und der dann trotzdem das frische Liebesglück des Verflossenen von Nahem erleben will?

Wer Minden in den Tagen nach dem grausamen Attentat begegnet, sieht eine gefasste Frau, die weniger zerrüttet wirkt, als zu erwarten wäre. Nach ihrer Zeit als Sportlerin hat Minden Psychologie studiert, inzwischen betreibt sie in der Au eine Praxis für Jugendliche. Dort ist sie am Tag nach dem Hochzeits-Inferno anzutreffen, als wäre nichts geschehen. Ist das der eiserne Wille einer Sportlerin? Die Abgebrühtheit einer Psychologin? Oder doch die stille Genugtuung einer Frau, die bitter verraten wurde?

Im Interview gibt Minden selbst die Antwort. »Hossam hat es nicht anders verdient«, sagt sie und lächelt kühl.

Wer letztlich hinter dem Mord steckt, muss die Polizei ermitteln. Aber eines ist klar: Inka Minden zeigt wenig Mitleid mit den Opfern.

11

Kleinrädl befahl dem Navi, die ursprüngliche Route anzuzeigen.

Schlanghain saß auf dem Beifahrersitz und band sich die Haare zurück. »Sie hatten recht, Chef. Es war genau, wie Sie gesagt haben.«

»Machen Sie sich keine zu großen Hoffnungen. Von Holl interessiert sich nicht die Bohne für Sie.« Er startete den Motor. »Der Flirt mit Ihnen sollte vor allem eines: mich provozieren.«

»Da bin ich mir nicht so sicher ... ich glaube, da war ein Funke zwischen uns.«

»Bitte?« Es rumpelte. Kleinrädl hatte den Wagen abgewürgt. »Wir sind mitten in einer Ermittlung, Frau Schlanghain, das ist ...« Als er ihr Grinsen sah, verstummte er.

Das Navi lotste sie in Richtung Süden auf die 995. Saids Mutter wohnte in Holzkirchen. »Hören Sie«, blaffte Kleinrädl, »das ist kein Spiel. Zwei Menschen wurden umgebracht. Heben Sie sich Ihre Witze für den Feierabend auf.«

»Verzeihung.«

Er wechselte auf die linke Spur. Warum genügte so wenig, ihn derart zu reizen? »Schon gut«, sagte er. »Wie war Ihr Eindruck?«

»Ein ziemlich ungleiches Paar, die beiden. Aber ich denke, die Freundschaft ist echt. Wenn ich ehrlich bin, entspricht Werker weitestgehend dem Klischeebild, das ich von einem KSK-Soldaten habe. Entlässt sich selbst aus der Klinik, markiert den harten Burschen – allein die Ausdrucksweise –, dann die Bulldoggen.«

»Und von Holl?«

»Schwieriger.« Schlanghain blies die Backen auf. »Das Selbstbewusstsein ist ja wirklich phänomenal. Ich glaube nicht, dass es gespielt ist. Warum auch? Wer quasi als Privatperson seine ehemaligen Kameraden rumkommandieren kann, der muss was zu bieten haben. Dann das Geld. Groß ist er auch, gut aussehend ...«

»Geraten Sie jetzt doch noch ins Schwärmen?«

»Ich beschreibe nur meinen Eindruck.«

Kleinrädl presste die Lippen zusammen.

»Soll ich weitermachen?«

Er brummte Zustimmung.

»Ganz rund kam er mir trotzdem nicht vor ... er ist so ein Typ, der mega drauf achtet, wie er wirkt. Dessen Hemd immer perfekt gebügelt ist. Der alles unter Kontrolle hat, egal, ob um ihn herum Bomben hochgehen oder er eine Aufsichtsratssitzung leitet ...«

»Aber?«

»Aber er hatte etwas Angespanntes. So, als hätte er eben nicht alles unter Kontrolle.«

»Vielleicht verständlich nach dem Wochenende.«

Kleinrädl fädelte sich in die Spur ein, die zur A8 führte. Die letzte Viertelstunde ihrer Fahrt verbrachten sie schweigend.

Sie hielten vor einem Mehrfamilienhaus, dessen Dachschräge komplett mit Solarpanels bedeckt war. Friedrichs zufolge wohnte Aziza Said im Erdgeschoss. Während sie zur Haustür gingen, hörten sie laute Stimmen, dann einen Schrei. Sie rannten los. Wieder Stimmen. Arabisch, ein Mann, eine Frau.

Schlanghain war zuerst an der Tür, zog ihre Pistole. Sah zu Kleinrädl, in Erwartung seines Befehls.

»Die Waffe weg«, zischte er ihr zu, während er gleichzeitig nach seiner eigenen tastete, überprüfte, ob sie griffbereit im Holster steckte. Aus dem Haus drang das Klirren von Glas. Kleinrädl überflog die Klingelschilder. Eine Frauenstimme brach in ein jammerndes Jaulen aus. Er fand den richtigen Namen, drückte die Klingel.

Das Gejammer erstarb.

Kleinrädl klingelte erneut. »Polizei«, rief er. »Öffnen Sie die Tür.«

Stille.

»Schauen Sie, ob es einen Hinterausgang gibt«, befahl er Schlanghain. Sie rannte los.

Nachdem er den Klingelknopf für mehrere Sekunden gedrückt hatte, hielt er inne und lauschte. Das Haus hatte schon ein paar Jahrzehnte hinter sich, aber die Tür war mit einem modernen Sicherheitsschloss ausgestattet – ohne Werkzeug unmöglich zu knacken. Kleinrädl holte bereits sein Handy hervor, um Verstärkung anzufordern, da hörte er von drinnen scharrende Schritte. Ein Schlüssel wurde umgedreht, dann öffnete sich die Tür einen Spaltbreit. Dahinter kam das sandfarbene Gesicht einer älteren Frau zum Vorschein. Sie trug zu enge Jeans, knalligeren Lippenstift als Schlanghain und ein muslimisch gebundenes Kopftuch in leuchtendem Pink. »Ja?«

»Erich Kleinrädl, Kriminalpolizei München.«

»Ja?«

»Meine Kollegen hatten angerufen. Sie sind Frau Aziza Said?«

»Ja.«

»Wir wollten noch einmal mit Ihnen sprechen«, sagte er. Die Augen der Frau waren gerötet, das Jochbein begann anzuschwellen. »Darf ich reinkommen?«

Die Frau sah ihn furchtsam an, dann nickte sie und öffnete die Tür gerade so weit, dass er eintreten konnte. Es roch nach Nelken und Schwarztee. Der Flur war mit schweren Teppichen ausgelegt, an den Wänden hingen arabische Kalligrafien.

Die unfreiwillige Gastgeberin ging voran in die Küche. Im Türrahmen blieb sie schlagartig stehen, riss erschrocken die Augen auf.

Mit einem schnellen Schritt war Kleinrädl neben ihr, die Hand unter dem Sakko, bereit, seine Dienstwaffe zu ziehen.

»Hey, Chef«, grinste Schlanghain ihn an, die mit verschränkten Armen an der Spüle lehnte. Am Küchentisch saß ein schmächtiger Mann in verwaschener blauer Stoffhose und ebenso blauer Leinenjacke. »Schauen Sie mal, wer mir in die Arme gelaufen ist.«

Der Mann war in sich zusammengesunken, starrte trübe auf seine Hände. Sein Teint war noch etwas dunkler als der von Frau Said.

Als Kleinrädl in die Küche trat, knirschte es unter seinen Sohlen. Die Scherben einer Porzellanvase. Nach einem entschuldigenden Blick zu Frau Said stellte er sich dem Mann vor und fragte seinerseits nach dessen Namen. Der Angesprochene jedoch reagierte nicht, betrachtete weiter seine Hände auf der geblümten Plastiktischdecke.

»Mag kein Deutsch«, sagte Frau Said, die nach einem Besen gegriffen hatte und begann, Scherben und Kräuter zusammenzufegen.

»Ihr Mann?«

»Ex-Mann.« Es war Wasser in der Vase gewesen, die feuchten Erdkrumen zogen Schlieren auf den Fliesen. Das Radio spielte quietschende Musik, die Kleinrädl in Nordafrika verortete.

»Sie sind Karim Said?«, wandte sich Kleinrädl an den schweigsamen Herrn. »Hossam Saids Vater?«

Die buschigen Augenbrauen zuckten. Doch auf eine weitere Antwort wartete Kleinrädl vergeblich. Er sah Hilfe suchend zu Frau Said.

Als sie nickte, wandte er sich wieder dem Mann am Tisch zu. »Verstehen Sie Deutsch?«

»Versteht schon«, sagte seine Frau, die selbst einen deutlichen Akzent hatte. »Mag nur nicht.«

»Wir haben versucht, Sie zu erreichen«, sagte Kleinrädl, und als auch das unbeantwortet blieb, setzte er nach: »Wenn Sie nicht mit uns reden wollen, müssen wir Sie aufs Revier mitnehmen, fürchte ich.«

»Nein«, sagte Karim Said.

»Was meinen Sie?«

»Ich bin nicht Hossams Vater.« Er sagte es in fließendem Deutsch.

Frau Said schimpfte etwas auf Arabisch, und zum ersten Mal hob Said den Blick. Die Augen unter den schweren Tränensäcken waren nicht weniger rot umrandet als die seiner Ex-Frau. »Nicht mehr.«

»Darf ich mich setzen?«, fragte Kleinrädl an Frau Said gewandt. Als sie nickte, zog er sich einen Stuhl zurecht und setzte sich ihrem Ex-Mann gegenüber. »Sie sehen Hossam nicht mehr als Ihren Sohn an? Können Sie das näher ausführen?«

»Er hat Allahs Weg verlassen, er isst Schwein, er trinkt und lebt ohne Ehre. Er hat meinen Namen nicht verdient. Er ist eine Strafe für meine Familie.«

»Vor allen Dingen ist er tot, Herr Said.«

Die großen, schwieligen Hände von Herrn Said, die nicht recht zu seinem schmächtigen Körper passten, glitten über die Tischdecke, als wollten sie sie glattziehen. »Er war schon lange tot.«

Wieder sprach Frau Said in zornigem Arabisch auf ihn ein. Die Schwellung, die Kleinrädl vorher schon aufgefallen war, bedeckte inzwischen ihre gesamte Wange.

Kleinrädl wartete geduldig, bis das Gewitter abklang. »Sagen Sie, Herr Said, warum haben Sie eigentlich versucht, sich aus dem Staub zu machen, als wir geklingelt haben?«

Der Angesprochene schien wenig erpicht zu antworten, doch seine Ex-Frau übernahm: »Er mag nicht deutsche Polizei.«

»Herr Said, wo waren Sie in der Nacht von Samstag auf Sonntag?«

»Zu Hause.«

»Mit anderen Leuten?«

»Allein.«

»Ihr Briefkasten erweckt den Anschein, dass Sie länger nicht mehr zu Hause waren ...«

»Papier hat Geduld, sagt ihr Deutschen das nicht?«

»Warum haben Sie heute Ihre Ex-Frau besucht?«

Keine Antwort.

»Ich bete für Hossam«, sagte Frau Said, »mein Mann mag nicht.«

»Er mag nicht beten, oder er mag nicht, dass Sie beten?«

»Ich. Ich. Aber ich bete.«

»Das erklärt dann wohl auch Ihre Meinungsverschiedenheit«, sagte Kleinrädl mit Blick auf Frau Saids geschwollene Wange.

»Nicht schlimm. Keine Absicht.«

»Ich schließe daraus, Sie wollen keine Anzeige erstatten?«

»Anzeige? Nein. Nein. Keine Anzeige. Unfall.«

»Natürlich. Herr Said, ich muss Sie trotzdem bitten, mit uns zu kommen. Sie stehen unter dringendem Tatverdacht, am Mord an Hossam und Clarissa Said, geborene Werker, beteiligt gewesen zu sein.«

Schlanghain griff sich ins Kreuz, wollte wohl an ihre Handschellen, aber Kleinrädl winkte ab. Ohne ein Abschiedswort oder nur einen Blick zu seiner Ex-Frau erhob sich Karim Said und schlurfte nach draußen.

Kleinrädl fuhr einen zivilen Kombi ohne Trenngitter, weswegen er Schlanghain zu Said auf die Rückbank beorderte. Die junge Kommissarin wirkte ungewöhnlich verhalten. Vermutlich hatte sie sich ihre erste Verhaftung glamouröser vorgestellt. Vielleicht verdaute sie auch noch die Kostprobe häuslicher Gewalt.

In Kleinrädls Hosentasche vibrierte das Diensthandy. Er reichte es nach hinten zu Schlanghain. Kaum hatte diese abgenommen, plärrte eine Frauenstimme los. Im Innenspiegel beobachtete Kleinrädl, wie Schlanghain mit säuerlichem Gesichtsausdruck das Handy vom Ohr weghielt. Endlich verebbte der Redeschwall, und Schlanghain nutzte den Moment, um darauf hinzuweisen, dass sie den Anruf nur vertretungsweise entgegengenommen habe. Sofort wurde sie wieder niedergeschrien. Sie hakte noch ein paarmal nach, doch vergeblich.

Als die Stimme am anderen Ende der Leitung irgendwann genug hatte und die Verbindung beendete, atmete Schlanghain hörbar erleichtert aus.

»Wer war's?«, fragte Kleinrädl, obwohl er bereits eine unangenehme Ahnung hatte.

»Eine Theresa Mayers. Sie sagt, wenn Sie noch einmal auf die Idee kommen, ihre Tochter zu belauern, wird sie

Sie auf eine Weise zerstören, dass alle Ihre Kontakte Ihnen nichts nutzen werden. Sie hat ziemlich drastische Formulierungen verwendet.«

Kleinrädl hielt den Blick starr auf die Straße gerichtet. Im Spiegel sah er, wie Schlanghain auf ihrer Unterlippe kaute. Aber sie hakte nicht nach. Sie war ein Engel. Kleinrädl graute vor dem Moment, an dem sie sich von ihm abwenden würde.

12

Minden hatte alle Termine für den Nachmittag abgesagt, ihre Trailrunningschuhe angezogen und war mit der S-Bahn nach Lenggries gefahren. Sie rannte die Fahrwege des Skigebiets hoch, passierte an der Bergstation der Gondel die Sommertouristen, rannte die Benediktenwand entlang und erreichte nach insgesamt drei Stunden und zwanzig Minuten Kochel am See. Die Sportuhr zeigte vierundzwanzig Kilometer und fünfzehnhundert Höhenmeter an. Kein Vergleich zu früher, aber für die Hobbysportlerin, die sie inzwischen war, völlig akzeptabel. Die linke Schulter schmerzte, aber damit hatte sie zu leben gelernt.

Den Abend verbrachte sie in der Kocheler Therme, bevor sie die S-Bahn zurück nach München nahm. Das war der unangenehmste Part. Denn während ihr Laufrucksack gerade genug Raum für Wechselshirt und -shorts aufwies, trug Minden immer noch die durchgeschwitzten Trailrunningschuhe. Und der Geruch, der von diesen hochstieg, stellte sicher, dass sie ihre Vierer-Sitzgruppe bis zum Hauptbahnhof für sich haben würde.

Sie kaute an ihrem letzten Energieriegel herum und beobachtete, wie die Abendsonne über die hügeligen Felder des Alpenvorlands floss. Sieben verpasste Anrufe von ihren Eltern und verschiedenen Freundinnen. Aber sie konnte jetzt nicht zurückrufen, sie war nicht bereit für die Fragen, die notwendigerweise gestellt werden würden, die Bekundungen des Mitgefühls, die Versicherungen der Solidarität.

Die Behauptung, man könne vor seinen Problemen nicht wegrennen, war für Mindens Geschmack nicht differenziert genug. Es kam auf zweierlei an: Stand die Lösung des Problems in der eigenen Macht? Und war man emotional ausreichend stabil, eine rationale Entscheidung zu treffen?

Auf beide Fragen hatte Minden noch keine Antwort. Unglücklicherweise hatte die körperliche Verausgabung ihr weniger geholfen als sonst. Lustows Lügen waren schlimm genug, doch schlimmer war es, dass Minden früher oder später die Initiative ergreifen musste. Ihre therapeutische Ausbildung gab ihr genügend Anhaltspunkte an die Hand, um mit Hossams Tod fertig zu werden, so hässlich es auch werden würde. Gegen Lustows Artikel jedoch half keine Coping-Strategie. Aber was dann? Ein Medienanwalt? Eine Weltreise? Eine Gegendarstellung in den Sozialen Medien, bewusst nahbar, mit Tränen und verwackelter Aufnahme? Ein Nusssplitter war in eine Zahnlücke geraten. Missmutig pulte sie darin herum. Wenn sie daran dachte, dass Lustow sie nicht zufällig an der Isar getroffen, sondern schon vom Verlassen der Praxis an verfolgt hatte, zog es ihr den Magen zusammen.

Endlich München. Nach drei U-Bahn-Stationen bis zum Kolumbusplatz und fünf Minuten zu Fuß war sie fast zu Hause. Ohne den geringsten Plan, was sie tun sollte. Während sie ihren Schlüssel hervorkramte, wurde hinter ihr eine Autotür geöffnet und zugeschlagen. Empfindlich gemacht von der Erfahrung in der Nacht zuvor, wandte sie sich um.

Ein älterer Herr mit dunklem Mantel und Hut war aus einer Limousine ausgestiegen und kam geradewegs auf sie zu. »Inka Minden«, rief er.

In Mindens Bewusstsein zuckte der Gedanke, sich rasch in ihre Wohnung zu verziehen, aber das wäre tatsächlich ein Weglaufen gewesen, wie es schon gestern wenig Erfolg gezeitigt hatte. Mit dem Schlüssel in der Faust wartete sie.

Der Mann kam in schnellen, zornigen Schritten näher. Irgendwoher kannte sie ihn.

»Sie sind eine Schande, Frau Minden, was erlauben Sie sich?« In seinen Augen flackerte der Zorn.

»Und Sie sind?«

»Professor Maximilian Werker – das sieht Ihnen ähnlich, dass Sie sich nicht erinnern können.«

»Sie sind Bastians und Clarissas Vater.« Ja, sie glaubte, ihn auf der Hochzeit gesehen zu haben.

»Und Sie sind also Therapeutin. Ich sage es Ihnen, Sie sind eine Schande für meinen Beruf.«

Minden fragte sich, ob sie Werker aus dem beruflichen Kontext kennen müsste. Wenn er Professor war, vermutlich an der LMU. Sie selbst hatte an der Universität der Bundeswehr in Neubiberg studiert. »Was wollen Sie von mir, Herr Werker?«

»Das fragen Sie noch?« Seine Stimme zitterte vor Empörung. »Eine Entschuldigung will ich für Ihre Unverschämtheit. Wie Sie über Clarissa geredet haben ...« Er verstummte, übermannt von seinem Zorn.

»Was soll ich denn über Ihre Tochter gesagt haben?«, fragte Minden betroffen, überlegte nervös, worauf er hinauswollte.

»Spielen Sie nicht die Unschuldige. Soll ich den Artikel aus meinem Auto holen? ›Hossam hat es nicht anders verdient, sagt sie und lächelt kühl.‹ Erinnern Sie sich? Wollen Sie ernsthaft behaupten, Sie könnten dermaßen frech meinen Schwiegersohn in den Dreck ziehen, ohne meine Tochter zu beleidigen?«

»Okay«, nickte Minden erschöpft. »Das Zitat ist falsch und der Artikel eine einzige Verleumdung. Ich wollte auf keine Weise etwas Böses sagen, weder über Hossam noch über Clarissa. Wenn ich Sie trotzdem verletzt habe, tut es mir leid. Schönen Abend.« Sie wandte sich zur Tür.

Werker jedoch packte sie am Arm. »Sie haben keine Vorstellung, was Sie angerichtet haben. Meine Frau ist seit Samstag ein einziges Nervenbündel, und Ihr Artikel hat ihr den Rest gegeben.«

»*Mein* Artikel? Glauben Sie mir, ich fühle mit Ihrer Frau, ich war am Samstag auch vor Ort. Aber wenn der Artikel Sie empört, dann wenden Sie sich ans *Münchner Abendblatt*. Und jetzt lassen Sie mich los.«

»Das wenigstens lernt man bei euch – alle Kollateralschäden achselzuckend hinzunehmen. Ich will eine richtige Entschuldigung …«

»›Bei uns‹?«

»Na, Sie, Hossam, Bastian, allesamt schlagt ihr um euch, wenn euch was nicht passt. Wollen Sie behaupten, das liege nicht daran, wie Sie ausgebildet wurden?«

»Ich war Kaderathletin«, verteidigte Minden sich halbherzig. Aber die Aussage des Professors war zugleich nicht völlig aus der Luft gegriffen. Jemanden so zu bearbeiten, dass er im Zweifel bereit war, auf einen Menschen zu schießen, erzeugte nicht selten eine ungesunde Dynamik.

»Es gibt bei euch nur Schwarz-Weiß, wir gegen die. Die Sippe muss geschützt werden, der Feind ist nicht mehr wert als Unkraut. Aufopferung über alles. Kameradschaft den Starken, aber wer Schwäche zeigt, kann gleich seine Sachen packen.« Der anfängliche Zorn war gewichen, machte einer düsteren Bestimmtheit Platz. »Truman hätte Deutschland nie erlauben sollen, nach '45 wieder eine Armee aufzubauen.«

»Wirklich, es tut mir so leid, was geschehen ist«, sagte Minden behutsam. »Ich teile Ihre Trauer. Aber finden Sie nicht, jetzt ist der falsche Moment für Ihre Kritik?«

»Wann denn sonst? Wenn mir irgendjemand zuhört, dann jetzt ...«

»Ich will die Bundeswehr überhaupt nicht verteidigen«, versuchte Minden ihn zu besänftigen. »Aber den Samstag haben andere zu verantworten – und die Schuld im System zu suchen, wird den Abschied von Clarissa nicht leichter machen. Und Ihr Sohn Bastian ...«

Der Professor ließ sie so abrupt los, dass sie verstummte. Er starrte sie mit einem Blick an, so unversöhnlich und böse, dass sie einen Schritt zurückstolperte. Im gelblichen Licht der Straßenlaterne bekamen seine Züge etwas Kränkliches. »Ihn hätte es treffen sollen.«

Die Worte glitten Minden wie eine nasskalte Schlange die Wirbelsäule hoch. In stummem Entsetzen stand sie vor dem Professor.

Auf der Straße bretterte ein Pritschenwagen vorbei. In der Ferne heulte eine Sirene.

»Ich will eine Entschuldigung. Eine offizielle.« Seine Unterlippe zitterte. »Auf der Beerdigung morgen.«

Bevor Minden etwas erwidern konnte, stürmte er zu seiner Limousine zurück. Ratlos und müde sah sie ihm hinterher, während er mit kreischenden Reifen davonbrauste.

DIENSTAG

13

Von Holl stand nackt in der Küche und schnitt drei Bananen in den Mixer. Anschließend schlug er sechs Eier auf und gab das Eigelb dazu. Milch.

Mit dem Mixer und zwei Gläsern ging er ins Wohnzimmer, wo Bastian fluchend versuchte, sich trotz der störenden Verbände in ein Hemd zu zwängen. Die Bulldoggen lagen auf dem Boden und schauten gelangweilt Richtung Fernseher, wo die Zeichentrickserie *Rick & Morty* lief.

»Frühstück«, verkündete von Holl und füllte die Gläser.

Es klingelte. Die Bulldoggen hoben den Kopf und senkten ihn wieder.

Von Holl öffnete. Perfekt. Der Anzug, den er bestellt hatte. »Gefällt dir, was du siehst?«, fragte er den Lieferanten, der den Blick nicht von seinem Schritt losreißen konnte.

Zurück im Wohnzimmer warf er den Anzug über die Couchlehne und half Bastian, dessen Hemd zurechtzuziehen.

Es klingelte erneut. Die Bulldoggen zuckten nicht einmal mehr.

»Also, als Wachhunde sind die ja nicht zu gebrauchen. Erwartest du jemanden?«

Bastian schüttelte den Kopf.

»Ich mach schon.«

Als von Holl die Tür öffnete, stand eine anämische Frau vor ihm, die augenscheinlich eitel, aber nicht besonders diszipliniert war, denn die rote Tönung war bereits einen Fingerbreit aus ihrem Haar gewachsen.

»Was kann ich für Sie tun?«, fragte er, und als die Frau genau wie der Lieferant nur Augen für seinen Schritt hatte, fügte er hinzu: »Noch nie einen Mann gesehen?«

Da, endlich, sah sie auf. »Ich suche Bastian Werker.« Noch während sie es sagte, verfing sich ihr Blick auf seinen Pectorales Majores. Es war der übliche Effekt, den sein unbekleideter Oberkörper auf Frauen hatte.

»Was wollen Sie von ihm?«

Sie streckte eine krankhaft dünne Hand aus. »Maria Lustow vom *Münchner Abendblatt*. Ich wollte fragen, ob Herr Werker bereit wäre, ein paar Sätze zu dem tragischen Tod seiner Schwester zu sagen?«

»Lustow?« Von Holl musterte sie genauer. Sie wirkte, als könne jeder Windhauch sie davonwehen, aber offenbar war das schwindsüchtige Äußere nur Tarnung. »Sie haben den geistigen Durchfall zu Inka Minden fabriziert.«

»Ich habe ...«

»Ersparen Sie mir Ihre fadenscheinigen Ausreden. Ich zähle jetzt bis drei. Wenn ich Sie dann noch auf diesem Grundstück sehe, beauftrage ich die drei teuersten Anwälte Münchens damit, Ihnen das Leben zu Dantes Inferno zu machen.«

»Ich ...«

»Eins ...«

»Jojo«, erscholl es hinter ihm. Obwohl er sich immer noch im Kampf mit seinem Hemd befand, war Bastian in die Diele getreten. »Lass Sie rein.«

»Das meinst du nicht ernst.«

»Bevor sie so eine Scheiße auch noch über uns schreibt, reden wir lieber mit ihr.«

Hinter Bastian trotteten Ruby und Diamond herbei, leckten die Lefzen.

»So blöd kann sie gar nicht sein«, sagte von Holl. »Solche Ausschussware haben sie nicht mal beim *Abendblatt*.«

Bastian hatte nach dem Aufstehen die Gesichtsverbände abgenommen – die rechte Kopfseite war mit Brandblasen übersät. Auch wenn er nicht gerade appetitlich aussah, streckte Lustow ihm tapfer die Hand entgegen. »Herr Werker, wie schön, Sie kennenzulernen.« Und nachdem Bastian ihre Hand tatsächlich ergriffen hatte, trippelte sie an von Holl vorbei in die Wohnung.

Während Bastian sie auf die Couch bat, als sei Lustow eine alte Freundin, zog von Holl schnell seinen Anzug von der Lehne weg und begann sich anzukleiden. »Beeilt euch, in einer halben Stunde müssen wir zur Beerdigung.«

Bastian aber, in Hemd und Unterhose, schien auf einmal ohne alle Eile. »Dann hauen Sie mal raus«, sagte er, während er sich auf den Rattanschaukelstuhl gegenüber der Couch setzte.

»Ist es in Ordnung, wenn ich aufnehme?«, fragte Lustow.

»Nur zu.«

Lustow tippte auf ihrem Handy herum und legte es dann auf den Couchtisch.

»Gute Idee«, sagte von Holl und tat es ihr gleich.

Lustow zog die Brauen zusammen, verzichtete jedoch auf einen Kommentar und blieb weiterhin Bastian zugewandt. »Wollen Sie zuerst einmal beschreiben, wie es Ihnen geht? Sie sehen ja schon wieder erstaunlich fit aus. Nach allem, was Sie erlebt haben. Ich meine, es muss schrecklich gewesen sein?«

In nüchterner Knappheit fasste Bastian zusammen, dass ein großer Haufen Scheiße nicht weniger stank, wenn man darin herumstocherte.

»Sie haben Ihre Schwester sicher sehr geliebt?«

Was für eine Frage – von Holl hätte Lustow am liebsten direkt aus dem Haus geworfen.

»Wie kommen Sie darauf?«, fragte Bastian.

»Sie waren Trauzeuge, oder nicht?«

»Für Hossam.«

»Ah, okay. Also verlieren Sie in einer einzigen Nacht Ihre Schwester und Ihren besten Freund. Wie tragisch.« Sie sagte es, als ob sie es alles andere als tragisch fand. Als Bastian nichts weiter hinzufügte, setzte sie nach: »Wissen Sie, woher Inka Mindens Hass auf Hossam kommt?«

»Hass?«

»Sie haben meinen Artikel nicht gelesen? Ich habe Frau Minden ...«

»Doch, doch. Hat sie das wirklich gesagt? Dass Hossam es nicht anders verdient hat?«

Lustows Entrüstung war peinlich schlecht gespielt. »Sonst hätte ich es ja wohl kaum so veröffentlicht.«

»Boah, keine Ahnung. Eigentlich ist Inka voll okay. Ein bisschen eigenbrötlerisch vielleicht, aber sie war Hbf, da ...«

»Was?«

»Heeresbergführerin. Die sind selten Rudeltiere. Egal. Sie und Hossam haben trotzdem super zusammengepasst.«

»Und dann kommt plötzlich Clarissa Werker ins Spiel. Das muss die Arme ziemlich umgepustet haben ...«

Während Ruby hingebungsvoll damit beschäftigt war, seine Hand abzuschlecken, folgte von Holl angespannt dem Gespräch. Es war klar, dass Lustow irgendwas im Schilde führte.

»Inka war es, die Schluss gemacht hat«, sagte Bastian. »Hossam wäre ihr ans Ende der Welt gefolgt.«

Für eine Weile war nur das Schlabbern von Rubys Zunge und das leise Quaken des Fernsehers zu hören.

»Sieh mal einer an«, murmelte Lustow schließlich, »die Geschichte wird ja immer interessanter.«

»Aber sie hätte Hossam nie was getan. Niemals.«

»Warum sind Sie sich da so sicher?«

»Keine Ahnung.« Bastian zuckte die Schultern. »Aber ist so.« Hilfe suchend sah er zu von Holl.

»Sie hat nicht das Zeug dazu«, sagte dieser.

»Und das wissen Sie woher?«

Von Holl seufzte. »Wenn du zusammen für das Töten übst, entwickelst du schnell ein Gespür, wer dafür gemacht ist und wer lieber Strickkurse an der VHS anbieten sollte.« Er warf einen Blick auf sein Handy. »Wir müssten dann los.«

Lustow ignorierte ihn. »Herr Werker, was sagen Sie dazu, dass die Polizei Hossam Saids Vater in U-Haft gesteckt hat?«

Die neue Information ließ von Holl den Kopf drehen. Bastian war aufgesprungen. »Das ist ja wohl ein Witz, oder?«, rief er.

»Sie wissen es noch nicht?« Rote Flecken der Schadenfreude tanzten auf ihren Wangen. »Gestern bereits. Hat anscheinend seinen Sohn verstoßen, weil der sich vom Islam abgewandt hatte.«

Bastian lachte auf, verzog dann aber das Gesicht, als seine Schmerzrezeptoren ihm mitteilten, in welch bescheidenem Zustand er sich aktuell befand. »Was für ein Scheiß«, knurrte er. »Die haben doch seit Jahren nichts mehr miteinander zu tun gehabt. Warum sollte der Alte jetzt auf einmal so ausrasten?«

»Aber die Hochzeit bot die perfekte Gelegenheit, das müssen Sie zugeben.«

»Für das Medienecho, ja, vielleicht. Aber das Ding so durchzuziehen, vergiss es. Der Typ war Übersetzer oder so was. Der baut nicht einfach mal eine Profi-Bombe nach Plänen aus dem Internet.«

»Eine Profi-Bombe, sagen Sie?«

»Wenn Sie mich fragen, war der Sprengstoff im Dach angebracht, vermutlich in der Fahrzeugstruktur, zwischen Karosserie und Innenverkleidung. Da ist nicht viel Platz; das Ding so zu bauen, dass es genau da reinpasst, ist schon krass genug. Dann den Zünder so mit der Hintertür zu verkabeln, dass die im richtigen Moment …«

»Basti«, rief von Holl.

»Was ist?«

»Ich glaube nicht, dass Frau Lustow sich für deine Spekulationen interessiert.« Er lächelte sie an. »Was die Ermittlungen betrifft, fragen Sie am besten die Polizei. Sie scheinen ja ganz gute Kontakte zu besitzen.«

Mit einer schnippischen Geste warf sie ihre Locken zurück. »Sie haben sich ja offensichtlich Ihre eigenen Gedanken gemacht. Also, wenn es nicht der Vater war … wer dann?«

Von Holl suchte Bastians Blick und tippte sich ans Handgelenk, doch Bastian missachtete den Hinweis. »Irgendein linker Pazifist, möchte ich wetten.«

»Pazifist?«

»Pseudo-Pazifist. Klar lehnt er Gewalt ab, aber wenn es um die eigene Sache geht, wischt er sich mit seinen Idealen den Arsch ab. So ein Weltverbesserer, der von Morgenthau feuchte Träume bekommt. Wenn du für deine Heimat einstehst, bist du gleich ein Nazi. Die ganzen Wichser studieren

Politik an der Uni und reden von unilateralen Friedensverhandlungen, dabei haben sie …«

»Basti …«

»Ist doch so: Deutschland wird seit achtzig Jahren fetter und fetter, wälzt sich in seiner Selbstgerechtigkeit und tut so, als ob das alles hart erarbeitet wäre und verdient und was weiß ich, Wirtschaftswunder am Arsch. Kaum rollt der Russe mit seinen fünf Schrottpanzern in die Ukraine, stellen wir fest, dass wir geliefert sind, und was machen wir? Zeigen auf die Bundeswehr und wichsen uns in unsrer woken Überlegenheit einen darauf ab, wie kaputt unsere eigenen Bestände sind …«

»Basti …«

»Klar ist die Bundeswehr ein Witz, kann man toll drüber lachen, aber das Lachen bleibt einem im Hals stecken, wenn man feststellt, dass die ganze postkoloniale Ausbeutungsscheiße nicht mehr so gut funktioniert, wenn man niemanden mehr hat, der bereit ist, ein paar Atombomben zu werfen, falls es sein muss …«

Als Bastian Atem holte, nutzte Lustow den Moment: »Zurück zu meiner Frage: Wer steckt Ihrer Meinung nach hinter dem Anschlag?«

»Ich hab es doch gerade gesagt: Irgendein Träumer, der glaubt, bei den ganzen autokratischen Arschlöchern in der Welt ist die einzige Lösung, sich auf den Rücken zu rollen und sich tot zu stellen. Für den ist selbst der armselige Rest an Verteidigungskraft, die wir haben, noch eine Provokation. Verquere Psychoscheiße. Müsste man Inka mal fragen, die kennt sich mit so was aus. Welches dumme Arschloch prügelt aus lauter Angst vor dem Wolf den Schäferhund tot?«

»Basti«, von Holl hatte sich erhoben und packte ihn an den Schultern, »reicht jetzt, wir müssen los.«

»Ich geh dann auch mal besser«, murmelte Lustow und steckte ihr Handy ein.

»Sie können alles verwenden, was ich gesagt habe«, rief Bastian ihr hinterher, »hören Sie? Alles.«

14

Strahlend blauer Himmel, vom Frauenplatz lärmten die Touristen hoch. Kleinrädls Laune war miserabel. Polizeipräsident Brandner hatte in der Morgenbesprechung dem Wunsch Nachdruck verliehen, der Fall möge rasch aufgeklärt werden. Kurz danach hatte der bayerische Innenminister angerufen und das Gleiche getan. Die »Bundeswehr-Morde« waren in allen großen Zeitungen der Aufmacher gewesen, was den Ermittlungen alles andere als zuträglich war. Zwei von Kleinrädls Leuten waren nur damit beschäftigt, die Hinweise von irgendwelchen Wichtigtuern zu überprüfen. Er selbst hatte in der Nacht viereinhalb Stunden lang Karim Said verhört. Der Pflichtverteidiger, ein feister junger Schnösel mit Spinat zwischen den Zähnen, hatte mehr juristische Finten genutzt, als Kafka sich hätte ausmalen können. Das hatte die ganze Geschichte unnötig in die Länge gezogen. Schon nach den ersten zwanzig Minuten hatte Kleinrädl geahnt, dass er keine belastbare Aussage gewinnen würde. So war es dann auch gekommen, und ohne sich noch mit der Ermittlungsrichterin zu beraten, hatte er Said am Morgen aus der Station entlassen.

Zurück auf Anfang.

In den Medien war der Verdacht schnell auf russische Agenten gefallen. Kleinrädl hatte sowohl mit dem Verfassungsschutz als auch mit dem Militärischen Abschirmdienst telefoniert – in beiden Fällen erfolglos. Wenn tatsächlich der Kreml seine Hand im Spiel hatte, war er diskreter vorgegangen als gewöhnlich.

Die Spurensicherung sowohl für Hossam Saids als auch Clarissa Werkers Wohnung war ohne nennenswerte Ergebnisse abgeschlossen worden. Die Sicherstellung von hundert Milligramm Speed in Hossams Schlafzimmer hatte Friedrichs einen kleinen Kick beschert, aber das war auch schon alles.

Immer noch keine Nachricht vom Kriminaltechnischen Institut. Er versagte sich den Anruf in der Maillingerstraße – die LKA-Kollegen warteten vermutlich nur darauf, ihren Eile-mit-Weile-Sermon loszulassen.

Die letzten Zeugenvernehmungen waren abgeschlossen worden, ohne dass sich neue Spuren ergeben hätten.

Friedrichs war mit dem ernüchternden Ergebnis von Limoscout24 zurückgekehrt, dass das Tatfahrzeug neuwertig vom Hersteller bezogen worden war, bevor man es an Werker verliehen hatte. Die Firmengarage sei rund um die Uhr überwacht gewesen, sowohl vom Personal als auch von Kameras. Friedrichs habe die Aufnahmen gesichert und gesichtet, aber nichts Verdächtiges erkennen können.

»Wollen Sie einen Kaffee?«, fragte Kleinrädl Schlanghain, die damit beschäftigt war, zum hundertsten Mal die Dokumentation der Spurensicherung durchzugehen.

Plötzlich stürmte Kromer in die Teeküche, schwenkte aufgeregt ein paar Blätter.

»Was Neues?« Kleinrädl hatte ihr aufgetragen, Umfeld und Hintergründe der Opfer genauer zu recherchieren.

»Clarissa«, rief Kromer und griff nach der Brille, die um ihren Hals baumelte. »Sie war mal in ein Gerichtsverfahren verwickelt.«

Kleinrädl nahm hoffnungsvoll die Blätter entgegen. »Weswegen?«

»Behandlungsfehler. Genauer: ein Aufklärungsfehler. Hatte was mit einer Po-Vergrößerung zu tun. Klägerin war Cinderella Fey. Gab eine außergerichtliche Einigung.«

»Cinderella Fey?«

»Künstlername. Bürgerlich heißt sie Melanie Kaulbach. Influencerin für Beautyprodukte.«

»Wohnhaft?«

»In München. Bogenhausen.«

Fünf Minuten später hatte Kleinrädl das Präsidium verlassen und befand sich zusammen mit Schlanghain auf dem Weg nach Bogenhausen. Während Kleinrädl steuerte, widmete Schlanghain sich Feys Instagram-Profil.

»Und?«, fragte er.

»Ihr Fokus sind wohl Kosmetika. Kromer hat sie noch nicht erreicht, oder?«

»Ich fürchte, nicht.«

»Dann schreib ich ihr mal, dass wir kommen.«

»Sie schreiben ihr?«

»Bevor ich zur Kripo gekommen bin, war ich in der Pressestelle, ich hab die Zugangsdaten noch ...«

Sie hatten Glück: Noch auf dem Weg erhielt Schlanghain Antwort, dass Fey zu Hause und gerne zu einem Gespräch bereit sei.

»Frau Kaulbach?«, begann Kleinrädl, als eine junge Frau mit zu viel Schminke im Gesicht die Tür öffnete. »Kriminalpolizei Münch...«

»Bitte, Leute, Cindy reicht, kommt rein.«

»Frau Kaulbach ... Cindy ... wir sind hier wegen des Mords an Clarissa und Hossam Said.«

»I know, habt ihr ja geschrieben«, antwortete Cindy, während sie in die Wohnung voranging. »Aber ich muss euch enttäuschen, ich war's nicht. War in Köln auf ner Beautymesse, gibt tausend Posts dazu.« Beiläufig nahm sie eine Karaffe und schenkte Wasser in zwei Gläser.

»Keine Sorge, Sie stehen nicht unter Verdacht.«

»Ach, nicht?« Sie wirkte ehrlich überrascht. »Und warum seid ihr dann hier?«

»Sie haben im Herbst vorvergangenen Jahres Anzeige gegen Clarissa Werker erstattet, ist das korrekt?«

»War nix Persönliches.«

»Sondern?«

Sie schob gleichgültig die Unterlippe vor. »Business.«

»Können Sie das näher erläutern?«

»Ganz offenbar bist du nicht der Typ, der euren Account verwaltet.« Sie sah zu Schlanghain. »Willst du deinem Kollegen vielleicht die Show erklären?«

»Sie meint das Drama«, erklärte Schlanghain. »Social Media funktioniert über Storys – je konfliktreicher, desto besser. Das heißt«, die Frage war an Cindy gerichtet, »du hast sie nur verklagt, damit du guten Content kriegst?«

»Klingt ein bisschen gemein, aber im Großen und Ganzen war's so. Jetzt schaut nicht so entsetzt, war jetzt auch nicht völlig aus der Luft gegriffen.«

»Um was ging es denn genau?«, fragte Kleinrädl.

»Könnt ihr die Akten nicht einsehen?«

Machen wir, sobald wir zurück sind, dachte Kleinrädl säuerlich – *falls das Gericht bis dahin jemanden gefunden hat, der bereit ist, die fünf Gehminuten zum Präsidium auf sich zu nehmen*. »Vielleicht können Sie den Sachverhalt aus Ihrer Perspektive schildern?«

»Hab mir den Po aufspritzen lassen. Mit Hyaluronsäure, easy Sache. Zwei, drei Spritzen links, zwei, drei Spritzen rechts, fertig. Aber das Aufklärungsgespräch vorher war shit. Ich mach das ja regelmäßig, aber das konnte die Werker nicht wissen, ich war zum ersten Mal bei ihr. Meine alte Ärztin ... aber egal. Jedenfalls hat die Werker überhaupt nichts davon erzählt, dass das nur ein paar Monate hält. Gab quasi keine Anamnese. Na ja, jedenfalls hab ich dann meinem Ärger in der Community Luft gemacht. Und Werker, was macht die? Unterlassungsklage wegen Verleumdung. Da schalte ich natürlich meinen eigenen Anwalt ein, und der sagt: Cindy, wir machen Angriff. Also klage ich eben selbst, wegen Aufklärungsfehler.«

»Es gab eine außergerichtliche Einigung?«

»Was sonst? Ich hatte ja eh keinen Bock auf so ein richtiges Verfahren, und die Werker hat schnell gemerkt, dass sie nur verlieren kann, wenn sie's sich mit mir verscherzt. Wollt ihr rauchen? Geht auch drinnen, ich hab eine gute Lüftung.«

»Nein, danke. Aber machen Sie nur.«

»Ich?« Sie lachte, es klang echt. »Das kann ich nicht bringen, viel zu schlecht für die Haut.«

»Wie sah die Einigung denn aus?«

»Na, wir haben beide unsere Anzeigen zurückgezogen. Dafür hab ich gepostet, dass die Werker ihre Aufklärung nur auf Druck der Bäuerlein so schlampig durchgeführt hat.«

»Wer ist denn nun die Bäuerlein?«

»Werkers alte Chefin. Die, der die Praxis ursprünglich gehört hat. Ist nach der Sache in Rente.«

»Und glauben Sie das? Dass Frau Werker nur auf Druck gehandelt hat?«

»Woher soll ich das wissen. Hab die Bäuerlein nie kennengelernt. Die Story war eh durch, die Leute verfolgen Bitchkrieg immer nur ein paar Wochen, dann braucht es ne Versöhnung. Und die Werker hat fair bezahlt.«

»Sie wurden von Frau Werker bezahlt?«

»Na, für die Klarstellung, dass die Bäuerlein schuld war. Jetzt schau mal nicht so horstig, was glaubst du, wie ich mein Geld verdiene.«

»Wenn ich ehrlich bin«, Kleinrädl erhob sich, »habe ich nicht die geringste Ahnung, wie Sie das tun.« Er griff nach seinem Glas und trank es leer. »Danke für das Wasser.«

15

Von Holl hatte Werker senior versprochen, Bastian spätestens um halb zwei am Riemer Friedhof abzuliefern. Die Trauerzeremonie war für Punkt vierzehn Uhr angesetzt. Um 13:58 Uhr erreichten sie den Parkplatz. Voll. Auf den Seitenstreifen der Straße reihten sich die Fahrzeuge Stoßstange an Stoßstange. Die Zahl an dunklen Limousinen war enorm.

Von Holl parkte den Wagen in einer Einfahrt – sollte er eben abgeschleppt werden. Er hasste Verspätungen. Dass Bastian darauf bestanden hatte, seine Köter mitzunehmen, machte die Geschichte nicht besser. Von Holl hatte Bastian seit Jahren im Verdacht, keine Möglichkeit auszulassen, den eigenen Vater zur Weißglut zu bringen. Das Verhältnis zwischen den beiden war miserabel.

Am Zugang zum Friedhof wurden sie von einer Gruppe Polizisten aufgehalten, die ihre Namen abhakten und sie nach Waffen abtasteten.

Es waren wohl einige wichtige Leute gekommen. Die Hunde durften nur mit, weil Bastian gedroht hatte, ansonsten auf dem Absatz kehrtzumachen. Die Aussegnungshalle des Friedhofs, augenscheinlich ein Neubau, sah aus wie das Oberdeck eines Sternenkreuzers. Es war ein strahlender Sommertag, und die Zeremonie fand im Freien statt. Auf dem Rasen zwischen dem Bereich mit den Gräbern und der Aussegnungshalle hatte man in langen Reihen Klappstühle aufgestellt, alle besetzt. Auf einer Bühne davor waren zwei Särge aufgebahrt, die Einäscherung sollte im Anschluss geschehen. Die *endgültige* Einäscherung, musste man wohl sagen.

Es war leicht zu unterscheiden, wer für Hossam und wer für Clarissa da war: auf der einen Seite athletische Männer mit kurz geschorenen Haaren und steinernen Mienen, auf der anderen perfekt geschminkte Weinköniginnen im kleinen Schwarzen, deren Stöckelschuhe im gekiesten Untergrund ihre Nemesis gefunden hatten. In den vorderen Reihen saßen auffällig viele ältere Semester in maßgeschneiderten Anzügen beziehungsweise Militäruniformen. Die Repräsentanten von Politik und Militär. Eine Dame in weitem schwarzen Kleid stand bereits auf der Bühne und sprach über Trauer und Verlust. Von Holl kannte sie nicht.

Werker senior winkte seinen Sohn zu sich, doch je heftiger er mit dem Arm wedelte, desto langsamer schlurfte Bastian ihm entgegen.

Von Holl suchte sich einen Platz im Schatten der Halle, wofür Ruby und Diamond ihm mehr als dankbar waren. Er wiederum war dankbar, dass die Köter ihm eine Ausrede verschafften, sich im Hintergrund zu halten.

Ob der Generalinspekteur tatsächlich gekommen war? Von Holl musterte die Anwesenden, aber niemand hatte das dünne graue Haar und die nach links geneigte Schulterpartie des Mannes, den er suchte. Stattdessen entdeckte er eine ältere Frau in einem dunklen, kaftanartigen Kleid, dessen Kragen mit goldenen Stickereien verziert war. Das Design deutete eher auf ein Zitat hin als auf tatsächliche marokkanische Tradition, aber dass Aziza Said sich in Szene zu setzen wusste, hatte von Holl bereits auf der Hochzeit erfahren dürfen. Es überraschte ihn nicht, dass sie keinen Anstoß daran zu nehmen schien, ihren Sohn auf einem christlichen Friedhof bestattet zu sehen.

Ähnlich abseits wie er selbst, nur auf der anderen Seite der Klappstühle, bemerkte er Inka Minden, die mit verschränkten Armen vor sich hin brütete. Respekt, dass sie sich nach dem Artikel im Abendblatt noch hierher traute – kaum hatte er das gedacht, fiel ihm ein roter Schopf in der zweiten Reihe ins Auge, der auf einem erstaunlich dünnen Hals balancierte. Er sah nur das Profil der Frau, aber sie trug dieselbe Bluse wie am Vormittag. Maria Lustow. Überrascht pfiff er durch die Zähne. »Alles gut«, flüsterte er rasch, als Diamond beunruhigt zu ihm aufsah. Er machte sich eine mentale Notiz, gleich nach der Einäscherung in der juristischen Abteilung seiner Firma anzurufen, damit sie ihm einen der Medienanwälte vorbeischickten. Jetzt erst bemerkte er, wie viele Menschen Handy oder Notizblock auf dem Schoß hielten: Klar, dass die Presse sich ein solches Ereignis nicht entgehen lassen würde.

Die Dame am Mikrofon bat den eigentlichen Trauerredner auf die Bühne. Von Holl hatte noch nie eine zivile Mehrfachbestattung erlebt; der Trauerredner machte es ironischerweise nicht viel anders als der Trauredner und erzählte von Liebe, die Grenzen überwindet, und von Bäumen, die zusammenwachsen. Oder zusammen wachsen. Um das Bild in seiner gesamten komplexen Tiefe nachvollziehen zu können, hörte von Holl nicht gut genug hin. Der Worthülsen überdrüssig vertrieb er sich die Zeit damit, die Reaktionen der anderen zu beobachten. Die andächtig lauschende Gemeinde bereitete ihm Unbehagen. Taschentücher wurden gezückt, um verlaufene Wimperntusche weiter zu verschmieren. Selbst die Kinder saßen gelähmt auf den Schößen ihrer Eltern.

Von klein auf hatte von Holl es als unangenehm empfunden, wenn Menschen ihre Gefühle nicht im Griff hatten. Er war nicht kaltherzig, diesen Vorwurf verwehrte er sich – auch wenn die meisten Frauen seines Lebens früher oder später ihre argumentative Niederlage auf diese Weise zu verzögern suchten. Er fühlte, er fühlte viel, und er verdrängte auch nichts. Aber er ließ seine Gefühle nicht wuchern. Und während jeder Gärtner darum wusste, dass der ästhetische Mensch sich den Launen der Natur nicht feige ergeben durfte, glaubte sich die moderne Gesellschaft auf dem Weg zur Glückseligkeit, indem sie sich allen neuronalen Reizen und Hormonen jubelnd entgegenwarf.

Es gab einen Unterschied zwischen dem Unterdrücken von Gefühlen und ihrer Sublimation. Nietzsche hatte das erkannt. Freud auch. Von Holls Blick suchte Minden. Er hätte gern ihre professionelle Meinung zu dem Thema erfahren. Selten hatte er eine Frau kennengelernt, die so wenig über sich preisgab wie sie. Nach wie vor starrte sie vor sich aufs Gras.

Die Sonne kroch unaufhaltsam näher. An seinem Bein schnaufte Ruby, die Hitze machte ihr zu schaffen. »Kommt.« Er führte die beiden Hündinnen weg von der Zeremonie auf den Vorplatz der Aussegnungshalle, der nach wie vor im Schatten lag.

Ruby knurrte. Halb verdeckt von der Hecke, die den Weg von der Halle zu den Gräbern flankierte, stand eine schmale Frau in weißen Turnschuhen, blauen Jeans und offener brauner Lederjacke. Ihr Blick war auf den Trauerredner gerichtet, obwohl auf die Entfernung nicht mehr als Wortfetzen zu verstehen waren. Gespenstisch still stand sie da, wie eine Statue fast. Nur die Tränenspuren auf ihren Wangen zeigten, dass sie lebte. Sie mochte Anfang vierzig sein und strahlte die Schönheit eines Menschen aus, der Leid erfahren hatte, aber nicht daran zerbrochen war.

»Hallo«, sagte von Holl.

Die Frau zuckte. Nicht erschreckt, eher so, als hätte er

sie aus ihrer Trance gerissen. Ihre Augen hatten das kalte, klare Blau eines Bergsees. Der Blick ruhte nur kurz auf von Holl, bevor er auf den Hündinnen liegen blieb.

»Brauchen Sie ein Taschentuch?«, fragte er. Im selben Moment fiel ihm ein, dass er gar keines dabeihatte.

»Danke.« Sie schüttelte den Kopf. »Ich wollte eh weiter.«

Bevor er etwas erwidern konnte, wandte sie sich ab, ging zur Straße. Ihre Schuhe knirschten im Kies. Am liebsten wäre von Holl ihr nachgelaufen, aber Frauen hinterherzurennen war eine Schwäche, für die er andere Männer zu sehr verabscheute, als dass er ihr selbst hätte erliegen wollen.

Stumm sah er ihr nach. Er kannte nicht einmal ihren Namen. Die Frau drückte sich an den Polizisten vorbei, ging zu einer Reiseenduro, zog einen Helm vom Lenker und setzte ihn auf. Ohne sich noch einmal umzusehen, schwang sie sich auf die Maschine und brauste davon.

Ein Blick zur Wiese zeigte von Holl, dass Werker senior inzwischen auf die Bühne getreten war. Von Holl machte wieder ein paar Schritte zurück Richtung Zeremonie, um in Hörreichweite zu gelangen. Was der griesgrämige Professor zu predigen hatte, interessierte ihn wenig, aber er hoffte auf eine Ablenkung von der mysteriösen Motorradfahrerin.

»... ist der Schmerz eines Vaters, der seine Tochter verloren hat. Diesen Weg werden meine Frau und ich alleine gehen müssen. Wenn ich also hier in die Öffentlichkeit trete, dann aus der Hoffnung heraus, dem Verbrechen, das zwei unschuldige junge Menschen ihrer Zukunft beraubt hat, einen Sinn zu verleihen, sofern das überhaupt möglich ist.« Selbst auf die Entfernung sah von Holl, wie das Papier in den Händen des Professors zitterte. »Noch wissen wir nicht, wer hinter der Tat steckt, aber was wir beschreiben können, ist der Boden, auf dem eine solche Tat gedeihen kann. Gewalt erzeugt Gegengewalt. Das klingt wie eine Binse, doch unsere Gesellschaft weigert sich, die entsprechenden Konsequenzen zu ziehen. Ich habe einen Sohn, der sein Leben dem Krieg verschrieben hat, und ich versuche ihn anzunehmen, wie die elterliche Pflicht es gebietet. Doch ich kann die Augen nicht davor verschließen, wie die Gewalt ihn verändert. Das ist nicht seine Schuld«, er sah Bastian direkt an, der am Rande der vierten Reihe saß und starr zu Boden blickte, »es ist nicht deine Schuld, Bastian. Es ist die Dynamik eines Systems, das unsere Kinder für ein entmenschlichtes Morden ausbildet und dies als sinnstiftendes Spiel verkauft. Nie wieder, haben wir gesagt nach den Grauen des Zweiten Weltkrieges, wir haben die Idee einer Inneren Führung erfunden und so getan, als lasse sich dem einzelnen Soldaten Verantwortungsbewusstsein auf dieselbe Weise verordnen wie Frühsport ...«

Von Holl hatte Bastian zu oft über das Blümchenweltbild seines Vaters schimpfen gehört, um besonders überrascht zu sein. Doch unter den übrigen Trauergästen begannen einige nervös auf ihren Klappstühlen zu rutschen. Es waren beileibe nicht nur Soldaten.

»In der Psychologie gibt es den Begriff der radikalen Akzeptanz. Indem wir das Böse akzeptieren, verliert es seinen Schrecken. Aufs große Ganze übertragen könnte man sagen: Indem wir akzeptieren, dass es Kriegstreiber und Warlords gibt, Diktatoren und andere Übeltäter, finden wir zwar keine Möglichkeit, die Welt zu befrieden – aber wir finden einen Weg, unseren eigenen Frieden mit ihr zu machen. Unseren inneren Frieden zu finden.«

Bastian war aufgestanden. Die Hälfte der anwesenden Köpfe drehte sich, um zu verfolgen, wie er die Wiese verließ, die andere Hälfte beobachtete ihn vergleichsweise verstohlen aus dem Augenwinkel.

Der Senior klammerte sich verzweifelt an seinem Skript fest. »Wenn wir dem Bösen entgegentreten, gibt es zwei Alternativen. Entweder das Böse gewinnt und verschlingt uns. Oder der andauernde Kampf zwingt uns in eine Spirale der Gewalt und des Aufrüstens. Je rücksichtsloser der Gegner, desto unbarmherziger verteidigen wir uns. Wir sagen, wir verteidigen unsere Werte, aber mit jeder neuen Schlacht verwenden wir Mittel, die uns weiter von diesen Werten entfernen ...«

Bastian hatte die Aussegnungshalle erreicht, rauschte vorbei. Von Holl packte ihn am Arm. »Wo willst du hin?«

Bastian versuchte sich loszumachen, aber von Holl ließ nicht locker.

»Kotz du mir nicht auch noch auf den Sack.«

»Hier, der Autoschlüssel«, sagte von Holl und drückte ihn Bastian in die Hand. »Was ist mit den Mädels?«

Für eine Sekunde erlosch das alles vernichtende Feuer, und der wahre Basti schimmerte durch; der kleine verletzte Junge, der niemanden an sich heranließ, weil er nichts so sehr fürchtete, wie seinen Nächsten eine Enttäuschung zu sein. »Kannst du sie mir später vorbeibringen?«, fragte er kleinlaut.

»Mach keine Dummheiten«, sagte von Holl.

Während Bastian davonhumpelte, lauschte von Holl fasziniert, wie der renommierte Psychologieprofessor Maximilian Werker sich nicht zu schade war, sich vor aller Welt zum Deppen zu machen.

»... vielleicht können also auch die Toten, die wir heute zu betrauern haben, ein Stein des Anstoßes sein, den unheilvollen Korpsgeist zu hinterfragen, der in deutschen

Kasernen herrscht. Sicher haben Sie alle mitbekommen, wie Inka Minden dem Tod ihres Kameraden und Ex-Partners mit kühler Verachtung begegnet ist. Heute bietet sich ihr die Chance, Gesagtes ungeschehen zu machen, Verletzungen zu heilen. Härte – gegen sich selbst oder andere – ist keine Lösung, sondern ein zentraler Teil des Problems. Heute soll Frau Minden uns ein Beispiel sein, dass wir einer solch toxischen Haltung nicht hilflos ausgeliefert sind; dass uns Nachsicht und Nächstenliebe nicht in die Wiege gelegt werden, sondern Eigenschaften sind, die wir aktiv erstreben und erhalten müssen. Frau Minden, die Bühne gehört Ihnen.«

Wieder verrenkten sich die Trauergäste die Hälse. Wer bisher nicht gewusst hatte, wer Inka Minden war oder wo sie stand, folgte den Blicken der anderen.

Von Holl betrachtete das Schauspiel so gefesselt wie der Rest. Mindens Arme waren nicht mehr verschränkt, sondern befanden sich seitlich am Körper, leicht angewinkelt, die Hände auf Hüfthöhe. Ein Cowgirl vorm Shootout. Mit dem Nachteil, dass die Waffe fehlte.

»Frau Minden?«, schnarrte der Professor.

Ihr Blick sprang Hilfe suchend über die Menge, verharrte bei von Holl. Nein, kein Cowgirl, ein Mäuschen in der Lebendfalle. Er zuckte die Schultern und sah zur zweiten Klappstuhlreihe – natürlich hatte Lustow bereits ihr Handy gezückt. Atemlose Stille.

Dann ging ein Ruck durch Minden, und sie eilte über die Wiese, dem Ausgang und von Holl entgegen.

»Frau Minden«, die Stimme des Professors überschlug sich, »wenn Sie jetzt gehen, werden Sie es bereuen!«

Als sie von Holl erreichte, versuchte er ein aufmunterndes Nicken, doch sie glühte ihn nur stumm an, und schon war sie an ihm vorbeigerauscht. Was hätte er denn tun sollen? Und warum ausgerechnet er? Es hätte ja auch jemand anderes den Mund aufmachen können.

Widerwillig eilte er Minden nach, rief ihr zu, sie solle warten. Ohne ihn zu beachten, schloss sie ihr Rad auf und fuhr davon.

Eigentlich verspürte er wenig Lust, länger zu bleiben. Noch einmal Wasser für die Tiere, beschloss er, dann ein Taxi. Ein Blick zur Wiese zeigte ihm, dass der stammelnde Professor gerade von einer Frau von der Bühne geschoben wurde – Bastians Mutter. Anschließend ergriff der Trauerredner wieder das Wort. Hoffentlich war die Nummer bald vorbei.

Während sich von Holl auf den Weg zu den Hündinnen machte, parkte hinter ihm ein Wagen so schwungvoll, dass er sich umdrehte. Auf der gegenüberliegenden Straßenseite stand die schrottreife Karikatur eines Kleinbusses. Die rote Lackierung hatte sich bereits an vielen Stellen verabschiedet und dem Rost das Feld überlassen. Kratzer und Schrammen überzogen die Karosserie wie aufgekratzte Pickel das Gesicht eines Teenagers. Der Griff der Schiebetür war abgerissen, am Seitenspiegel fehlte ein Teil der Verkleidung.

Nur die Musikanlage schien in Schuss zu sein, denn die Fenster vibrierten im Bass eines Technotracks, der direkt aus dem Einführungsseminar zu Weißer Folter hätte stammen können.

Die Seitentür wurde aufgeschoben, und der Sound überschwemmte von Holl. Hinter sich erahnte er das Jaulen der Hunde.

Aus dem Wagen sprang ein Typ mit Undercut und nacktem Oberkörper. Um den Hals hing ihm eine Kette, wie normale Menschen sie nutzten, um ihr Rad abzuschließen. Des

Weiteren trug er eine Armeehose in Tropentarn und Springerstiefel. Nach ihm zeigte sich eine Frau in identischer Aufmachung, die außerdem ein schwarzes Tanktop trug. Zwei weitere Typen, ganz in Schwarz.

Die Frau stapfte in breiten Schritten auf von Holl zu. »Das hier die Beerdigung von dem KSK-Pimmel?«, fragte sie kaugummikauend.

»Mund zu beim Essen«, sagte von Holl. »Ich denke nicht, dass Sie das etwas angeht.«

»Fussel, lass den Schwanz«, rief der Undercut. »Wir sind richtig, hast du mir nicht zugehört, ich hab angerufen.«

»Was wollen Sie hier?«, rief von Holl. Er hasste es, die Stimme erheben zu müssen, aber anders kam er gegen den Bass nicht an.

Undercut grinste hämisch. »Ich denk nicht, dass dich das was angeht, du Systemschwein.« Er wandte sich zu dem, der gefahren war. »Mach mal Partymucke.«

Der Angesprochene holte ein Handy vom Beifahrersitz, zwei Sekunden später stoppten die Bässe. Einen Moment lang herrschte paradiesische Stille, dann begann der neue Track; begleitet von Synthiegedudel redete im Intro eine nüchterne Stimme über Flüchtlinge.

Von Holl zückte sein eigenes Telefon.

»Was willst du machen?«, höhnte Undercut. »Die Bullen rufen? Öffentliche Straße, Arschloch.« Er streckte die Zunge raus.

Von Holl steckte sein Handy wieder ein, ging auf Undercut zu. Anderthalb Meter entfernt blieb er stehen. »Verschwindet.« Der Track baute sich langsam auf, noch musste von Holl nicht laut werden. »Sofort.«

Undercut machte seinerseits einen Schritt auf von Holl zu.

Das Intro war vorbei. *Dieses Land gleicht einer Kanalisation*, plärrte es stechend aus dem Kleinbus.

»Ich zähle bis drei«, sagte von Holl.

Undercut zog ein Butterflymesser aus dem Gürtel, schüttelte es geschickt auf.

»Eins ...«, sagte von Holl.

Die restlichen Punks positionierten sich zu Undercuts Seiten. *... dann kümmer ich mich drum, dass der Rassist auch seine Scheiße frisst*, kreischten die Boxen.

»Zwei ...«

Noch ein weiterer Schritt von Undercut. Er war nah genug heran, um zustechen zu können. Längst hätte von Holl den Raum sichern müssen. Es gab Situationen, in denen er nach Lehrbuch vorging. Und es gab Punks.

Nie wieder Deutschland, ich mein es, wie ich's sage.

»Mutiges kleines Schweinchen«, feixte Undercut und hielt von Holl das Messer vors Auge. Von Undercuts Schergen hatte ein Einziger einen Schlagring aufgezogen, die anderen waren unbewaffnet.

»Drei«, sagte von Holl.

Er packte Undercuts Handgelenk, renkte es aus, und bevor sein Opfer wusste, wie ihm geschah, hatte von Holl ihm die Kniescheibe zertreten. Mit beiden Händen stieß er den Fallenden von sich. Der Impuls kam aus einem sicheren Stand, einem festen Becken, einem gespannten Oberkörper und zeigte sich nur in einer minimalen Bewegung. Mit guter Technik brauchte es nicht mehr. Undercut flog meterweit nach hinten, bevor er hart auf dem Asphalt aufschlug.

Während von Holl die Finger zum Dehnen verschränkte, sah er sich nach den Schergen um. Ihre Blicke flackerten hilflos zwischen ihm und ihrem Boss, der sich vor Schmerzen schreiend auf der Straße wälzte.

Deutschland ist, wenn Fascho-Cops gefeiert werden.

Von Holl trat zu Undercut und sah auf ihn hinunter. Das Knie war durch, aber das hatte er bereits beim Kontakt gespürt. Die Schergen wichen zurück.

Von Holl pfiff durch die Zähne, laut genug, um den Quatsch aus dem Kleinbus zu durchdringen. Die Schergen begannen zu rennen. Von Holl blickte sich nicht um, er kannte seine Mädels. »Fass.«

Mit einer Geschwindigkeit, die man den gedrungenen Bulldoggen kaum zugetraut hätte, sauste erst Ruby an ihm vorbei, dann Diamond. Die beiden warfen sich jeweils auf einen der Fliehenden, nur die Frau entkam ins Auto, schlug panisch die Seitentür zu.

Von Holl ging neben dem heulenden Undercut in die Hocke. »Deutschland ist ein Rechtsstaat«, sagte er und packte Undercuts Kiefer. »Und ich verspreche dir: Wenn es anders wäre«, er drehte den Kiefer so, dass Undercut ihn ansehen musste, »würde deine Mutter dich heute Abend nicht wiedererkennen.«

»Verrecke, du Arschloch«, presste Undercut hervor. Blut lief ihm aus dem Mundwinkel, und sein Blick ging an von Holls Schulter vorbei.

Von Holl wandte sich um und sah, wie mehr und mehr Trauergäste sich auf dem Vorplatz der Aussegnungshalle versammelten, mit offenen Mündern und schreckgeweiteten Augen.

An vorderster Front stand Maria Lustow und filmte.

16

Kromer hatte zwar keine Telefonnummer gefunden, aber immerhin die Adresse. Konstanze Bäuerlein wohnte genau wie Cinderella Fey in Bogenhausen – in einer cremefarbenen Gründerzeitvilla, deren Pracht sich hinter der drei Meter hohen Hecke nur erahnen ließ.

Bäuerlein war allerdings nicht zu Hause.

»Mittag«, entschied Kleinrädl und deutete auf eine Bäckerei ein paar Häuser weiter.

Die Sonne stand günstig. Die zwei Tischgarnituren aus Aluminium, die von den Betreibern auf den Bürgersteig gestellt worden waren, lagen im Schatten. Kleinrädl war bereit, darüber hinwegzusehen, dass der Bürgersteig definitiv zu schmal für eine Genehmigung war, und kaufte Kaffee und Gebäck.

Schlanghain musterte ihn schief, als er wiederkam.

»Was ist?«

»Vier Quarktaschen?«

»Jeder zwei.«

»Hatten die keine belegten Semmeln oder so?«

»Soll ich Ihnen eine holen?«

»Nee, passt schon, danke.« Mit spitzen Fingern griff Schlanghain nach einer der Quarktaschen.

Kleinrädl seufzte und stand auf. »Ich hol Ihnen was anderes.«

Ohne Schlanghains Einspruch zu beachten, ging er wieder nach drinnen und kehrte mit einer Schinkensemmel zurück. »Bitte schön.«

Schlanghain sah erst das Brötchen an, dann ihn – und

brach in Lachen aus. Schließlich schob sie ihm den Teller mit der Schinkensemmel zu. »Essen Sie das mal. Ich bin Vegetarierin.«

»Hätten Sie das nicht gleich sagen können?«

»Ich kam nicht dazu«, erwiderte sie in unerträglicher Nonchalance und griff erneut nach der Quarktasche. »Schwamm drüber.«

»Sie machen es mir nicht einfach, wissen Sie das?«

»Sie mir etwa?«

Die Parade traf ihn so unerwartet, dass es ihm die Sprache verschlug.

»Jetzt kommen Sie schon«, sagte Schlanghain fröhlich, »ich verrate Ihnen doch nichts Neues.«

»Ich bin Ihr disziplinarischer Vorgesetzter«, schnaubte Kleinrädl. »Ein Wort von mir, und Ihr Ausflug in mein Dezernat ist totaliter erledigt.«

Mit einem Eifer, der nicht zu ihrer vorigen Missbilligung passen wollte, biss Schlanghain in ihre Quarktasche. Immer noch kauend nuschelte sie: »Dann ist es eben so. Bevor ich solche Mundwinkel entwickle wie Friedrichs, suche ich mir freiwillig was anderes. Das garantiere ich Ihnen.« Sie legte das Gebäck zurück auf den Teller. »Die Frau, die angerufen hat, Theresa Mayers, das war Ihre Ex-Frau, oder?«

Erneut verschlug es ihm die Sprache. Mit offenem Mund saß er da, einer Anfängerin gegenüber, die fünfundzwanzig Jahre jünger war als er und offenbar beschlossen hatte, es sich endgültig mit ihm zu verscherzen.

»Jetzt schauen Sie nicht so. Sie haben mir das Handy in die Hand gedrückt, erinnern Sie sich?«

Kleinrädl erhob sich. »Wir sollten weiter.«

»Hören Sie, Chef«, sagte Schlanghain, die sitzen geblieben war. »Ich glaube, Sie sind gar nicht so schlimm, wie alle sagen. Sie haben nur so lange den Bad Cop gespielt, dass Sie selbst glauben, einer zu sein.«

»Was wissen Sie schon«, knurrte Kleinrädl. Aber der Zorn, der in ihm aufgestiegen war, sank zurück auf den dunklen Grund seiner Weltverdrossenheit. »Pause ist vorbei. Lassen Sie die Sachen von mir aus einpacken.«

Sie stand auf und wischte sich mit einer Serviette die Finger sauber. »Wohin geht's?«

»Schwabing. Dr. Bäuerlein plant, in der Herzogstraße ein Bistro zu eröffnen.«

Jetzt war es an Schlanghain, erstaunt zu sein. »Und das wissen wir woher?«

Kleinrädl deutete mit dem Daumen hinter sich zum Ladenfenster. »Frau Doktor ist Stammkundin hier. Die Verkäuferin war mehr als entgegenkommend.«

Früher hätte Kleinrädl noch Stolz empfunden auf die kleine Rechercheperle. Inzwischen war er schlicht erleichtert, auf seiner ziellosen Reise einen weiteren willkürlichen Wegweiser gefunden zu haben. Nur nicht stehen bleiben. Mehr zu hoffen gab es nicht.

Kleinrädl hielt direkt unter einem Parkverbotsschild. Es hatte auch Vorteile, Vertreter des Gewaltmonopols zu sein.

Die Bäckereiverkäuferin hatte die genaue Adresse nicht gewusst, aber von einer Baustelle gesprochen. Das schien zu reichen, denn gegenüber parkte der Kastenwagen eines Handwerksbetriebs, hinter dem das Wummern eines Presslufthammers hervordrang.

Schlanghain an seiner Seite, umrundete Kleinrädl den Wagen und fand sich vor einem völlig entkernten Ladengeschäft wieder. Die Scheiben waren trübe von Staub, Kabel zogen sich wie Adern über den Estrich, aus den unverputzten Wänden ragten Stromanschlüsse, überall lag Werkzeug herum. Zwei drahtige, grauhaarige Männer in Arbeitshosen beobachteten einen dritten, der mit dem Presslufthammer die Rückwand aufriss. Niemand trug Ohrenschutz, aber alle drei hatten eine Kippe im Mund.

Kleinrädl wartete, bis der Mann am Presslufthammer eine Pause machte, dann rief er in den Raum, dass er auf der Suche nach Frau Bäuerlein sei.

»Boss!«, rief einer der Männer, ohne seine Zigarette von der Lippe zu nehmen. Kurz darauf trat eine zierliche Frau aus einem Durchgang im hinteren Bereich des Raumes. Sie trug eine verkehrt herum aufgesetzte Baseballkappe, eine Latzhose und Stöckelschuhe. Mit erstaunlicher Sicherheit trippelte sie an allen Stolperfallen vorbei auf ihren Besuch zu.

Als sie Kleinrädls Dienstausweis sah, forderte sie die Handwerker auf, Mittagspause zu machen. »Eröffnung in sechs Wochen, wird eine knappe Kiste. Aber da müssen wir jetzt durch.« Feiner Lidstrich zierte ihre Augen, mehr Schminke war nicht nötig. Noch mit Mitte sechzig war sie eine schöne Frau.

»Wir?«

»Meine Frau und ich. Sie ist die Köchin. Ich mach das Projektmanagement.« Sie lächelte verlegen. »Eigentlich bin ich nur dabei, weil Steffi meint, ich werde unerträglich, wenn ich den ganzen Tag zu Hause sitze.«

Kleinrädl sah sich um, versuchte sich vergeblich vorzustellen, wie aus diesem Konglomerat aus Bauschutt und Kabelsalat innerhalb von anderthalb Monaten ein eröffnungsbereites Lokal werden sollte.

»Hier kommt die Theke hin«, sagte Bäuerlein. »Wir machen alles frisch, regional, saisonal. Liebe zum Detail, aber nicht teuer. *Auswärts zu Hause* ist unser Motto. Auf den Namen haben wir uns auch geeinigt, endlich. *Tableau Noir*. Das Französisch war Steffi wichtig, ich mag, dass es etwas Geheimnisvolles hat. Hier in die Mitte kommt eine lange Tafel, schwarz natürlich. Alle sollen zusammensitzen. Wie eine Familie eben.«

Auch wenn sie die Präsentation zweifelsohne schon häufiger gehalten hatte, war ihre Begeisterung nicht von der Hand zu weisen.

»Frau Bäuerlein«, sagte Kleinrädl, »wir würden gern über Clarissa Werker mit Ihnen sprechen.«

Ihre Begeisterung erlosch. Sie zog ihre Kappe ab und fuhr sich mit den Fingern durch die modische Kurzhaarfrisur. »Sicher.«

»Sie sind augenscheinlich nicht auf der Beerdigung«, sagte Kleinrädl mit Blick auf die Uhr. »Soweit wir wissen, hat Frau Werker Ihre Praxis übernommen, nachdem Sie selbst in den Ruhestand getreten sind. Sind Sie und Frau Werker im Guten auseinandergegangen?«

Bäuerlein, die zuvor so bereitwillig ihre Ansichten geteilt hatte, schwieg.

»Wir haben bereits mit Frau Kaulbach alias Fey gesprochen«, fuhr Kleinrädl fort. »Aus ihrer Aussage geht hervor, dass es eine außergerichtliche Einigung gab, nachdem Sie die Verantwortung für Werkers Verhalten übernommen hatten. Ist das korrekt?«

Bäuerlein betrachtete ihre Kappe, wischte einen Mörtelkrümel von der Krempe. Schließlich murmelte sie: »Ich habe mit Clarissa nichts mehr zu schaffen.«

»Könnten Sie trotzdem schildern, wie Sie sie erlebt haben?«

»Ist das wirklich nötig?«

»Frau Bäuerlein, Clarissa Werker ist ermordet worden.«

Mit einem Mal wurden Bäuerleins Augen feucht. Sie wandte den Blick ab, drehte sich weg.

»Hier«, sagte Schlanghain und reichte ihr eine Serviette. Bäuerlein schnäuzte sich. Noch immer abgewandt, flüsterte sie: »Selbst im Tod ...«

»Bitte?«, fragte Kleinrädl.

»Selbst im Tod verfolgt sie mich noch«, sagte Bäuerlein wieder etwas gefasster.

»Sprechen Sie es aus«, ermunterte Kleinrädl sie. »Das hilft.« Eine Behauptung, an die er selbst kein bisschen glaubte.

»Clarissa war böse.« Bäuerlein sah auf, ihre Stimme war fest. »Der böseste Mensch, den ich je kennengelernt habe. Wenn Sie etwas wollte, ja, dann konnte sie so liebenswert tun wie niemand sonst. Aber jedes Wort, jede nette Geste hatte ein Ziel. Alles war Manipulation, Sie glauben nicht, wie gut sie darin war. So ein heimtückisches Biest.« Mit jedem Satz stand Bäuerlein aufrechter. Ihre Zurückhaltung war passé. »Wie sie alle um den Finger wickeln konnte. Mich auch. Aber wenn du dich ihren Plänen in den Weg gestellt hast«, sie schüttelte erregt den Kopf, »dann hat sie dich vernichtet. Wirklich, wie ein Skalpell hat sie dich aufgeschnitten, kleine, unscheinbare Wunden, aber immer und immer wieder, bis du langsam ausgeblutet bist, ohne es zu merken.«

Kleinrädl warf einen Blick zu Schlanghain, um sich zu versichern, dass sie Notizen machte. »Warum haben Sie ihr Ihre Praxis überlassen?«

»Sie hat mich vor die Wahl gestellt.« Die Stimme war wieder leise geworden, der Blick ging zu Boden. »Entweder ich nehme alle Schuld auf mich, oder sie behauptet, ich hätte sie angewiesen, die Aufklärungsgespräche möglichst suggestiv zu führen, verkaufsfördernd.«

»Und, haben Sie?«

»Herr Kleinrädl«, sie ballte ihre Fäuste. »Vierunddreißig Jahre lang habe ich als plastische Chirurgin gearbeitet. In München finden Sie mehr Nasen von mir als von irgendwem sonst. Nicht ein einziges Mal habe ich eine Patientin unlauter behandelt. Fragen Sie, wen Sie wollen.«

»Wenn Sie eine derartige Reputation genießen, warum haben Sie sich dann erpressen lassen?«

»Eben deshalb. Ich weiß nicht, wie sehr Sie sich mit Social Media auskennen, aber für mein Geschäft ist das in den letzten Jahren extrem wichtig geworden. Eine Influencerin wie Cinderella Fey hätte meinen Ruf vernichten können.«

»Aber ...«

»Denken Sie nicht, dass es Beweise gebraucht hätte. Die gab es nicht, ich schwöre Ihnen, mein Gewissen ist rein. Im Internet allerdings interessiert niemanden die Unschuldsvermutung. In der Klatschpresse genauso wenig. Hätte ich nicht nachgegeben, ich hätte auf keinem Empfang, auf keiner Vernissage erscheinen können, ohne mit Hohn und Häme bedacht zu werden. Ich bin gern unter Leuten, Herr Kleinrädl. Ich habe mein ganzes Leben in München verbracht, ich ... ich hätte es nicht ausgehalten.«

Kleinrädl wartete, während sie ihre Tränen mit der Serviette abtupfte. Dann fragte er: »Wäre nicht Clarissa Werkers Ruf genauso ruiniert gewesen?«

»Die kannte ja damals noch keiner. Und Sie haben immer noch nicht begriffen, wie rücksichtslos sie war. ›Wenn ich untergehe, gehst du mit mir unter, die Krabben fressen uns beide‹, das waren ihre exakten Worte. Ich habe ein gutes Gedächtnis.«

Das glaubte Kleinrädl ihr gern. Trotz der Stresssituation hatte sie sich seinen Namen gemerkt, was selten passierte. »Fällt Ihnen noch jemand ein, der oder die Clarissa Werker gegenüber feindselig gestimmt sein könnte?«

Bäuerlein lachte trocken auf. »Jeder, der hinter ihre Fassade gesehen hat. Brauchen Sie ein Alibi? Ich war auf einer Ausstellung im Deutschen Museum.«

Kleinrädl reichte ihr seine Karte und verabschiedete sich.

Auf dem Weg zum Auto klingelte sein Handy. Kromer. »Was gibt's?«

»Sie waren offenbar nicht auf der Beerdigung?«

»Nein, mir ist was dazwischengekommen. Warum?«

»Uns hat gerade die Zentrale angerufen. Wir haben ein Problem.«

17

Auf dem Doppelbett lag ein riesiges Herz aus welken Rosenblüten. Rosafarbene Alu-Ballons in Herzform waren auf Bett und Boden verteilt und hatten in ihren verschiedenen Stadien des Ablebens allen An- und Auftrieb verloren. Die Wände entlang waren elektrische Kerzen aufgereiht worden, von denen nur noch wenige glommen.

Auf dem Nachttisch stand auf kleinen Beinchen eine metallene Schatulle. Minden hatte eine Ahnung, welche Funktion sie erfüllte, ging zu ihr und öffnete sie. Leer. Was wenig überraschend war, die Polizei hatte die Wohnung sicher bereits am Sonntag durchsucht.

Nachdem Minden die Gardine am nächsten Fenster zurückgezogen hatte, hielt sie die Schatulle gegen das Licht. Tatsächlich: Spuren eines weißen Pulvers waren zu erkennen. Minden musste lächeln. Eindeutig Bastians Handschrift. Sie hatte nie viel mit Hossams engstem Freund anfangen können, aber eines musste man ihm lassen: So rüpelhaft er sich gewöhnlich gab – wenn es darauf ankam, hatte er ein überraschendes Gespür für Details. Clarissas Freundinnen hatten sicher hingebungsvoll Rosen gestreut und Kerzen aufgestellt – aber was Brautleute nach dem Trubel ihrer Hochzeit brauchten, um noch eine halbwegs interessante Nacht verbringen zu können, war nicht Candlelight, sondern Speed.

Nur dass es bei Clarissa und Hossam nicht so weit gekommen war. Behutsam stellte Minden die Schatulle zurück an ihren Platz. Es war das erste Mal nach der Trennung, dass sie in Hossams Schlafzimmer stand. Eigentlich hatte sie hier nichts mehr zu suchen, war ein Eindringling, für den die rationale Inka nur Verachtung empfunden hätte. Doch die rationale Inka war verschüttgegangen – und die übrigen Inkas spürten wenig, streiften wie betäubt durch die Reliquien eines Lebens, das nur noch aus Erinnerung bestand.

Im Flur baumelte noch immer die nackte Glühbirne, für die Hossam bereits bei seinem Einzug vor anderthalb Jahren einen Schirm hatte kaufen wollen. Und im Wohnzimmer warteten noch immer die beiden toten Aloe vera auf ihre Entsorgung. Minden hätte sich gewundert, wenn Clarissa tatsächlich in Hossams Bruchbude eingezogen wäre. Sie selbst hatte regelmäßig mit seinem überschaubaren Reinlichkeitsbedürfnis zu kämpfen gehabt – aber zugleich hatte sie es als die Kehrseite einer Weltauffassung zu akzeptieren gelernt, gemäß derer das Leben zu kostbar war, um nur eine Sekunde davon zu verschwenden. Klar hätte er sich eine ganz andere Wohnung leisten können – geschweige denn eine Reinigungskraft. Nie hatte Minden einen Menschen gekannt, der so im Jetzt gelebt hatte wie Hossam.

Sie erinnerte sich an den Tag, an dem er endgültig mit seinem Vater gebrochen hatte. »Was bringt mir ein ewiges Leben, was bringen mir siebzig Jungfrauen?«, hatte er mit alkoholgläsernen Augen gerufen. »Was bedeutet Schönheit, wenn du keine Angst haben musst, dass sie vergeht? Ich will Rausch, Inka, und Sex und Todesverachtung. Alle haben Angst vor dem Tod. Ich habe Angst, das Leben zu verpassen.« Sie hatten sich die ganze Nacht geliebt.

Es war keine bewusste Entscheidung gewesen, den Ersatzschlüssel nicht zurückzugeben, und Hossam hatte nie danach gefragt. Aber es half nichts, je länger sie den Abschied hinauszögerte, desto schmerzvoller würde er werden. Sie zog den Schlüssel hervor und legte ihn neben eine leere Obstschale auf den Küchentisch. Die Küche selbst sah ungewohnt sauber aus, was vielleicht noch das Werk von Clarissas Freundinnen gewesen sein mochte. Doch sogar der Kühlschrank war ausgeräumt und vom Strom getrennt. Vermutlich Aziza Said.

Vor der offenen Kühlschranktür blieb Minden stehen und betrachtete die Zettel und Karten, die dort mit magnetischen Pins befestigt waren. Bilder von Neugeborenen, ein Rabattgutschein für einen Asia-Schnellimbiss, eine mit winzigen Buchstaben beschriebene Postkarte aus Mallorca, Clarissa und Hossam auf einem Boot, Clarissa und Hossam auf der Karlsbrücke, Clarissa und Hossam in Skimontur auf einem Gletscher. Viel Urlaub für die kurze Zeit, die sie zusammen gewesen waren.

Zwischen den ganzen Clarissas fiel Minden eine Visitenkarte auf. *Petra Baumann, Literarische Agentur, Zur Uhlandshöhe 43, 70188 Stuttgart.* Außerdem Website und Kontaktdaten.

Hossam hatte viele Qualitäten besessen, aber literarisches Interesse gehörte nicht dazu. Ein privater Kontakt? Minden konnte sich nicht vorstellen, dass Hossam die Karte ohne Billigung der phänomenal eifersüchtigen Clarissa angepinnt hätte. Wozu um alles in der Welt also hatte sich Hossam Said, der selbst für Bastians textarme Comics wenig übriggehabt hatte, für den Kontakt zu einer Literaturagentin interessiert? Minden griff nach ihrem Handy und machte ein Foto von der Visitenkarte.

Vom Flur drang das Geräusch eines Schlüssels, der im Schloss gedreht wurde. Das leise Kratzen der Wohnungstür.

Minden erstarrte.

Sie hatte nichts Verbotenes getan, trotzdem fühlte sie mit einem Mal die kalte Angst der Einbrecherin im Nacken.

Und dass du dich hier herumtreibst, macht dich ja auch ganz schön verdächtig, zischte es in ihrem Hinterkopf.

Mit zwei leisen Schritten drückte Minden sich in die Ecke neben der Tür. Wenn der oder die Neuankömmlinge direkt ins Wohnzimmer gingen, konnte sie vielleicht ungesehen nach draußen schleichen. *Oder du wirst erwischt und machst dich erst recht verdächtig.*

Minden lauschte, aber nichts war zu hören. Nicht das Rascheln von Stoff, nicht das Knarzen von Bohlen. Hatte sie sich das Geräusch nur eingebildet? Oder stammte es von der Nachbarwohnung? Doch so hellhörig hatte sie das Haus nicht in Erinnerung.

Wer hätte überhaupt einen Grund, hierherzukommen? Die Polizei war schon da gewesen. Aziza Said noch mal? Gut möglich, die Beerdigung musste bereits eine Weile vorbei sein. Aber warum waren dann keine Schritte zu hören? Hatte der Mensch sich umentschieden und war wieder gegangen?

Oder wartete er, ob alles ruhig war? Hatte er sie vielleicht sogar bemerkt? Ein beunruhigender Gedanke schlich sich in Mindens Bewusstsein: Wer auch immer für das Attentat am Samstag verantwortlich war, war nicht nur gewissenlos, sondern überaus versiert. Vor allem aber war die Person nach wie vor flüchtig, ihr Motiv unklar. Was, wenn der Doppelmord nicht das Ende ihrer Pläne war?

Instinktiv drehte Minden den hinteren Fuß nach außen, verlagerte ihr Gewicht auf die Fußballen, ging für einen niedrigeren Schwerpunkt leicht in die Knie und hob die Hände schlagbereit vors Kinn. Sie mochte nie im Einsatz gewesen sein, aber der Drill der Berufssoldatin war schlecht zu verlernen.

Ein Knacken im Flur – Einbildung? Wieder zähes Warten. Stille.

Langsam kam sie sich lächerlich vor. Die letzten Tage hatte sie kaum geschlafen, hatte alle Kräfte sammeln müssen, um nur aus dem Bett zu kommen, die basalen Herausforderungen des Alltags zu bewältigen. War es nun so weit? Forderte der mentale Ausnahmezustand seinen Preis? Die Uhr über dem Küchentisch zeigte 18:33. Wie viele Minuten stand sie schon hier? Noch zwei, entschied sie, dann würde sie es gut sein lassen.

Plötzlich ein faustgroßer Gegenstand, der durch die Türöffnung flog, gegen die Kühlschranktür schlug. Eine Granate?! Nein, aber was dann? Es sah aus wie ein – Geldbeutel. Eine Ablenkung. Ein Schatten in der Tür, schon war er an Minden heran, eine Faust schnellte auf sie zu, sie wich zurück, wurde trotzdem getroffen, taumelte, gleich der nächste Angriff, Mindens Parade ins Leere, ihr Solarplexus explodierte, Schraubzwingen an ihrem Arm, ihrer Achsel, oben und unten drehten sich, sie wirbelte um die eigene Achse, alle Orientierung war verloren. Der Aufprall auf dem harten Küchenboden trieb ihr das letzte Quäntchen Luft aus den Lungen.

Dunkel.

»Inka?«

Eine Stimme, die sie kannte, schwebte in die pochende Nacht ihrer Wahrnehmung.

»Was machst du hier?«

Ihr Brustkorb brannte. Sie rang nach Atem, das Brennen nahm zu.

»Jetzt hab dich nicht so. So schlimm war's nicht.«

Der flapsige Ton genügte, dass sie die Augen aufzwang. An der Decke über ihr tanzten Sterne. Das Gesicht davor sah mit mildem Interesse auf sie herab.

»Jonathan?«

»Na also, alles intakt.« Er streckte ihr eine Hand entgegen.

»Ich bleibe noch ein bisschen liegen«, ächzte sie, »wenn's okay ist.«

Von Holl ging zum Kühlschrank und hob seinen Geldbeutel auf. Dann öffnete er verschiedene Schränke. »Kaffee?« Er schraubte eine Mokkakanne auf und füllte den unteren Teil mit Wasser. »Du verzeihst mir hoffentlich, wenn ich das Wasser nicht erst aufwärme.«

Langsam beruhigte sich Mindens Atem. Nachdem Brustkorb und Solarplexus nicht mehr alle Aufmerksamkeit auf sich zogen, kehrte das Gefühl in den restlichen Körper zurück. Vorsichtig bewegte sie ihre Zehen, dann ihre Finger. Tastete ihren Hinterkopf ab, ihre Rippen. Mit zusammengebissenen Zähnen stemmte sie ihren Oberkörper auf die Ellenbogen.

»Was machst du hier?«, fragte sie.

»Ich habe zuerst gefragt.«

Sie bekam die Tischplatte zu fassen, zog sich daran hoch. Auch wenn nichts gebrochen schien, erhob ihr Körper bei jeder Bewegung entschieden Einspruch.

»Also?«, fragte von Holl, während er mit einem Löffelchen den Kaffee glatt strich.

Endlich hatte Minden sich weit genug aufgerichtet, um sich auf einen Stuhl schieben zu können. »Mich verabschieden«, murmelte sie.

»Ja, die Bestattung hat zweifelsohne ein paar Wünsche offengelassen.« Er stellte die Mokkakanne mit aufgeklapptem Deckel auf eine Herdplatte. Seine Bewegungen waren dermaßen gelassen und gemessen, dass Minden ihn kaum mit der Person zusammenbrachte, von der sie eben noch mit gnadenloser Effizienz außer Gefecht gesetzt worden war.

Sie seufzte. »Eine Entschuldigung kann ich vermutlich nicht von dir erwarten.«

»Wofür? Für die paar blauen Flecken? Was hättest denn du an meiner Stelle gemacht?«

Minden bereute bereits, dass sie das Fass überhaupt geöffnet hatte. »Ach, weiß nicht«, sagte sie. »Vielleicht erst mal was gerufen? ›Ist da wer?‹ hat sich meiner Erfahrung nach bewährt.«

»Es hätte der Mörder sein können. Es passiert immer wieder, dass Täter an den Ort des Verbrechens zurückkehren.«

»Also Schloss Walfurt?«, fragte Minden ironisch. »Ich bin dran: Warum bist *du* hier?«

Von Holl holte zwei Kaffeetassen aus einem der Schränke. »Bastis Idee. Meine Anwälte sagen, ich soll mich erst mal zurückhalten. Irgendwie ist meine Adresse in Riederau durchgesickert, weswegen dort wohl gerade Tamtam ist.« Nach einem letzten Blick in die Kanne nahm von Holl sie vom Herd und schenkte den Kaffee in die bereitgestellten Tassen.

»Hab ich was verpasst?«

Er wandte sich zu ihr um. »Hast du den Nachmittag aufm Mond verbracht?«

»Was ist passiert?«, fragte Minden beunruhigt.

»Inka, Schatz, es gibt Neuigkeiten.« Er kam mit den Tassen zum Tisch und stellte eine vor ihr ab. Ein Waschbär war aufgemalt, der geringelte Schwanz formte den Griff. Die Tasse hatte Minden Hossam aus Tokyo mitgebracht. Noch bevor sie zusammengekommen waren. »Das *Abendblatt* hält dich zwar immer noch für die Staatsfeindin Nummer eins. Aber dein treuer Freund und Kupferstecher Jonathan Ferdinand von Holl«, er grinste sein unnachahmlich nervtötendes Grinsen, »liegt auf Platz zwei und holt auf.«

Minden deutete auf von Holls Tasse. »Darf ich die haben?«

»Magst du keine Waschbären?«

Sie schüttelte den Kopf.

Während sie den Kaffee tranken, sah Minden die Videos an, die Lustow ins Netz gestellt hatte. Schamvoll durchlebte sie erneut, wie sie weggerannt war, als Clarissas Vater sie auf die Bühne gerufen hatte. Das zweite Video musste sie mehrmals abspielen, so irrwitzig kam es ihr vor. »Du hast die Hunde auf die Typen gehetzt?«, fragte sie ungläubig.

Von Holl zuckte die Schultern. »Notwehr.«

»Auf dem Video sieht es anders aus.« Sie gab ihm das Handy zurück.

»Der eine hatte ein Messer. Und sie waren in der Überzahl.«

»Ein paar Halbstarke, die auf dicke Hose machen – und du mit deiner Ausbildung. Null Verhältnismäßigkeit. Das war schwere Körperverletzung. Alter, du hast ihm die Kniescheiben zerstört.«

»Nur eine.« Von Holl leerte seinen Kaffee. »Lass uns was spielen.« Ohne ihre Zustimmung abzuwarten, ging er ins Wohnzimmer.

Minden stellte die leeren Tassen in die Spülmaschine und folgte ihm. Er hatte bereits die Playstation angeschaltet und sich aufs Sofa gesetzt.

»Dein Ernst?«

Von Holl reichte ihr einen Controller. »Frau Minden, ich fordere Sie zum Duell.« Er zeigte auf den Bildschirm, wo die verschiedenen Spiele angezeigt wurden. »Die Wahl der Waffen überlasse ich Ihnen.«

»Ich warne dich, ich hab mit Hossam ganze Nächte durchgezockt.« Insgeheim musste sie zugeben, dass der Gedanke, von Holls Selbstbewusstsein etwas zurechtzustutzen, durchaus seinen Reiz hatte. Sie setzte sich vor ihm auf den Teppich und wählte ein Rennspiel aus, in dem Plüschtiere gegeneinander antraten. Die Grafik war quietschbunt. Außerdem konnte man sein Fahrzeug mit allerlei Waffen aufrüsten und damit seine Kontrahenten auf unterschiedlichste Weise aus dem Rennen schießen. Minden kannte das Spiel in- und auswendig. Mit jeder Runde, die sie gewann, wurde von Holl mürrischer.

»Meine Damen und Herren, ist das zu glauben«, verkündete Minden im gehetzten Timbre einer Sportkommentatorin, »der große Favorit Jonathan Ferdinand von Holl wird erneut überrundet. Hat er überhaupt noch eine Chance, nicht auf einen der vorderen Plätze, nein, das nicht, das ist vorbei, aber zumindest eine Chance, das Rennen mit Würde zu beenden? Wir wünschen es ihm alle. Die letzte Brücke, nein, oh, der Winkel ist zu steil, er gerät ins Schlingern ... und da segelt er davon. Das war's. Wie tragisch – von Holl, der in seinem Leben nie zu verlieren gelernt hat, muss erfahren, dass er nicht perfekt ist. Was macht das mit ihm? Ich höre gerade, er steht bei unserem Außenreporter, fragen wir ihn doch direkt, Herr von Holl, wie geht es Ihnen nach diesem dramatischen Marathon des Scheiterns?«

Sie hielt ihm die Faust vors Kinn, als befände sich ein Mikrofon darin.

»Ich habe Hunger«, sagte von Holl.

Sie bestellten Pizza. Während sie warteten, zeigte Minden sich gnädig und wählte ein kooperatives Spiel aus, in dem es darum ging, gemeinsam Unmengen von Skeletten zu zertrümmern.

Die Pizzeria hatte dem Lieferanten einen Drei-Euro-Wein mitgegeben. Zu Mindens Überraschung nahm von

Holl den Wein freudig entgegen und ging direkt in die Küche, um die Flasche zu öffnen.

»Mit Wein ist es wie mit Sturmgewehren«, sinnierte er, während sie aßen. »Jeder freut sich über ein G95, aber wenn es drauf ankommt, tut die AK den Job genauso gut.«

»Deep«, sagte Minden und biss in ihr fetttriefendes Pizzastück. »Weißt du«, fragte sie mit vollem Mund, »was ich vom Dienst am meisten vermisse?«

»Hundert durchtrainierte Jungs, die dir klaglos hinterherlaufen?«

»EPas.«

Von Holl runzelte die Brauen. »Bevor wir uns falsch verstehen: Du meinst E-P-as? Wie in ›Einpersonenpackung‹? Wie in ›Fraß aus der Hölle‹?«

»Genau die. Ich hatte ja einen viel strengeren Ernährungsplan als ihr ... da hat meine Diätologin die Kalorien einzeln geprüft, ob die Zusammensetzung der Spurenelemente gepasst hat.« Sie nahm einen weiteren Bissen. Mit zurückgelegtem Kopf gab sie sich dem Rausch hin, den der salzigfette Käse in ihr auslöste. Als die Wirkung abebbte, fuhr sie fort: »Und dann im Gebirge: nichts als Dosenravioli, Grießbrei, Trockenkekse, wochenlang. Ein einziges Junkfood-Schlaraffenland.«

»Du bist komisch.«

Minden ließ sich Wein nachschenken. Sie hatten die Flasche geleert, bevor die Pizza aufgegessen war.

»Lass uns noch mal an die Playstation«, sagte von Holl. »Du schuldest mir eine Revanche.«

Minden gewährte sie ihm, von Holl verlor.

Wie zuvor begann sie ihn mit ihrer Kommentatorinnenstimme zu necken, doch er ging nicht darauf ein. Mit langen, feinen Fingern, die so gar nicht zu seiner militärischen

Erfahrung passen wollten, legte er den Controller an dessen Platz.

Bedächtig setzte er sich zurück aufs Sofa. »Darf ich dir eine Frage stellen, Inka?«

Minden, wieder auf dem Teppich sitzend, drehte den Kopf zu ihm hoch. »Und zwar?«

»Hast du es wirklich gesagt?« In seiner Stimme lag ein ungewohnter Ernst. »Dass Hossam es nicht anders verdient hat?«

Sie wich seinem Blick aus, nahm den Controller, um die Playstation auszuschalten. »Ja«, flüsterte sie.

Eine Weile schwiegen sie beide. Die Lüftung der Spielekonsole surrte leise vor sich hin.

»Eigentlich habe ich gesagt«, fügte sie hinzu, »dass er es nicht anders gewollt hat ... Aber was macht das für einen Unterschied.«

»Und?«, fragte von Holl. »Hast du es so gemeint?«

Minden spürte die Tränen nahen, leise, unaufdringlich. Sie wehrte sich nicht. »Ich habe es kommen gesehen«, wisperte sie.

Wieder war es still. Selbst die Lüftung war zur Ruhe gekommen. Von Holl hakte nicht nach. Und dank seiner Zurückhaltung fand Minden die Kraft, weiterzusprechen: »Hossam hat alles Alltägliche verachtet. Routinen waren ihm ein Graus. Alles, was gemeinhin als vernünftig gilt. Hautkrebsscreenings, Steuern, Geschwindigkeitsbegrenzungen. Sicher, manchmal war es unglaublich anstrengend – und zugleich habe ich ihn geliebt dafür. Es war nicht so, dass er die Regeln der Gesellschaft abgelehnt hätte, er hat sich nur nicht von ihnen vereinnahmen lassen.«

»Er hat überall Möglichkeiten gesehen, nie Hindernisse«, sagte von Holl.

Minden nickte. »Aber je länger ich mit ihm zusammen war, je besser ich ihn kennengelernt habe, desto sicherer war ich mir, dass es ihn irgendwann zerstört. Ich hätte mir nie ausgemalt, dass es so passiert – im Gefecht, bei einem Autounfall, einer Überdosis, ja, aber auf seiner Hochzeit?« Sie verstummte, zog die Beine an, betrachtete die Staubmäuse unter der TV-Bank.

»Andererseits«, sagte sie schließlich, »passt es wieder zu ihm. Solange ich ihn kannte, hat er sich über verheiratete Paare lustig gemacht, als den Inbegriff der Spießigkeit. Dass er dann selbst geheiratet hat – ich war mir sicher, die Ehe würde nicht lange halten, würde tragisch enden ... aber so ...«

Sie legte die Arme um die angezogenen Knie, fühlte den Tränen nach, die langsam ihre Wangen hinabbrannnen. *Weinen ist gesund*, sagte die rationale Inka, aber als sie merkte, dass keiner ihr antwortete, schwieg auch sie.

Irgendwann knackte das Sofa von einer Bewegung von Holls. Das unerwartete Geräusch wirkte in dem stillen Raum bedeutsamer, als es war.

»Habt ihr euch deshalb getrennt?« Die Frage kam nicht so forsch, wie Minden es von ihm gewohnt war, stattdessen vorsichtig, tastend. »Weil du seine selbstzerstörerischen Tendenzen nicht mehr ausgehalten hast?«

Minden dachte daran, wie sie und Hossam einmal zufällig auf einen Chiliwettbewerb gestoßen waren. Hossam hatte behauptet, er werde ihr seinen Sieg widmen, und hatte sich spontan angemeldet. In der letzten Runde hatte er einen Kreislaufkollaps erlitten und war Zweiter geworden.

Sie schüttelte den Kopf. Hossam hatte sich in zahllose halsbrecherische Aktionen gestürzt, aber nichts davon hatte ihre Liebe zu ihm geschmälert. 2021 war es gewesen, nach seiner Rückkehr aus Afghanistan, dass er sich verändert hatte. Er hörte auf, über die Arbeit zu sprechen, zog sich von Minden zurück. Zu dem Zeitpunkt hatte sie noch Gebirgslehrgänge gegeben, aber bereits ihre eigene Therapieausbildung begonnen. Die Doppelbelastung hatte sie eine Kraft gekostet, die es ihr unmöglich gemacht hatte, mit Hossams Schweigen feinfühlig genug umzugehen. Immer seltener hatte sie das Gespräch gesucht, und wenn doch, hatte er sie beschuldigt, die Rolle der Therapeutin zu übernehmen. »Ich brauche keine Therapie«, hatte er gerufen und den Esstisch umgeworfen, »die Welt braucht eine Therapie.« Damals hatte sie angefangen, nachts mit den Zähnen zu knirschen.

»Es war kompliziert«, sagte sie.

»Let's call it a day«, sagte von Holl.

Minden streckte die eingeschlafenen Beine aus. Ihr Rücken schmerzte. Kurz fragte sie sich, woher, dann erinnerte sie sich an von Holls Angriff Stunden zuvor.

»Ich glaube, ich bleibe noch ein bisschen«, murmelte sie. Der Gedanke, vor ihrer Wohnung könnten weitere Gestalten vom Kaliber Lustows auf sie warten, drehte ihr den Magen um.

Einen Moment lang sah von Holl sie stumm an, die Stirn in unschlüssige Falten gelegt. Dann straffte er sich, stand auf. »Vielleicht schaue ich in Riederau nach dem Rechten.«

Als das Taxi kam, schien es einen Augenblick, als wolle er sie umarmen. Doch dann beließ er es bei einem Nicken und wünschte mit altbekannter Beiläufigkeit eine gute Nacht.

MITTWOCH

18

Im Taxi wollte ihn der Fahrer in ein Gespräch verwickeln, aber von Holl widmete sich demonstrativ seinem Handy.

Der Sprecher seiner Anwälte hatte versichert, die einstweilige Verfügung gegen Lustow sei abgesandt und werde aller Wahrscheinlichkeit nach am Morgen rechtskräftig. Was auch immer das bringen mochte. Wiesbaden hatte angerufen. Auch Basti. Blasius, seine Vorstandschefin, hatte geschrieben, das Board Meeting am Donnerstag brauche seine Anwesenheit.

Von Holl hatte wenig Lust, im Taxi zu telefonieren, also öffnete er ein Nachrichtenportal. Zahllose Artikel kochten den Fall hoch, aber nichts davon hatte Gehalt. Am unverschämtesten war mal wieder das *Abendblatt*. Lustow beschrieb hämisch, wie katastrophal die Beerdigung gelaufen war. Während der Rest des Boulevards eher nationalistische Töne anschlug und den Fokus auf die »linksextremen Messerstecher« legte, wählte Lustow den entgegengesetzten Weg. Auch wenn sie die Punks nicht in Schutz nahm, ließ sie zwischen den Zeilen doch durchblitzen, dass sie die Perspektive von Bastians Vater teilte: Prinzipiell sei die Bundeswehr an allem schuld. Immerhin hatte sie Bastians Tirade vom Vormittag nicht mehr aufgegriffen. Nun, Lustow wirkte nicht so, als würde sie ihre Munition auf einmal verschießen.

Von Holls Handy klingelte. Wiesbaden.

»Wollen Sie nicht rangehen?«, fragte der Fahrer.

Nein, wollte er nicht. Andererseits wartete Wiesbaden normalerweise, bis er zurückrief. Widerwillig nahm er den Anruf entgegen. »Ich bin in Gesellschaft.«

»Wo sind Sie?«

»In München. Wie Sie wissen sollten.«

»Die Polizei sucht nach Ihnen.«

»Richten Sie ihr aus, mir geht es gut.«

»Sparen Sie sich Ihre Sprüche, von Holl. Sie stellen sich umgehend.«

Das Taxi überquerte die Isar. Missmutig betrachtete von Holl, wie im Süden die Türme des Heizkraftwerks blinkten.

»Von Holl? Haben Sie verstanden?«

Menschen in Leitungspositionen – sein ganzes Leben hatte von Holl mit ihnen zu tun gehabt. Unkultivierte Bastarde allesamt. »Wie Sie wünschen«, seufzte er. Nachdem er die Verbindung beendet hatte, beugte er sich zum Fahrer vor und wies ihn an, zur Frauenkirche zu fahren.

Der Beamte am Nachteinlass des Polizeipräsidiums trug einen Kaiser-Wilhelm-Gedächtnisschnauzer und ein violettes Steinchen im Ohrläppchen. Von Holl erklärte den Grund seines Erscheinens. Der Beamte musterte ihn ohne große Leidenschaft, fragte nach dem Personalausweis, und von Holl zeigte ihn ihm. Der Beamte hieß ihn warten und rief einen Kollegen an. Von Holl fragte sich, warum Wiesbaden so einen Zeitdruck gemacht hatte.

Kurz darauf erschien ein übermüdeter junger Mann in Zivil. Nachdem er von Holl oberflächlich abgetastet hatte, bat er ihn, ihm zu folgen. Minutenlang ging es durch weitläufige Gänge, deren Wände mit den Porträts alter Herren drapiert waren.

Der junge Somnambule führte ihn an einer Plakette vorbei, die den Bereich als Kriminalfachdezernat 1 auswies.

»Entschuldigung, es geht um Körperverletzung«, bemerkte von Holl. »Ich muss ins K 2.«

»Wollen Sie mir meinen Job erklären?«

Sie gelangten in ein Großraumbüro, das zu einem Drittel besetzt war – beachtlich, es war drei Uhr nachts. Von Holls Erscheinen erzeugte ein paar schnelle Blicke, dann beugten die Beamten sich wieder ihren Bildschirmen entgegen. Der Junge, der ihn hergebracht hatte, öffnete die Tür zu einem Vernehmungsraum.

Von Holl trat ein und sah sich um. Tisch, zwei Stühle, Kamera, Venezianischer Spiegel. »Haben Sie Kaffee?«

Der Junge verneinte und schloss von außen die Tür.

Verdrossen ließ sich von Holl auf einen der Metallstühle fallen. Die ganze Farce hätte problemlos bis zum Morgen warten können. Zudem war es irritierend, wie gleichgültig man ihm begegnete. Er kramte sein Handy hervor – kein Empfang.

Weder die Stühle noch der Tisch waren mit dem Boden verschraubt. Eine Weile vertrieb von Holl sich die Zeit damit, verschiedene Möglichkeiten durchzuspielen, wie die Möbelstücke sich in einem Handgemenge einsetzen ließen. Halb vier. Wollten sie ihn weichkochen? Warteten sie nur darauf, dass er ungeduldig wurde, spekulierten sie auf einen Gewaltausbruch wie am Nachmittag? Aber um was zu beweisen? Wahrscheinlich wussten sie es selbst nicht. Von Holl hatte früh lernen müssen, dass sogar Menschen, mit denen er nicht das Geringste zu tun hatte, ihm übelwollten.

Als die Tür sich öffnete, atmete er erleichtert auf. »Sie werden nach Stunden bezahlt, nehme ich an?« Dann erkannte er die aparte Kollegin des Ermittlers, der mit Hossams Fall betraut war. Ein unerwarteter Lichtblick. »Frau Schlanghain«, fiel ihm ihr Name ein, »was verschafft mir die Ehre?«

»Verzeihung, dass wir Sie haben warten lassen«, entgegnete sie. Im Gegensatz zum ersten Aufeinandertreffen waren die Haare zu einem strengen Dutt gebunden. »Der Herr Hauptkommissar kommt gleich. Eigentlich war er schon im Feierabend, aber er will die Befragung selbst übernehmen. Darf ich in der Zwischenzeit die Formsachen mit Ihnen durchgehen?« Sie hielt eine Akte hoch.

»Auf Papier? Willkommen in Deutschland.«

»Wird später digitalisiert«, sagte sie, aber von Holl glaubte, eine gewisse Genervtheit in ihrem Blick entdeckt zu haben. Wie alt war sie? Höchstens Mitte zwanzig. Sie war mit Smartphones aufgewachsen, natürlich musste ihr eine analoge Verwaltung noch absurder vorkommen als ihm selbst.

Sie zog einen Kugelschreiber von der Akte und setzte sich von Holl gegenüber. Nachdem sie die Akte aufgeschlagen und sich das erste Formular zurechtgelegt hatte, begann sie, seine Personalien abzufragen.

Er wies sie darauf hin, dass der Beamte an der Pforte bereits aktiv geworden war, aber Schlanghain ließ sich nicht beirren.

Er fügte sich. Es gab Schlimmeres, als sich von einer hübschen Blondine die eigene Körpergröße vorlesen zu lassen. »Kommen Sie direkt von der Ausbildung?«, fragte er, als sie alle Häkchen gesetzt hatte.

Mit gerunzelter Stirn sah sie von der Akte auf.

»Oder sind Sie mal Streife gefahren? Ich wette, Uniform steht Ihnen blendend.«

Schlanghain stand auf, wollte den Raum verlassen.

Als von Holl sie zum Bleiben aufforderte, entgegnete sie schnippisch, dass sie mit ihrer Aufgabe fertig sei.

»Sie können ja schon mal mit der Vernehmung beginnen«, schlug von Holl vor, während er das übergeschlagene Bein wechselte, »bis der Chef kommt.«

Mit der Hand an der Türklinke blieb Schlanghain stehen. »Wer bitte schön«, fragte sie über die Schulter, »würde sich freiwillig Ihrer ironischen, sexistischen Arroganz aussetzen?«

»Mehr Leute, als Sie denken ... Frau Schlanghain«, rief er rasch, als sie die Tür öffnete, »das war ein Witz. Jetzt schauen Sie nicht so grimmig. Ich mache Ihnen einen Vorschlag. Sie leisten mir Gesellschaft, bis der Chef kommt, und dafür beantworte ich Ihnen eine Frage Ihrer Wahl. Aufrichtig und unironisch – ich verspreche es beim Mausoleum meiner Mutter.«

Sie zögerte. Halb abgewandt, mit geradem Rücken, weißer Bluse und akkurat gebügelter dunkler Stoffhose hätte sie direkt aus einem Film noir der Vierziger stammen können. Gut, es fehlte die Zigarette, und Damenhosen kamen später, aber er wollte nicht kleinlich sein.

Sie deutete in die Ecke über der Tür. »Vor laufender Kamera?«

»Ich habe nichts zu verbergen«, grinste von Holl. Zur Klarstellung fügte er hinzu: »Außer Unternehmensgeheimnisse und romantische Episoden, aber das versteht sich wohl von selbst.«

Schlanghain verließ den Raum, ohne die Türe hinter sich zu schließen. Kurz darauf leuchtete an der Kamera das Aufnahmelicht auf.

»Herr von Holl«, sagte sie, als sie wiederkam, »sind Sie damit einverstanden, dass Sie gefilmt werden?«

»Ich gestatte Ihnen *eine* Frage, und das ist das Beste, was Ihnen einfällt?«

Die Irritation in ihrem Blick war Gold wert.

»Ich will mal nicht so sein«, sagte er launig, »Sie bekommen noch eine zweite. Also ja, filmen Sie mich ruhig.«

Schlanghain ging zur anderen Seite des Tisches. Statt sich zu setzen, beugte sie sich vor, stützte die Hände auf der Tischplatte auf. Wollte sie einschüchternd wirken? Vermutlich hatte sie zu viele Filme gesehen. Sie besaß wirklich eine ausgezeichnete Figur.

»Herr von Holl«, sagte sie, »haben Sie Hossam und Clarissa Said ermordet?«

Von Holl lachte auf. »Ich war auf der verdammten Hochzeit.«

»Sie waren am Vorabend der Hochzeit mit Bastian Werker unterwegs, wussten, wo die Limousine geparkt war ...«

»Sie haben keine Ahnung vom Militär, oder? Hossam war mein Kommandeur, Basti mein Ausbilder. Wir waren zusammen im Einsatz. Im Gefecht. Vergessen Sie, was die Filme sagen – Kameradschaft ist nicht wie Familie. Was für ein hundserbärmlicher Vergleich. Wann geht's denn bei Familie um Leben und Tod? Wenn du im Gefecht bist, dann kämpfst du nicht für dich, du kämpfst für deine Jungs. Haben Sie *Forrest Gump* geschaut? Wie er seine Kameraden aus dem Dschungel holt? Klar gibt's dafür eine Medaille, aber jeder hätte das gemacht. Du kannst gar nicht anders. Du bist so auf Adrenalin, du fühlst dich unverwundbar. Was glauben Sie denn, warum die Scheidungsrate bei uns so hoch ist? Was du im Gefecht erlebst, das kannst du mit niemandem teilen, der nicht dabei gewesen ist.«

Während seiner Ausführungen hatte Schlanghain ihre Körperhaltung starr beibehalten.

»Sie schulden mir immer noch eine Antwort«, sagte sie.

»Nein, verdammt. Ich habe die beiden nicht umgebracht.«

»Na also.« Sie richtete sich auf und ging zur Tür.

»Wo wollen Sie hin?«, fragte von Holl. »Wir haben einen Deal.«

»Offensichtlich werde ich nie nachvollziehen können, was in Ihrem abenteuerlichen Leben vorgeht«, spottete sie. »Wollen Sie da wirklich noch Zeit mit mir verbringen?«

»Warten Sie«, rief er ihr hinterher, »ich gestatte Ihnen eine weitere Frage.«

»Tatsächlich?« Sie erlaubte sich ein Lächeln. Fantastische Grübchen. »Wie großzügig von Ihnen.«

»Wenn ich Ihnen ebenfalls eine Frage stellen darf.«

Sie verschränkte die Arme. »Sie fragen zuerst.«

»Wie alt sind Sie?«

»Dreiundzwanzig.«

»Das heißt, Sie haben direkt nach der Schule mit der Ausbildung angefangen?«

»Ich bin dran«, sagte sie. »Warum hat das BKA Ihre Akte gesperrt?«

»Netter Versuch. Sie werden kaum erwarten, dass ich eine offizielle Verschlusssache ausplaudere.«

»Warum haben Sie Lars Rinsen angegriffen?«

»Wen?«

»Heute Mittag, der Typ mit dem Messer.«

»Eben deshalb. Er hatte ein Messer.«

»Sie haben mir eine aufrichtige Antwort versprochen.«

»Sind Sie mit Shakespeare vertraut?«

Sie legte den Kopf schief. »Ich habe mal eine Zusammenfassung von *King Lear* gesehen, auf TikTok.«

»Nicht *Macbeth*? Schade. Wissen Sie, warum das Blutbad seinen Lauf nimmt? Weil Macbeth – beziehungsweise seine Frau – Gewalt als den einzigen Weg zum Erfolg sieht.«

»Und Macbeth ist Ihr Vorbild?«

»Im Gegenteil. Ein guter Soldat kämpft, weil er muss, nicht, weil er will. Aber die Punks heute haben den Konflikt gesucht. Wer auf Krawall aus ist, muss lernen, dass es wehtut. Sonst wird er immer weitermachen. Principiis obsta.«

»Wehret den Anfängen?«

»Sieh an, ihren Ovid kennt die Dame.«

Mit einem Grinsen blickte Schlanghain in den Venezianischen Spiegel.

Als es von Holl zu dämmern begann, was geschehen war, wurde ihm schlagartig heiß.

Schlanghain lächelte ihn an. »Ich hol mal Kaffee«, sagte sie.

19

Während Schlanghain mit der Abgebrühtheit eines alten Hasen von Holl um den Finger wickelte, klingelte Kleinrädls Diensthandy. Vom Beobachtungsraum aus hatte er gemeinsam mit Friedrichs und zwei weiteren Kollegen von der Nachtschicht die Vernehmung verfolgt.

Marius Brandner, der Polizeipräsident Münchens – überrascht nahm Kleinrädl den Anruf entgegen.

»Wo sind Sie?«, blaffte der PP ihn begrüßungslos an.

»Im Präsidium.«

»Haben Sie von Holl bereits vernommen?«

»Gerade dabei.«

»Und weswegen?«

»Wie ›weswegen‹?«

»Sie sind für Tötungsdelikte zuständig, vergessen? Hat von Holl irgendwen umgebracht?«

»Die Vernehmung steht in Zusammenhang mit dem Fall Said ...«

»Hören Sie mir zu, Kleinrädl, meine Tochter fliegt morgen für ein halbes Jahr nach Kreta, Auslandssemester, ich hab ihr versprochen, sie zum Flughafen zu bringen.« Kleinrädl hatte die Leuchtkraft von Brandners kahlem Schädel oft genug miterleben dürfen, um sich bildlich vorstellen zu können, wie jener gerade roter und roter wurde. »Also tun Sie mir einen Gefallen und jagen Sie bis dahin meinen Laden nicht in die Luft.«

»Ich bin nicht sicher, ob ...«

»Wissen Sie, wer mich gerade aus dem Schlaf geklingelt hat? Der Innenminister. Weil Sie Knallvogel den größten

Fall seit dem OEZ 2016 auf dem Schreibtisch liegen haben. Aber statt dass Sie das Ding endlich klären, wird's jeden Tag schlimmer. In der aktuellen Lage braucht niemand, wirklich niemand eine neue Diskussion darüber, was bei der Bundeswehr alles im Argen liegt. Die Kollegen vom LKA warten nur darauf, den Fall zu übernehmen.«

Den Anschlag auf das Olympia-Einkaufszentrum 2016 hatte Kleinrädl keine zwei Tage betreut, dann hatte das LKA die Tat als Terrorakt klassifiziert und die Ermittlungen an sich gerissen. Verbrechen von überregionaler Bedeutung fielen zwar offiziell in den Aufgabenbereich des LKA, trotzdem hatte es Kleinrädl damals einen Stich versetzt, seines Falls beraubt zu werden. Er presste die Lippen zusammen und schwieg. Über kurz oder lang würde Brandner schon klarmachen, was er eigentlich wollte.

»Kleinrädl, hören Sie mich?«

»Klar und deutlich, Chef.«

»Lassen Sie von Holl gehen.«

»Aber ...?«

»Es war Notwehr, verstanden?«

»Herr Brandner ...«

»Ich bin noch nicht fertig: Können Sie mir vielleicht sagen, warum das *Münchner Abendblatt* weiß, dass der Anschlag von Profis durchgeführt wurde? Warum weiß ich das nicht?«

»Klatschpresse, keine Ahnung, wie die auf ihre Ideen kommen.«

»Wenn das jemand aus Ihrem Team hat durchsickern lassen ...«

»Wir wissen doch überhaupt nicht, ob es Profis waren. Wir warten nach wie vor aufs KTI.«

»Mein Beileid.« Es klang eine Spur versöhnlicher. Wenn

es um die Kollegen vom LKA ging, hatte Kleinrädl den Chef offenbar noch auf seiner Seite.

»Andere Sache – wenn noch mal jemand aus Ihrem Team den Instagram-Account der Pressestelle missbraucht, dann fliegt nicht die Schuldige, dann fliegen Sie.«

Egal, wie oft man bereits gedroht hatte, ihn zu feuern – gut anfühlen würde es sich wohl nie. »Ich ...«

»Haben Sie immer noch nicht genug?«

»Ich finde es nur merkwürdig, dass die Pressestelle nicht den kurzen Dienstweg geht, sondern ...«

»Das kann ich Ihnen verraten, warum«, schnaubte es aus dem Telefon. »Weil ich denen gesagt habe, dass alles, was Ihre Abteilung betrifft, direkt über meinen Schreibtisch geht.«

Die Verbindung war beendet.

Im Applaus der Kollegen betrat eine grinsende Schlanghain den Beobachtungsraum. Es fertiggebracht zu haben, dass ein Aal wie von Holl vor laufender Kamera gestand, er habe Lars Rinsen aus pädagogischen Gründen krankenhausreif geschlagen, war ein formidabler Coup.

»Geniale Idee mit den Formularen, Chef«, sagte Schlanghain. »Wohin damit?«

Kleinrädl wies zum Tisch mit den Aufnahmegeräten, unter dem sich ein Papierkorb befand.

Als Schlanghain seine Miene sah, verging ihr die gute Laune. »Was ist los?«

»Lassen Sie ihn gehen.« Friedrichs wies er an, die Aufnahme zu löschen.

»Von Holl?« Entgeistert starrte Schlanghain ihn an. »Warum?«

»Wie alle, die ihren Job zu gut machen, kommen Sie irgendwann an den Punkt, an dem die Politik Sie ausbremsen wird.« Während er den Raum verließ, klopfte er Schlanghain auf die Schulter. »Herzlichen Glückwunsch. Dass Sie gerade mal zwei Wochen gebraucht haben, spricht für außergewöhnliches Talent.«

Zwei Stunden später hatte Schlanghain die Enttäuschung noch immer nicht verwunden. Kleinrädl hatte ihr und sich selbst Feldbetten im Präsidium aufstellen lassen, aber sie sah nicht so aus, als ob sie viel geschlafen hätte.

Sie fuhren zum Klinikum rechts der Isar. Kleinrädl hatte Kaffee und belegte Semmeln gekauft, aber Schlanghain verschmähte beides. Stumm saß sie hinterm Steuer und gab sich einem unnötig rasanten Fahrstil hin.

Gerne hätte Kleinrädl etwas Aufmunterndes gesagt, aber warme Worte waren nicht seine Stärke. Abgesehen davon konnte er ihren Ärger durchaus nachvollziehen. Nichts war zermürbender, als in den Mühlen eines Systems zerrieben zu werden, das zu schützen man geschworen hatte. Nachdenklich biss er in seine Semmel. War es das, was von Holl umtrieb – das Gefühl, eine Gesellschaft zu verteidigen, die nicht zu ihm stand? Der Angriff auf Rinsen hatte Kleinrädl wenig überrascht. Hinter von Holls zur Schau gestellter Gelassenheit brodelte es, das hatte Schlanghain gut beobachtet.

Gerne hätte er sie behalten. Aber jetzt nahm er eine finstere Aura an ihr wahr, die er zu häufig schon erlebt hatte: Entweder würde sie die Abteilung in wenigen Monaten verlassen oder im Dienst nach Vorschrift wegdämmern, wie Friedrichs und die anderen. Kleinrädl seufzte. Er wusste, dass es an ihm lag, aber er wusste nicht, wieso. Er sehnte sich nach einem Bier.

Sie erreichten die Klinik. Trotz der morgendlichen Stunde war der Kurzparkplatz voll belegt. Schlanghain stellte sich ins Parkverbot und befestigte die Polizeiplakette an der Frontscheibe.

Krankenhausflure, Desinfektionsmittelspender, Feuerschutztüren. Pflegekräfte, die geschäftig an ihnen vorbeieilten. Am Sonntag war Kleinrädl noch in Großhadern gewesen, aber wenige Dinge kamen ihm so austauschbar vor wie Krankenhäuser.

Er fragte Schlanghain, ob sie die Befragung übernehmen wollte, doch sie schüttelte den Kopf. Sie sah erschreckend müde aus. Kleinrädl mochte nicht wissen, wie es seinen eigenen Augenringen ging.

Als die Ärztin, der sie gefolgt waren, stehen blieb und auf eine Tür deutete, entsperrte Kleinrädl sein Handy und warf einen letzten Blick auf das Dossier, das Kromer noch am Abend zusammengestellt hatte: Lars Rinsen, 26 Jahre alt, aktueller Wohnsitz unklar, geboren in Bautzen, Realschule, ohne Abschluss, ohne feste Erwerbstätigkeit, mehrere Vorstrafen wegen kumulierter Bagatelldelikte (Ladendiebstahl, Beamtenbeleidigung). Fallen gelassenes Verfahren wegen Körperverletzung.

Kleinrädl steckte das Handy weg und betrat den Raum.

Rinsen lag im Bett und trug Kopfhörer, aus denen die Musik so laut dröhnte, dass die Beamten sie gut hören konnten.

Als Kleinrädl sich und Schlanghain vorstellte, glotzte Rinsen sie nur an.

Mit einem Tippen ans eigene Ohr versuchte der Kommissar ihn zu bewegen, die Kopfhörer abzuziehen – ohne Erfolg. Er nahm seinen Ausweis aus der Sakkotasche und hielt ihn dem jungen Mann vor die Nase. Rinsen hob den unverletzten Arm und zeigte den Mittelfinger. Die Nägel waren abgekaut bis tief ins Nagelbett.

Auf dem Nachttisch lag ein Handy. Schlanghain griff danach und drückte zwei Sekunden lang eine Taste an der Seite. Die Musik ebbte ab.

»Scheißbullen, verpisst euch.«

»Wir möchten Ihnen ein paar Fragen zu dem Vorfall stellen«, begann Kleinrädl, »der zu Ihren Verletzungen geführt hat ...«

»Verpisst euch, hab ich gesagt. Ohne Anwalt sag ich gar nichts.«

Kleinrädl unterdrückte ein Schnauben. »Sie sind das Opfer, Herr Rinsen. Ich denke nicht, dass Sie einen Anwalt brauchen.«

Rinsen grummelte etwas, das Kleinrädl wohlwollend als Zustimmung interpretierte.

»Dann legen Sie mal los.«

Die Story bot wenig Überraschungen: Rinsen und sein Anhang hätten bloß vorgehabt, im öffentlichen Raum ein bisschen Musik laufen zu lassen, als einer dieser Bundeswehrmörder sie angefuckt habe. Natürlich hätten sie ihm gesagt, er solle sich verpissen, woraufhin der völlig ausgerastet sei. Ende vom Lied. »Und jetzt diese Scheiße hier.« Er hob sein bandagiertes Handgelenk. »Das Knie ist auch im Arsch. Ich kann nicht mal alleine pissen.«

»Mein Beileid. Ihr Fahrzeug ist auf Dresden zugelassen. Sie sind sicher nicht die ganze Strecke nach München gefahren, nur um vor einem Friedhof Musik zu spielen?«

»Roadtrip.«

»Sie haben kein Faible fürs Militär ... mit der These lehne ich mich nicht zu weit aus dem Fenster, oder?«

»Mörderschweine.«

»Ja, schon gut. Aber wieso glauben Sie, Ihre Überzeugung präsentieren zu müssen, indem Sie eine Beerdigung stören? Denken Sie wirklich, so sammeln Sie Sympathien?«

»Aufmerksamkeit. Darum geht's doch. Die Medien sind völlig durchgedreht.«

»Noch mehr Aufmerksamkeit hat der Mord am Samstag erzeugt ...«

Rinsen schwieg.

»Wo waren Sie am Samstagabend?«

»Ficken Sie sich.«

Kaum hatten sie den Raum verlassen, wollte Schlanghain platzen vor Fragen, aber Kleinrädl hob die Hand. Stumm ging sie hinter ihm her, während sie den Schildern zum Ausgang folgten. Erst als sie im Wagen saßen, nickte er ihr zu: »Bitte.«

»Was für eine unfassbare Zeitverschwendung«, rief Schlanghain und warf den Notizblock in den Bereich zwischen Armaturenverkleidung und Frontscheibe. »Warum waren wir überhaupt hier?«

Kleinrädl beugte sich vor, um den Notizblock zu fassen zu bekommen. »Sie haben alles protokolliert?«

»Ein paar von den Beleidigungen hab ich ausgespart.«

Er streckte ihr den Notizblock entgegen. »Tragen Sie die nach.«

»Wirklich?«

»Wir waren hier«, erklärte Kleinrädl geduldig, »weil wir überprüfen wollten, ob von Holl aus Gründen der Selbstverteidigung gehandelt hat. Dafür haben wir alle Parteien vernommen und festgestellt, dass die Gegenseite sich ausgesprochen unkooperativ verhalten hat. Die Aussage war widersprüchlich und daher nicht belastbar. Also«, er deutete auf den Notizblock, »schreiben Sie bitte alles auf.«

Schlanghain fluchte leise, tat aber wie geheißen.

In der Zwischenzeit überprüfte Kleinrädl seine Nachrichten. Immer noch nichts Neues vom KTI, aber der Generalinspekteur der Bundeswehr hatte sich angekündigt, um gemeinsam mit Brandner und Kleinrädl eine Pressekonferenz zu geben – maximales Getöse, um einen Fortschritt von exakt null zu präsentieren.

Als Schlanghain fertig war, bemerkte sie: »Sie haben überhaupt nicht auf Ihrer Frage nach dem Alibi bestanden – woher wissen wir, dass Rinsen keine Rolle bei der Explosion gespielt hat? Er hat doch offensichtlich ein Motiv.«

»Wissen Sie, wer sich bei Mordermittlungen der Polizei gegenüber in der Regel am konziliantesten zeigt?«

Sie wartete.

»Die Tatperson. Fanden Sie Rinsen konziliant? Also.«

20

Minden hatte auf Hossams Couch übernachtet. Wie befürchtet, wurde ihre Wohnung vom Boulevard belagert, was eine Freundin für sie am Morgen in Erfahrung gebracht hatte.

Minden fühlte sich nicht in der Verfassung, irgendwem eine Stütze zu sein, und ließ ihre Praxis geschlossen, hatte alle Termine bis zum Ende der Woche abgesagt. Manche Eltern hatten sich von selbst gemeldet, dass sie sich eine neue Therapeutin suchen wollten – es sei nichts Persönliches, keineswegs, der Sohn, die Tochter seien wirklich gerne zu Minden gekommen, aber jetzt, mit dem ganzen Medienrummel, Sie verstehen schon.

Selbst in der *BILD* war Lustows aktueller Artikel aufgegriffen worden. Seitdem klingelte unentwegt Mindens Telefon. Den bekannten Nummern versicherte sie, dass sie okay war, die unbekannten drückte sie weg. Sie scheute sich, ihre Wohnung aufzusuchen, also kaufte sie sich einen Satz Wäsche und eine Zahnbürste, um einigermaßen vorzeigbar zu sein.

Wahrscheinlich hätte sie sich einen Anwalt suchen sollen. Stattdessen setzte sie sich in den ICE nach Nürnberg.

Das Gespräch mit der Stuttgarter Literaturagentin Petra Baumann hatte nur wenige Minuten gedauert. Ja, Inka Minden sei ihr ein Begriff. Ja, Hossam habe mit Baumann Kontakt gehabt. Sie habe befürchtet, dass jemand sie anrufen würde. Ob sie Minden an seine Lektorin verweisen dürfe, Undine Schmidt in Nürnberg.

Minden hatte bejaht und Schmidts Nummer bekommen. Das folgende Telefonat war noch kürzer gewesen.

Ja, bestätigte eine rauchige Frauenstimme, sie freue sich, mit Minden zu sprechen – ob sie sich in Nürnberg treffen könnten, gerne am Nachmittag.

Also der Zug.

Eine Stunde ohne Umstiege, dann rauschte bereits das Max-Morlock-Stadion am Zugfenster vorbei. Minden hatte sich nie für Fußball interessiert. Ihr ganzes Wissen darüber kam von Hossam, der stundenlange Vorträge über den seiner Meinung nach besten Sport der Welt hatte halten können. *Ein Gewichtheber konzentriert sich auf Kraft,* hallte seine Stimme in ihrem Ohr, *ein Sprinter auf Schnelligkeit, ein Triathlet auf Ausdauer, ein Turner auf Beweglichkeit ... schon zwei Dimensionen zu vereinen ist eine Kunst. Klettern zum Beispiel: Kraft und Beweglichkeit, das beißt sich, dein Training sendet dem Körper verschiedene Signale. Jetzt kommt bei deinem Speedklettern noch die Schnelligkeit dazu, drei Dimensionen, die du isoliert trainieren musst, um maximale Leistung zu erzielen, aber gleichzeitig liegt der Fokus natürlich auf der funktionellen Stimulation. Was für ein Brett. Und dann Fußball,* er rief es mit der Begeisterung eines kleinen Jungen, *alle vier Dimensionen – Stabi lassen wir mal außen vor, wobei das natürlich auch dabei ist –, die alle ausgeglichen anzusteuern, Alter, das ist, wie eine Kathedrale zu bauen ...* Zur Hochzeit hatte sie ihm Tickets für das EM-Halbfinale geschenkt.

Der Zug rollte in den Bahnhof. Minden griff nach ihrer Handtasche und trat auf den Bahnsteig. Sie hatten keinen genauen Treffpunkt vereinbart, aber eine Frau in Lederjacke kam bereits winkend auf sie zugelaufen.

»Frau Schmidt?«

»Dine reicht.« Sie schien ein paar Jahre älter als Minden zu sein. Ihr braunes Haar wurde von silbernen Strähnen durchzogen, das schmale Gesicht war von auffallender Schönheit. Sie hatte die blauesten Augen, die Minden je gesehen hatte.

»Darf ich?« Bevor Minden genau wusste, worauf sie hinauswollte, hatte Schmidt sie schon in die Arme geschlossen. Es war keine schlichte Umarmung zur Begrüßung, Schmidt hielt sie mehrere Atemzüge lang fest an sich gedrückt.

»Verzeih den Überfall«, bat sie, als sie schließlich von Minden abgelassen hatte. »Aber ich konnte nicht anders. Ich weiß nicht, wie ich es sagen soll ...« Sie zögerte. »Du bist meine Schwester.«

Minden trat einen Schritt zurück, musterte sie misstrauisch.

Wie ein Sonnenstrahl zwischen dunklen Wolken glitt ein Lächeln über Schmidts Gesicht. »Zumindest fühlt es sich so an. Lass uns mal aus dem Bahnhof raus, dann erzähle ich dir alles. Warst du schon mal in Nürnberg?«

Minden nickte – auf der Durchreise zu Klettertouren in der Fränkischen Schweiz war sie regelmäßig in der Stadt gewesen; doch der letzte Besuch war Jahre her.

Schmidt führte sie zur Altstadt, Richtung Burg. Nachdem sie ein paar Minuten über die Zugfahrt, das Brauereiensterben und den niedrigen Pegel der Pegnitz geredet hatten, fragte Schmidt unvermittelt: »Was hat Petra dir denn schon erzählt?«

»Nichts«, entgegnete Minden wahrheitsgemäß. Nur dass Schmidt die bessere Ansprechpartnerin sei.

»Wofür, hat sie nicht gesagt?«

Minden schüttelte den Kopf.

Eine Gruppe Jugendlicher schnatterte vorbei.

»Also, ganz von vorne«, sagte Schmidt. Ein junger Mann auf einem Leihrad rauschte heran, sie machte einen Schritt zur Seite, der Mann klapperte weiter. »Hauptberuflich bin ich freie Lektorin, aber den ganzen Tag vorm Laptop zu sitzen wäre mir zu langweilig. Also habe ich ein paar Jahre fürs GIZ gearbeitet. Das sagt dir was?«

»Gesellschaft für Internationale Zusammenarbeit?«

»Genau. Ich war in Afghanistan, die letzten Jahre vor dem Rückzug. Da war die Sicherheitslage schon so miserabel, dass wir nur noch in der Green Zone von Kabul gehockt und Däumchen gedreht haben. Die meisten sind 2020 raus. Und je mehr Abschiedspartys wir hatten, desto mehr hatte ich das Gefühl, irgendjemand musste die Stellung halten, bevor die ganze Welt sich von diesem Land verabschiedet. Ehrlich, wenn man es jetzt so ausspricht, klingt es noch dümmer, als es war. Tja, Story of my Life. Andere machen Karriere oder Kinder, ich mach Dummheiten.« Ihre Stimme war nüchtern, ohne einen Hauch von Sentimentalität. »Und meine Bücher kann ich sowieso überall lektorieren. Also bin ich geblieben.«

Die Pflasterstraße zur Burg hoch war steil geworden, doch Schmidt machte keine Anstalten, ihre schwere Lederjacke auszuziehen. »In Kabul habe ich das erste Mal Hossam getroffen.«

»Er war im Camp Pamir stationiert, bei Kundus.«

»Ja. Aber alle zwei Monate kam er nach Kabul. Er war ja Teil des TAA-Programms. Die Abstimmungstreffen zwischen den einzelnen Regionalkommandeuren haben in Kabul stattgefunden. Eine Pandemie später kommt einem das echt absurd vor. So schlecht war das Internet nicht, dass kein Videocall möglich gewesen wäre ...«

Minden hörte nur noch halb zu. Weder hatte sie gewusst, dass Hossam regelmäßig Kabul besucht hatte, noch, dass er an der Ausbildung des afghanischen Militärs beteiligt gewesen war. Nichts davon war überraschend, aber es verdeutlichte ihr, wie wenig er ihr über seine Zeit in Afghanistan erzählt hatte.

»Und das GIZ war auch vor Ort?«

»Wir hatten nur eine Beobachterrolle, aber ja. Ich selbst war bei den offiziellen Treffen nicht dabei, dafür war ich ein viel zu kleines Licht. Hossam habe ich in einer Bar kennengelernt. Die Green Zone war zwar sicher, aber das Unterhaltungsangebot überschaubar. Wir Expats hingen alle in denselben drei Bars rum. Ich hatte den Eindruck, Hossam war vor allen Dingen froh, jemanden gefunden zu haben, bei dem er nicht aufs diplomatische Protokoll achten musste.«

Das letzte Stück des Pfads wand sich durch einen Zwinger, eine schmale Freifläche mit mächtigen Mauern auf beiden Seiten. Von überall beschossen zu werden, weder vor noch zurück zu können – allein die Vorstellung reichte, Minden eine Gänsehaut über den Rücken zu jagen. Gemäß Bastian war das Karfreitagsgefecht 2010, als ein Zug der Bundeswehr in einen Taliban-Hinterhalt geraten war, nicht viel anders gewesen. Drei Fallschirmjäger waren getötet und acht verletzt worden.

»Eigentlich hat er den ganzen Abend nur geschimpft«, fuhr Schmidt fort. Trotz des Anstiegs ging ihr Atem gleichmäßig. »Klingt komisch, aber es hat wirklich gutgetan. Zwischen all den Worthülsen und Euphemismen einmal zu hören, was wir im Grunde alle wussten, aber aus politischen Gründen nicht sagen konnten. Wir haben uns dann jedes Mal getroffen, wenn er in Kabul war. Ich denke, ohne ihn wäre ich früher abgereist.«

Sie erreichten das obere Tor des Zwingers. Unter ihnen erstreckten sich die rot geziegelten Dächer der Altstadt. »Er hat mir nie von dir erzählt«, murmelte Minden.

»Dafür mir von dir umso mehr. Er hat dich vergöttert. Er hätte alles für dich getan.«

Noch am Samstag hatte Minden Hossam dasselbe sagen hören, Wort für Wort. Sie stützte sich auf die niedrige Mauer. Konzentrierte sich darauf, die sichtbaren Kirchen zu zählen.

Ein niederländisches Paar versuchte, seine Söhne davon abzuhalten, sich an das Aussichtsfernrohr zu hängen.

Schmidt war verstummt, hatte sich neben Minden mit den Ellenbogen auf die Mauer gelehnt.

Irgendwann konnte Minden das Kindergeschrei nicht mehr ertragen. »Und?«, fragte sie heiser. »Wie ging es weiter?«

»Ich musste zurück nach Deutschland, Anfang 2021 hat das GIZ seine letzten Kräfte nach Hause geschickt. Wir haben einander ein paarmal geschrieben, aber der Kontakt ist bald abgerissen. Dann, vor einem Jahr ungefähr, hat er sich wieder gemeldet, aus dem Nichts.«

»Was wollte er?«

»Reden. Er meinte, der Abzug sei eine Schande gewesen. Ortskräfte, die zurückgelassen wurden, obwohl noch Platz in den Maschinen gewesen wäre. Widersprüchliche Befehle. Mangelnde Vorbereitung vonseiten der Politik, obwohl die Geheimdienste schon Monate vorher gewarnt hatten, dass die Taliban viel stärker waren, als die politischen Entscheidungsträger es wahrhaben wollten. Wobei es keine Geheimdienste gebraucht hätte, es war offensichtlich ... wir alle wussten, dass es schlimm ausgehen würde.«

In Mindens Kiefern begann es zu pochen.

»Wir haben Stunden telefoniert, ohne dass ich viel gesagt habe, er brauchte einfach jemanden, der ihn verstand, der ...« Sie verstummte.

Es roch nach Gras. Ein paar Jungs in übergroßen Trainingsklamotten saßen auf der Mauer und hatten sich einen Joint angezündet.

»Es tut mir leid«, flüsterte Schmidt.

»Schon gut.«

»Er wollte mit dir reden, aber je länger er es aufgeschoben hat, desto schwerer ist es ihm gefallen.« Sie seufzte. »Er sagte, niemand würde ihn so durchschauen wie du. Wenn er sich einmal öffnen würde, wäre es vorbei. Du würdest sofort erkennen, dass er nicht mehr der Mann war, mit dem du zusammen sein wolltest.«

Minden schwieg.

»Er hatte eine solche Angst, dich zu verlieren.«

Minden drehte sich von der Stadt weg. Mit dem Rücken zur Mauer sank sie in die Hocke, rieb sich mit beiden Händen das Gesicht. Die Haut spannte, offenbar war sie gerade dabei, einen Sonnenbrand zu entwickeln. Vier Kirchen hatte sie gezählt, aber sie war sich sicher, es mussten mehr sein. Mit knackenden Knien richtete sie sich wieder auf. Sie ging zu den kiffenden Jungs und fragte, ob sie mal ziehen dürfe. Die Jungs glotzten einander an, dann nickten sie lachend. Minden nahm zwei tiefe Züge und gab den Dübel zurück.

»Kaffee?«, fragte sie Schmidt.

Die Lektorin nickte. »Ich lade ein.«

Sie saßen in einem veganen Bistro am Hauptmarkt, beide hatten einen doppelten Espresso mit Eiswürfeln vor sich. Die profane Aufgabe, ein Café zu finden und eine Bestellung abzugeben, hatte Minden genügend Zeit verschafft, sich einigermaßen zu sammeln. Sie ahnte, dass das Gespräch nicht einfacher werden würde.

»Petra Baumann«, sagte sie, »was hat die mit der Sache zu tun?«

»Sie ist meine Agentin. Ich ghoste auch Bücher, Petra stellt den Kontakt zu den Verlagen her. Aber ich muss noch mal ausholen: Als ihr euch getrennt habt, du und Hossam, da stand er völlig neben sich. Sein Zorn über den misslungenen Abzug hatte eine ganz neue Dimension gewonnen. Auf einmal nahm er es persönlich, sah in der politischen Katastrophe den Ursprung dafür, dass du ihn verlassen hast. Für eine Weile hatte ich Angst, er würde sich etwas antun. Ich habe ihn gebeten, sich Hilfe zu suchen.«

Kopfschüttelnd starrte Minden auf ihren Kaffee. Hossam war niemand gewesen, der um Hilfe fragte.

»Ja, es war zum Scheitern verurteilt«, sagte Schmidt, die offenbar ihre Gedanken gelesen hatte, »aber irgendetwas musste ich tun.« Sie lächelte traurig. »Also habe ich ihm vorgeschlagen, dass wir ein Buch schreiben. Dass er an die Öffentlichkeit geht mit allem, was ihn quält. Mit all der Enttäuschung und den Vorwürfen und den Schuldgefühlen – mit all dem Schmerz, den er sich nicht getraut hat, dir zu zeigen.«

Mit einem Metallhalm rührte Minden das Eis in ihrem Kaffee. »Hossam hat keine zwei Bücher in seinem Leben gelesen ...«

»Ich habe versprochen, ihm zu helfen. Mich hat die Sache ja auch nicht kaltgelassen.« Sie lächelte verlegen. »Wahrscheinlich kommt dir das dumm vor – sich einfach mal schnell selbst therapieren zu wollen.«

»Die Resilienz der meisten Menschen ist ausgeprägt genug, traumatische Ereignisse ohne professionelle Hilfe zu bewältigen.« Der Satz klang selbst in Mindens eigenen Ohren hohl – er musste aus einem Lehrwerk stammen, doch sie hatte vergessen, aus welchem. »Was wurde aus dem Buch?«, fragte sie.

»Nichts«, sagte Schmidt und zerbiss knackend einen Eiswürfel. »Wir kamen nie übers Brainstorming hinaus. Er hat Clarissa davon erzählt. Sie wurde eifersüchtig und hat ihn dazu gedrängt, den Kontakt mit mir abzubrechen.«

»Und das hat er getan?« Minden konnte sich nicht erinnern, dass es ihr jemals gelungen wäre, Hossam von einer Entscheidung abzubringen, die er bereits getroffen hatte.

Schmidt nickte. »Seit der Verlobung haben wir kein Wort mehr miteinander gewechselt.«

»Glaubst du, das Buch könnte etwas mit dem Anschlag zu tun haben?«

»Das habe ich mich natürlich auch gefragt. Aber wir wussten, wie brisant das Thema ist. Hossam hat größten Wert darauf gelegt, dass ich keinem davon erzähle. Außer Petra weiß niemand davon. Und Clarissa natürlich. Für Petra lege ich die Hand ins Feuer. Und Clarissa ist ja selbst … also …«

Das Gespräch stockte. Gedankenversunken trank Minden den Kaffee aus. Während Schmidt bezahlte, sah sie die Zugverbindungen nach. Der nächste ICE ging in zwanzig Minuten.

»Es gibt noch eine Sache, Inka«, sagte Schmidt, während sie zum Bahnhof aufbrachen. Sie zögerte.

»Ja?«

»In der Woche vor der Hochzeit habe ich eine letzte Nachricht von Hossam bekommen, eine Mail. Mit einem Wust an Notizen, die er sich für das Buch gemacht hatte.«

»Er wollte das Projekt wieder aufnehmen?«

»Nein, damit abschließen. Er meinte, ich könne mit dem Material machen, was immer ich will.«

»Und?«, fragte Minden. »Was machst du damit?«

Schmidt blieb stehen, berührte Minden leicht am Arm. »Ich habe mich gefragt ... vielleicht willst du es haben?«

Sie standen in der Königstraße vor der Unterführung zum Bahnhof. Punks bettelten mit Pappbechern. Es roch nach Döner und Urin. Minden dachte lange nach. »Nein«, sagte sie dann.

21

Ein Vormittag wie Treibsand. Der Kaffee, den Kleinrädl in sich hineinpumpte, hatte schon lange keinen Effekt mehr.

Ganz Deutschland diskutierte den Hochzeitsmord, und von Holls Aggression auf der Beerdigung war das Salz in der Suppe der Emotionen. Das rechte Lager brauchte keine Beweise für sein Urteil, dass die Täter aus dem linken Spektrum kommen mussten. Die Linken schossen zurück und sahen den Moment gekommen für eine Generalabrechnung mit der Bundeswehr. Die ratlose Mitte fühlte sich zwar ebenfalls in der Pflicht, sich zu echauffieren, konnte sich aber für keine Seite entscheiden. Leitmedien und führende Politiker übertrafen sich gegenseitig in ihren Bekenntnissen zu einem starken Militär, »gerade in der heutigen Zeit«, und riefen damit einen Sturm der Entrüstung ins Leben, der in seiner Vielfalt und Heftigkeit an die Proteste während der Corona-Pandemie herankam. In den Internetforen und an den Stammtischen blühten die Verschwörungstheorien – vor allem Russlands Einfall in die Ukraine dominierte, und je nach politischer Neigung wurde entweder eine Verbindung zu Kiew oder zu Moskau herbeigeschwurbelt und gleichermaßen abstrus wie detailreich verargumentiert.

Eine Gemeinsamkeit fanden alle Lager in der Empörung über die stockenden Ermittlungen, die bereits in den vierten Tag gingen, ohne Ergebnisse erbracht zu haben.

Brandner rief bezüglich der Pressekonferenz an und erklärte, der Generalinspekteur habe abgesagt und werde aufgrund der aufgeheizten Lage den Kommandeur der Feldjäger schicken.

»Und was zur Hölle wird dadurch besser?«

Er war wohl laut geworden, von allen Seiten drehten sich Köpfe zu ihm um. Nur Kromer, die ihn am längsten kannte, blieb über ihren Bildschirm gebeugt.

Es gehe darum, der Öffentlichkeit zu zeigen, dass die Bundeswehr sich nicht für unfehlbar halte, sagte Brandner – weswegen die Feldjäger den Fall selbst untersuchen würden.

Der Fluch, der Kleinrädl über die Lippen kam, brachte sein Team dazu, sich hastig auf die eigene Arbeit zurückzubesinnen.

»Selbstverständlich«, versicherte Brandner in der wütenden Befriedigung desjenigen, der einen Einlauf nach unten weitergeben konnte, »in engster Zusammenarbeit mit uns.«

»Ich sage Ihnen ...«

»Wir sehen uns um drei.«

Kleinrädl pfefferte den Hörer aufs Telefon.

»Alles okay, Chef?«, fragte Schlanghain.

»Bestens.« Er stand auf und machte sich Kaffee.

Der Junge, der die Überwachungskameras in und um Schloss Walfurt überprüft hatte, trat an ihn heran. Er hatte den unsicheren Schritt eines Zoopraktikanten im Raubtiergehege. Die Auswertung sei abgeschlossen. Ob der Hauptkommissar die Ergebnisse sichten wolle?

Kleinrädl hatte bereits ein Dutzend Handyaufnahmen von der Explosion gesehen.

»Irgendwas Verdächtiges?«

Der Junge schaute hilflos. Also eher ein Nein. Trotzdem ließ sich Kleinrädl zum Medienraum führen.

Irgendetwas, das er für die Pressekonferenz verwenden konnte, der Hauch einer Spur, war das zu viel verlangt? Für zwanzig Minuten betrachtete er krisselige Bilder von Menschen in Abendgarderobe, die die Einfahrt zu Schloss Walfurt hochfuhren, aus Taxis stiegen oder ihre Autos parkten. Am meisten interessierte ihn die Hochzeitslimousine, aber es gab keine Auffälligkeiten. Nachdem Bastian Werker das Brautpaar vorgefahren hatte, hatte er die Limousine nach eigener Aussage noch vor der Einfahrt abgestellt, weil der Parkplatz durch die Fahrzeuge der Hochzeitsgäste bereits überfüllt gewesen war. Eigentlich eine gute Möglichkeit, die Bombe zu platzieren, aber die trassologische Analyse hatte außer Werkers Fußspuren keine weiteren entdeckt.

Mit jedem Schluck bitteren Kaffees schwand Kleinrädls Hoffnung, doch noch etwas Verwertbares zu finden.

»Chef?« Kromer kam hereingestöckelt. »Der Bericht vom KTI ist da.«

Endlich. Da war er, der Strohhalm. Kleinrädl wies den Jungen an, anhand von Gästeliste und Videoaufnahmen zu überprüfen, ob jemand Unvorhergesehenes auf das Gelände gekommen war. Schlanghain könne helfen. Dann eilte er zurück ins Büro und zu Kromers Computer, um den sich bereits eine Traube gebildet hatte.

Als die anderen Kleinrädl bemerkten, wichen sie zurück. Das Dokument war geöffnet. Er setzte sich vor den Bildschirm und griff nach der Maus. Die einleitenden Absätze über beteiligte Abteilungen, deren jeweiliges Vorgehen und die zugrunde liegenden Beweismittel überflog er nur. Auf Seite drei begann der spannende Teil: Bei dem verwendeten Sprengmittel handle es sich um Sprengpulver aus Erlenholzkohle (Strukturformel im Anhang). Die Umsetzung erfolge in Form einer schnellen Verbrennung (Deflagration), also in Unterschall. Entsprechend sei die Wirkungsweise nicht zertrümmernd, sondern schiebend, was einen sehr präzisen, räumlich beschränkten Einsatz ermögliche.

Die Wucht der Zerstörung jedoch weise darauf hin, dass eine große Menge des Sprengpulvers reagiert habe; es sei von mehreren Kilogramm auszugehen. Das Sprengmittel sei in der Fahrzeugdecke angebracht worden. Das bezeuge nicht nur die werkstoffkundliche Untersuchung des Wracks, sondern auch die Auswertung der Videoaufnahmen, in denen zu sehen sei, wie der Großteil der Detonationsenergie sich aufwärts entfalte (Verlaufsgrafik im Anhang). Epizentrum der Detonation sei mit großer Wahrscheinlichkeit der Bereich über der Rückbank, wo das Fahrzeugmodell einen Musiklautsprecher aufweise (Produktskizze des Herstellers im Anhang). Es liege die Vermutung nahe, dass der Lautsprecher abmontiert worden sei, um das Sprengmittel zwischen Blechhaut und Innenverkleidung anzubringen. Nach Wiederanbringen des Lautsprechers dürften keine sichtbaren Spuren der Manipulation vorhanden gewesen sein.

Ausgelöst worden sei die Detonation über einen elektrischen Sprengzünder ohne Verzögerung. Der Zünder habe sich im oberen Scharnier der linken hinteren Seitentür befunden. Vermutlich habe es zwei Kontaktplättchen gegeben, die durch das Öffnen der Tür getrennt worden seien. So sei der Zünder scharf gestellt worden. Das Schließen der Tür habe die Detonation verursacht.

Sowohl das Sprengpulver als auch der Zünder seien online relativ leicht zu beschaffen, die Ausführung jedoch erfordere beachtliche Expertise.

Kleinrädl rieb sich das Nasenbein. Nicht nichts, aber auch kein Durchbruch.

»Bastian Werker«, sagte Schlanghain hinter ihm.

Er drehte sich zu ihr um. Sollte sie nicht dem Jungen im Medienraum helfen? »Was meinen Sie?«

»Es könnte Werker gewesen sein. Er hat die Limousine geliehen, er kennt sich gut mit Sprengstoffen aus. Er scheint den Gedanken, Leute in die Luft zu jagen, nicht besonders problematisch zu finden ...«

»Was sagen die Briten, Frau Schlanghain?«

Sie sah ihn verständnislos an.

»Means, Motive, Opportunity. Bei der Gelegenheit und den Mitteln mögen Sie recht haben, aber ein Motiv bräuchten wir noch.«

Sie zuckte die Schultern. »Erweiterter Suizid?«

»Das wäre ein Mittel, kein Zweck. Außerdem: Glauben Sie nicht, wenn ein Mann wie Werker so was vorhätte, bekäme er das auch hin? Stattdessen eine Autobombe? Klar, er ist glimpflich davongekommen, aber er hätte ja auch mit viel schwereren Verletzungen überleben können. Warum hätte er das riskieren sollen? Und dann der Rahmen ... auf der Hochzeit seiner Schwester ... nein, da wollte jemand ein Exempel statuieren. Wir wissen nur noch nicht, wer – oder an wem.«

»Thomas Neurieth ist da«, sagte Kromer, ihren Telefonhörer am Ohr.

»Wer?«

»Der Kommandeur der Feldjäger. Er will Sie sehen.«

Der Pressesaal des Polizeipräsidiums befand sich im Erdgeschoss, direkt am Innenhof mit den VIP-Parkplätzen. »Saal« war allerdings zu viel gesagt, denn es handelte sich um einen schmucklosen, schmalen Raum mit dunkelblauem Teppichboden und der integrierten Deckenbeleuchtung eines beliebigen Bürogebäudes. Am erhöhten Kopfende zeigten drei große Bildschirme das Wappen der Münchner Polizei.

Die holzverkleidete Tischreihe davor war mit Namensschildern versehen. Zu viert gingen sie auf die Bühne: Kleinrädl selbst, außerdem Brandner, Neurieth und der Leiter der Pressestelle.

Der Publikumsbereich war bis auf den letzten Platz gefüllt. Hinten ragten die Filmkameras auf, davor die Teleskopstangen mit den Handys. Hier und da blitzte es, wo jemand mit einer traditionellen Fotokamera aktiv war.

Obwohl Kleinrädl wenig zu berichten gehabt hatte, waren sie keine Minute zu früh mit dem Briefing fertig geworden. Nachdem der Pressesprecher die Veranstaltung anmoderiert und eingeordnet hatte, beugte sich Brandner ans Mikrofon. Dankenswerterweise hatte der Polizeipräsident sich bereit erklärt, selbst den Ermittlungsstand zu referieren. Dass er es primär aus Profilierungsgründen tat, nahm Kleinrädl gerne hin. Es dauerte nicht lang; dass der Zünder von Profis hergestellt worden sein musste, war noch die gewichtigste Erkenntnis.

Anschließend war Brigadegeneral Thomas Neurieth an der Reihe, Kommandeur der Feldjäger. Er war klein und bullig und hatte sich wohl eher im Feld bewiesen als auf dem politischen Parkett, sein vorbereitetes Statement las er mit monotoner Stimme ab, ohne ein einziges Mal in den Saal zu blicken.

Die ersten paar Minuten hätten von einem Computer geschrieben sein können. Große Tragödie, persönlich erschüttert, Anteilnahme den Hinterbliebenen, schwere Zeit, zügige Aufklärung nötig, Bundeswehr abhängig vom Rückhalt der Bevölkerung. Dann wurde Neurieth konkreter. In seiner Funktion als Repräsentant des polizeilichen Arms der Armee garantiere er persönlich, den zivilen Instanzen zur Seite zu stehen. Man werde den leisesten Verdacht, der Doppelmord könne durch Strukturen der Bundeswehr bedingt sein – sei es in Teilen oder in toto –, mit aller Sorgfalt überprüfen. In der Zwischenzeit bitte er die Medien allerdings inständig darum, von weiteren Mutmaßungen abzusehen, solange es keine Belege für selbige gebe. Das verlange nicht nur der Respekt gegenüber den Streitkräften, von denen die allermeisten in tadelloser Manier bereit seien, ihr Leben für ihr Land zu opfern. Auch erleichtere es die Arbeit der Ermittler ungemein, wenn die Stimmung insgesamt sich etwas beruhige. »Vielen Dank.«

Fünfzig Hände schossen nach oben.

Der Pressesprecher rief einen älteren Mann mit Halbglatze auf.

»Müller, *taz*. Eine Frage an den Herrn Brigadegeneral.« Sei nicht womöglich gerade eine Formulierung wie *ihr Leben für ihr Land zu opfern* symptomatisch für ein Weltbild, das zumindest in Deutschland großen Teilen der Gesellschaft veraltet erscheine? Ob man dasselbe Pathos schüren wolle, mit dem Russland seine Kriege legitimiere?

»Kriege kosten Leben«, entgegnete Neurieth, »das mag nicht jedem gefallen, den wenigsten wahrscheinlich, aber es ist nun mal die Wahrheit.«

Der Journalist wollte noch etwas sagen, aber der Mikrofonträger war bereits weitergegangen. Der Pressesprecher zeigte auf eine junge Frau mit sehr großen Ohrringen.

Ob nicht zu befürchten sei, dass manche Stimmen die Einmischung der Feldjäger nicht als Hilfsangebot betrachten würden, sondern eher als Versuch, den Fortgang der Ermittlungen zu kontrollieren? Womöglich unliebsame Ergebnisse zu vertuschen?

Der gedrungene Brigadegeneral nahm einen Schluck von dem Wasser, das vor ihm stand. Das sei ausgeschlossen, sagte er dann. Seine Wangen hatten einen leichten Rotton angenommen. Die Aufgaben der Feldjäger erforderten größtmögliche Unabhängigkeit, weshalb die Interdependenzen mit anderen Truppenteilen auf ein Minimum reduziert seien.

Was denn das bedeute?, rief jemand dazwischen. Auf ein Minimum?

Im Übrigen bleibe die Leitung der Ermittlungen gänzlich in ziviler Hand.

Der Pressesprecher deutete auf eine dünne Frau mit roten Locken.

»Lustow, *Abendblatt*«, stellte sie sich vor. Sie habe bereits am gestrigen Abend davon geschrieben, dass wohl Profis am Werk gewesen seien. Natürlich müsse eine seriöse Zeitung ihre Quellen schützen, weshalb die Aussage bewusst vorsichtig formuliert gewesen sei. Doch habe diese sich gemäß den Ausführungen des Polizeipräsidenten nun ja bewahrheitet. Ob der Herr Brigadegeneral wirklich glaube, der Situation gerecht zu werden, indem er der Presse einen Maulkorb verpassen wolle? Es wirke eher so, als gehe es ihm darum, den Fall herunterzuspielen.

Mit verschränkten Armen saß Kleinrädl auf seinem Platz und sah Neurieth beim Schwitzen zu. Es war eine erfrischende Abwechslung, mal nicht derjenige zu sein, dem der Marsch geblasen wurde. Aber er machte sich nichts vor. Das Tor zur Hölle wurde gerade erst aufgeschoben.

22

Cobra. Den Namen hat er lange nicht getragen. Die Sonne steht ungünstig, dafür ist es windstill. Auf das Dach zu gelangen war einfacher als gedacht. Ein Wohngebäude, Cobra hat sich als Paketlieferant ausgegeben. Dann über den Fahrstuhlschacht in den Raum für die Lüftungstechnik, von dort aufs Dach. Cobra hat wenig Zeit, aber das macht nichts. Wenn es nicht zur Schussabgabe kommt, findet sich eine andere Gelegenheit.

Das M-95 ist kein Gewehr für Liebhaber. Aber es wird von den Kartellen genutzt und ist dementsprechend einfach zu besorgen. Die größte Herausforderung ist die Lautstärke. Unter seinen Ohrenschützern trägt Cobra In-Ear-Kopfhörer. Die Stimme am anderen Ende der Verbindung ist aufgeregt. Er nicht. Er weiß, wann er zu funktionieren hat.

Lang ausgestreckt liegt er auf dem Beton, vor ihm die Waffe auf ihrem Zweibein. Er trägt graue Jeans und ein graues langärmliges Shirt, keinen Tarnanzug. Aber das Risiko nimmt er in Kauf, er wird nicht lange bleiben.

Die Stimme in seinen Ohren beginnt ihn abzulenken, er stellt die Verbindung stumm. Konzentriert sich auf die Straßenschlucht, die sich unter ihm erstreckt. Erst die Karmeliter-, dann die Ettstraße, er hat sich den Bezirk genau eingeprägt. Linker Seite ragen die berühmten Zwiebeltürme der Frauenkirche auf. Doch sein Ziel ist näher. Bis zum Polizeipräsidium sind es bloß zweihundert Meter. Keine Distanz für ein M-95. Er sieht durch das Zielfernrohr, wie aus dem Innenhof der erste Wagen fährt. Münchner Nummernschild. Cobra wartet. Atmet aus dem Bauch. Stellt den Neigungswinkel ein. Eigentlich ist die Entfernung zu kurz für den Aufwand, den er betreibt. Der nächste Wagen, ebenfalls aus München. Beide Fahrzeuge nehmen die Route, die er vorausgesehen hat, biegen in die Maxburgstraße Richtung Stachus ab. Durchs Zielfernrohr kann er die Gesichtszüge der Fahrer erkennen, als wären sie nur wenige Meter entfernt. Er reduziert die Vergrößerung. Wieder fährt ein Wagen aus dem Innenhof. Eine schwarze Limousine. Der erste Buchstabe auf dem Nummernschild ist ein Y. Cobras Zeigefinger gleitet an den Abzug. Die Limousine hält an der Kreuzung zur Maxburgstraße, gewährt einem Transporter die Vorfahrt. 153 Meter zeigt der Entfernungsmesser an. Die Limousine biegt ab Richtung Stachus. Die Heckscheiben sind getönt, Cobra weiß nicht, auf welcher Seite die Zielperson sitzt. Es macht keinen Unterschied.

Er betätigt den Abzug.

Er wartet nicht, um herauszufinden, ob er getroffen hat. Noch während das Donnern den Münchner Nachmittagshimmel zerreißt, zieht Cobra sich zwei Meter von der Dachkante zurück. Mit schlafwandlerischer Sicherheit zerlegt er das M-95 und verstaut die Einzelteile in seiner Sporttasche. Die Sturmhaube steckt er dazu. Im Treppenhaus wechselt er das graue Shirt gegen ein gelbes, zieht die Handschuhe aus. Es dauert weniger als zwei Minuten, bis er das Gebäude verlassen hat. Die ersten Sirenen sind zu hören. Cobra geht zum Lenbachplatz und steigt in die erstbeste Tram, die hält.

23

Kleinrädl saß im Großraumbüro an seinem Schreibtisch und hatte die Hände flach auf die Tischplatte gelegt. Schlanghain brachte Kaffee. Kleinrädl bat sie, die Tasse vor ihm abzustellen. Sobald er seine Hände vom Schreibtisch nehmen würde, würden sie zu zittern beginnen. Dass der Fahrer mit dem Schrecken davongekommen war, war ein geringer Trost. Die Sirenen waren verstummt, und von dieser Seite des Präsidiums waren die Signalleuchten nicht zu sehen. Aus den Augen, aus dem Sinn, hieß es, doch Kleinrädl hatte schon vor Langem die Hoffnung darauf aufgegeben.

»Geht es Ihnen gut?«, fragte Schlanghain. Sie sah bleich aus.

»Es wird nicht besser«, murmelte er.

»Bitte?«

»Ich war mal wie Sie.«

Schlanghain wartete.

»Unschuldig, jung, optimistisch, nennen Sie es, wie Sie wollen. Zynismus ist ein Schutz, haben sie mir gesagt, als ich angefangen habe. Und ich bin zynisch geworden, mit jedem Mord ein bisschen mehr. Aber es hat nichts geholfen. Es wird nicht besser.«

»Es ist nicht Ihre Schuld.«

»Es war mein Fall.«

»War?«

»Das LKA wird übernehmen. Mehrere Morde dieser Art ... wir sind raus.«

»Wir wissen nicht einmal, ob es dieselbe Tatperson war.«

»Sophia hat heute Geburtstag.«

Schlanghain schwieg. Nahm einen Schluck von ihrem Kaffee.

»Sie wird fünfzehn. Terry hat mir verboten, sie zu sehen. Meine Frau. Ex-Frau.«

Stumm setzte sich Schlanghain auf die Schreibtischkante.

»Als Sophia elf war, hat sie mich nach meiner Arbeit gefragt. Ich habe sie mit in die Katakomben unterm Hauptbahnhof genommen. Waren Sie mal dort?«

Schlanghain schüttelte den Kopf.

»Ist quasi ein rechtsfreier Raum. Junkies mögen ihn, weil sie dort ihre Ruhe haben. Wenn du weißt, wie du dich zu benehmen hast, ist es der friedlichste Ort diesseits der Alpen ... na gut, ich übertreibe ... Ich wollte Sophia zeigen, dass die Welt finstere Ecken hat. Dass es Verlierer gibt. Und dass das keine tragischen Einzelfälle sind, sondern der Preis, den wir zahlen für unseren eigenen Wohlstand, unsere eigenen Freiheiten, Werte. Was für eine Schnapsidee. Kindeswohlgefährdung, natürlich. Zum Gerichtstermin konnte ich nicht, war an einem Mord in Schwabing dran. Aber das hätte auch nichts geändert ...«

Vorsichtig griff Kleinrädl nach der Kaffeetasse und beobachtete seine flatternden Finger mit einer tauben Distanz, als ob sie nicht seine eigenen wären.

Schlanghain stellte ihre Tasse auf den Tisch zurück. »Stimmt die Story mit dem Kollegen, der mal mit Suggestivfragen ein falsches Geständnis provoziert hat? Sie haben danach gewettet, dass man mit den richtigen Fragen jeden Menschen dazu bringen könnte, sich um Kopf und Kragen zu reden. Sie sollen den Kollegen dann so lange verhört haben, bis er unter Tränen behauptet hat, seine eigene Mutter umgebracht zu haben.«

»Das ist lange her«, murmelte Kleinrädl, »eine übermütige Dummheit.«

»Es stimmt tatsächlich?« In lächelndem Unglauben schüttelte Schlanghain den Kopf.

»Wir waren vierzehn Stunden im Verhörraum.«

»Wissen Sie, warum ich mich auf die Stelle in Ihrem Dezernat beworben habe? Weil ich so viel von Ihnen gehört habe. Schon im Studium. Sie werfen einen langen Schatten.«

Kleinrädl lachte freudlos. »Und das hat Sie überzeugt? Ich weiß auch, was man über mich sagt. Das Münchner Schreckgespenst, Klein-Stalin, Kommissar Voldemort ... um es einmal bei den netteren Bezeichnungen zu belassen.«

»Ich wollte wissen, ob die Gerüchte wahr sind.«

»Dass es niemand länger als ein halbes Jahr mit mir aushält?«

»Ich hab mal einen Dozenten gefragt, warum sie Sie nicht längst gefeuert haben, wenn Sie so schlimm sind. Richtig unglücklich hat der arme Mann da geschaut. Den Kleinrädl, hat er geantwortet, den kann man nicht feuern ... der löst zu viele Fälle.«

»Schön wär's«, murmelte Kleinrädl. Aber insgeheim musste er sich eingestehen, dass das Zittern etwas nachgelassen hatte. Das Telefon klingelte. Brandner. Kleinrädl holte Luft und nahm ab. Die Stunde der Wahrheit.

»Ich hatte gerade ein recht intensives Gespräch mit dem Innenminister und dem Präsidenten des LKA«, begann Kleinrädls Chef ohne Begrüßung.

»Ich kann's mir denken.«

»Sie werden überrascht sein: Der Innenminister will, dass der Fall bei uns bleibt.«

Kleinrädl hätte fast den Hörer fallen lassen. »Unmöglich ...«

»Er will schnelle Ergebnisse – und hält es für kontraproduktiv, in dieser kritischen Stunde die Zuständigkeiten über den Haufen zu werfen.«

In Kleinrädls Ohren rauschte es. Noch eine Chance. »Wie viel Zeit habe ich?«

»Zwei Tage, drei vielleicht.«

Eine winzige Chance. Trotzdem. »Danke, Chef.«

»Finden Sie unsere Mörder.«

Kromer kam herbei, schien wie immer leicht außer Atem. Anruf aus der Gerichtsmedizin. Ob das Kommissariat jemanden zur Obduktion schicken wolle?

»Ich gehe selbst.« Kleinrädl stand auf. »Frau Schlanghain, wollen Sie mich begleiten?«

Schlanghain griff bereits nach ihrem Sakko.

Das Rechtsmedizinische Institut der LMU befand sich nur zehn Minuten entfernt in der Nußbaumstraße. Kleinrädl wurde bereits erwartet. Eine junge Medizinerin in offenem Kittel führte ihn und Schlanghain in den Sektionssaal. Vier metallene Anatomietische mit Waschbecken an den Kopfenden standen auf dem gefliesten Boden. Auf einem der mittleren Tische lag ein mit einem Leinentuch bedeckter Körper. Daneben ein Wägelchen mit Sezierbesteck. Eine Ärztin mit grauem Pagenschnitt saß an einem PC und tippte auf der Tastatur: Professorin Carat, Kleinrädl hatte schon häufiger mit ihr zu tun gehabt. Sie verstanden sich gut, was hauptsächlich daran lag, dass beide wenig Bedürfnis nach Small Talk hatten. Zwei Herren im Anzug standen schweigend am Milchglasfenster, die Hände in den Hosentaschen. Richter und Staatsanwalt.

Kleinrädl begrüßte alle und stellte Schlanghain vor.

Die junge Ärztin hatte inzwischen ihren Kittel geschlossen und verteilte medizinische Masken.

Carat trat an den Seziertisch. »Herr Richter?«

Der Angesprochene nickte. »Beginnen Sie.«

Als Carat das Tuch wegzog, schlug sich der Staatsanwalt die Hand vor den Mund. Schlanghain wandte sich ab und gab ein würgendes Geräusch von sich. Selbst die Assistenzärztin atmete hörbar aus. Der Richter rannte zum übernächsten Waschbecken und übergab sich geräuschvoll.

Was hatten sie erwartet? Dass Brigadegeneral Thomas Neurieth nicht von einer normalen Patrone aus dem Leben befördert worden war, mussten sie wohl alle mitbekommen haben.

»Brauchen Sie eine Pause?«, fragte Carat in Richtung des Richters. Das Röcheln deutete sie als Aufforderung, fortzufahren.

»Mareike, schreiben Sie«, wandte sich Carat an ihre Assistentin. »Personalien bereits extern festgestellt. Thomas Neurieth, 62 Jahre alt, wohnhaft in Potsdam. Größe 172 Zentimeter, Gewicht 82 Kilogramm. Befund äußere Besichtigung vorne: rechter Arm ab Scapula vollständig zerstört, rechte Kopfhälfte weitgehend zerstört, offener Thorax von Costa 2 bis 7. Rechte Flanke und Abdominalregion verbrannt Grad 3 und höher. Rechter Oberschenkel verbrannt Grad 2 und höher. Linke Hemisphäre weitgehend intakt. Somit Feststellung des Todes aufgrund mit dem Leben nicht vereinbarer Verletzungen. Zuzug der Verletzungen gemäß Übergabeprotokoll um 17:33 Uhr. Aufgrund der Schwere der Verletzungen Todeszeitpunkt mittelbar festzusetzen auf 17:33 Uhr. Todesart: nichtnatürlich. Todesursache: Polytrauma rechtsseitig durch Explosion im thorakalen Bereich. Mareike, helfen Sie mir, die Leiche zu wenden.«

»Ich habe genug«, ächzte der Richter, der das Waschbecken wieder vorbildlich gereinigt hatte. »Ich warte draußen.« Als er den Sektionssaal verließ, nutzte der Staatsanwalt die Gelegenheit und schloss sich ihm an.

Offiziell musste nur ein einziger Vertreter der Exekutive anwesend sein, weshalb Kleinrädl Schlanghain versicherte, er komme auch ohne sie zurecht, wenn sie frische Luft schnappen wolle. Schlanghain war weiß wie Papier, aber sie schüttelte den Kopf.

Es dauerte noch weitere zwanzig Minuten, dann zog Carat ihre Einweghandschuhe aus. »Herzlichen Glückwunsch, Sie haben's geschafft. Ich schicke den Bericht direkt ins Dezernat?«

Kleinrädl nickte und bedankte sich.

Als sie in den immer noch heißen Juniabend traten, entdeckte Schlanghain einen Zigarettenautomaten und holte sich eine Packung.

»Sie rauchen?«, fragte Kleinrädl überrascht.

Schlanghain ließ sich Feuer von einem weiß bekittelten Institutsmitarbeiter geben. »Nur auf Partys ... normalerweise.« Ihr erster Zug war tief genug, um die halbe Kippe abzubrennen. »Und Sie?«, fragte sie, bevor sie den Rauch ausstieß. »Lässt Sie das völlig kalt?«

»Neurieths Fahrzeug war gepanzert. Das Projektil hat das kugelsichere Fenster durchschlagen und ist erst danach explodiert ...«

»Warum frage ich überhaupt«, murmelte Schlanghain und widmete sich wieder ihrer Zigarette.

»Wir brauchen das KTI. Die müssen uns einen Ballistiker schicken.«

Schlanghain sagte noch etwas, aber Kleinrädl war bereits damit beschäftigt, die Nummer herauszusuchen. Er konnte nur hoffen, dass das LKA ihm nach der Entscheidung des Innenministers nicht zu viele Steine in den Weg legen würde.

24

Drama um Bundeswehrmorde nimmt kein Ende:
Nun meldet sich der Brautvater zu Wort
Von Maria Lustow

Erneut wird München von einem grausamen Mord erschüttert, der direkt mit der Bundeswehr zusammenhängt. [Hier geht's zu unserem Live-Ticker.] Nun hat der Vater der ermordeten Braut Clarissa S. sich entschlossen, an die Öffentlichkeit zu treten. Maximilian Werker ist ein renommierter Professor für Psychologie, der an der LMU lehrt und forscht.

Wir treffen ihn und seine Frau in einem vornehmen Einfamilienhaus am Ortsrand von Aschheim. Wie eng die Bande der Familie waren, die nun brutal zerrissen worden sind, zeigen die vielen Fotos, die die Werkers von ihrer Tochter aufgehängt haben.

Professor Werker hält sich nicht lange mit Begrüßungsfloskeln auf. Dass die Ukrainekrise dazu geführt habe, das Militär erneut in den Vordergrund der politischen Diskussion zu stellen, verunsichere ihn zutiefst.

Dass mit dem Mord an Feldjäger-Kommandeur Neurieth ein weiterer Militär zum Opfer wurde, betrachtet Werker nur als Bestätigung seiner These, Gewalt führe zu Gegengewalt. Solange die Bundeswehr nicht abgerüstet werde, werde sie Aggressionen auf sich ziehen. Ob das nun Externe seien, wie die antideutschen Radikalen, die die Bestattung gestört hätten, oder Interne wie Inka Minden ...

Minden saß in Hossams Wohnung und starrte auf ihr Telefon. Was um alles in der Welt trieb Clarissas Vater dazu, einen persönlichen Kreuzzug gegen sie zu führen? Auf der Beerdigung hatte er noch von radikaler Akzeptanz geschwafelt, das hier klang deutlich aktionistischer. Während sie die letzten Reste ihrer Nudelbox bearbeitete, googelte sie den Mann. Lehrstuhl für Organisationspsychologie an der LMU, ein paar Gremien. Sie fand nichts Persönliches, aber neben seinem Uni-Kontakt eine private Festnetznummer. Selbst Mindens Eltern hatten seit letztem Jahr kein Festnetz mehr.

Kurz entschlossen stellte sie die Nudelbox weg und tippte die Nummer in ihr Handy.

Beim dritten Läuten nahm jemand ab. »Ja?«

»Herr Werker? Hier ist Inka Minden.«

Am anderen Ende der Verbindung: Stille. Dann wurde aufgelegt.

Minden drückte erneut die Anruftaste. Bestimmt eine halbe Minute lang ließ sie es läuten, ohne dass ein Anrufbeantworter ansprang. Dann wurde die Verbindung beendet.

Sie versuchte es noch einmal. Wieder erfolglos.

Und noch einmal.

»Bitte«, eine Frauenstimme diesmal, »Sie haben uns schon zu viel angetan – können Sie uns nicht einfach in Ruhe lassen?«

»Deswegen melde ich mich ja«, erwiderte Minden gepresst. »Weil ich gerne wissen würde, was genau ich getan haben soll.«

Stille. Minden erwartete bereits, dass auch dieses Gespräch an sein vorzeitiges Ende gelangt war, da glaubte sie, ein Flüstern zu hören. Wenig später war der Professor wieder in der Leitung. »Nach allem, was passiert ist, trauen Sie sich, hier anzurufen? Ich habe Ihnen die Möglichkeit gegeben, sich zu entschuldigen, jetzt ist es zu spät ...«

»Zu spät wofür?«

»Sich aus der Verantwortung zu stehlen. Tun Sie nicht so unschuldig. Sie waren es, die Hossam in den Tod getrieben hat!«

In Mindens Ohren rauschte es. Sie hatte nicht richtig gehört, konnte nicht richtig gehört haben. »Selbstmord?«

»Natürlich«, rief Werker. »Und unsere arme Clarissa hat er mit sich gerissen.«

»Was macht Sie da so sicher?«

»Lassen Sie das Spiel endlich«, wetterte er weiter. »Clarissa hat alles erzählt. Wie Sie ihn jahrelang manipuliert haben, ihm eingeredet haben, dass er krank sei, sich behandeln lassen müsse. Aus dem Dienst hätte er austreten müssen, nichts anderes. Wissen Sie, wer sich Hilfe suchen müsste – das sind Sie. Ich erlaube mir gewöhnlich keine Ferndiagnose, aber in Ihrem Fall wette ich auf eine histrionische Persönlichkeitsstörung.«

Sie musste lachen. Sie hielt sich nicht für unfehlbar, aber eine HPS wäre das Letzte, womit sie ihre Macken erklärt hätte. Histrionische Menschen ersehnten die große Bühne – und Minden wollte nichts lieber als ihre Ruhe.

»Ihr Hohn beweist nur meine These«, schnaubte Werker durchs Telefon. »Clarissa hat alles versucht, aber gegen Ihre Boshaftigkeit ...«

»Vor der Hochzeit habe ich ihn sechs Monate nicht gesehen.«

»Allein dass Sie auf der Hochzeit waren ... wer lädt seine Ex-Beziehung zur Hochzeit ein?«

»Hossam«, sagte Minden.

Werker tat, als hätte er sie nicht gehört. »Es fragt sich«, sagte er, »warum die Polizei so lange braucht, aber früher oder später wird sie es schon ...«

»Hat die Polizei Sie nicht vernommen? Haben Sie da gar nichts dergleichen gesagt?«, unterbrach ihn Minden. Von klein auf hatte sie Überforderung mit Logik bekämpft.

»Es war zu früh ... wir waren noch zu durcheinander, um eins und eins zusammenzuzählen.«

»Und jetzt? Warum reden Sie jetzt nicht mit der Polizei?«

Am anderen Ende der Verbindung war es still.

Auf einmal verstand Minden. »Sie wollen gar nicht, dass der Fall so bald gelöst wird, habe ich recht? Sie bekämpfen die Trauer mit Ihrem antimilitaristischen Aktionismus. Je länger die Ermittlungen andauern, desto erregter die öffentliche Stimmung, desto leichter findet Ihre Empörung Gehör.«

»Sie haben keine Vorstellung, wovon Sie reden ...«

»Wie passt denn der zweite Mord in Ihr Bild von Hossams Suizid? Das wird er ja wohl kaum gewesen sein.«

Es klingelte. Minden brauchte einen Augenblick, um sich klarzumachen, dass jemand vor der Wohnung stand. »Hören Sie, Herr Werker, ich kann Ihre Frustration nachvollziehen, aber ich glaube, ich bin nicht das richtige Ziel ...«

Wieder klingelte es, dann ein forsches Klopfen. »Öffnen Sie. Polizei.«

»Ich fürchte, ich muss Schluss machen«, sagte Minden ins Telefon. Werker wollte noch etwas loswerden, aber sie wimmelte ihn ab. Beunruhigt ging sie zur Wohnungstür und öffnete.

Im Treppenhaus standen zwei Polizisten in Uniform. »Wer sind Sie?«, blaffte der Ältere.

Minden stellte sich vor. Ob es ein Problem gebe?

»Eine Nachbarin hat Geräusche gehört. Was tun Sie hier?«

Die Frage erwischte sie auf dem falschen Fuß. Sie stotterte etwas von einem verstorbenen Freund, von dem sie Abschied nehmen wolle.

»Sie sind die Inka Minden aus der Zeitung?«, rief der Jüngere erstaunt.

»Sie haben hier nichts zu suchen«, schnauzte der Ältere.

Höflich erklärte Minden, dass sie einen Schlüssel besitze und an der Tür kein polizeilicher Bescheid geklebt habe.

»Trotzdem.«

Sie fügte sich in ihr Schicksal. Nachdem sie noch ihre Jacke hatte holen dürfen, folgte sie den Beamten auf die Straße.

25

Von Holl war am frühen Abend bei Bastian aufgeschlagen. Bastian war in miserabler Stimmung. Er hatte mit seinem Vater irgendeinen Streit ausgefochten, von dem er nicht weiter erzählen wollte, außerdem war am Arm eine seiner Brandblasen aufgeplatzt und nässte eifrig vor sich hin.

Gemeinsam mit den Bulldoggen verfolgten sie die Berichterstattung zum Mord an Neurieth. Die Onlinemagazine feuerten aus allen Rohren. Der *Bayerische Rundfunk* schaltete eine Sondersendung. Die Polizei hatte noch keine Stellung genommen, dafür gab es eine Menge Experten, die ein detailliertes Bild des Tathergangs zeichneten – beziehungsweise ein Bilderbuch, denn keine zwei Fachleute waren einer Meinung. Drohne, Autobombe, ein schweres Maschinengewehr, jede krude Theorie fand ihren Weg auf den Bildschirm.

»Schweres MG? Leck mir die Kimme«, hatte Bastian irgendwann gerufen. »Für einen solchen Bullshit zahl ich GEZ.«

»Aus einem Transporter heraus«, sagte von Holl und kraulte Ruby hinterm Ohr, »mit Explosivmunition – warum nicht?«

»Weil wir nicht in Afghanistan sind, Jojo. Hast du dein Hirn gegen Gleitgel getauscht oder was?«

»Dann sprich, großer Meister, was war's?« Von Holl meinte es nur halb ironisch – Bastian hatte ihn am G82 ausgebildet und war der beste Schütze, den er kannte.

»Man müsste das Wrack mal von Nahem sehen ...«

»Nicht kneifen, Junge.«

»Fünfziger Kaliber mit Explosivmunition, so weit liegst du richtig. Aber Einzelschuss, aus erhöhter Position. So hätte ich es gemacht.«

»Und ihr, Mädels?«

Ruby gähnte nur, Diamond schmachtete den *BR*-Moderator an.

Drinks, entschied von Holl und begann auch direkt, seine Idee Tat werden zu lassen. Den Rest des Abends widmeten sie sich Zusammenschnitten der NBA-Finals. Beim vierten Gin Tonic klingelte von Holls Handy. Minden. »Was gibt's?«

Ob sie bei ihm übernachten könne?

Klar.

Und duschen?

Auch das.

Nachdem von Holl seinen Drink geleert hatte, rief er ein Taxi und verabschiedete sich. Auf der Heimfahrt meldete sich Wiesbaden. Natürlich. Er drückte den Anruf weg und rief zurück, nachdem er zu Hause angelangt war.

»Von Holl, wir haben einen Auftrag für Sie ...«

»Erst mal bin ich dran – heute Morgen, das waren Sie, oder?«

»Sie sind bereits zu sehr im Fokus ...«

»Was für ein Witz, Sie sind nicht meine Mutter. Das nächste Mal lassen Sie so einen Blödsinn, verstanden? Erst soll ich mich stellen, und dann hauen Sie mich wieder raus? Ich brauche Ihre verdammte Hilfe nicht! Glauben Sie mir, meine Anwälte verdienen mehr im Monat als Sie im Jahr, lassen Sie sie verdammt noch mal ihre Arbeit machen.«

Ein hörbares Seufzen. Aber von Holl hatte wirklich keine Lust mehr, permanent auf die Befindlichkeiten irgendwelcher Schmalspurkarrieristen Rücksicht nehmen zu müssen. Während er an den See trat, sagte er: »Wir hatten eine Vereinbarung – ich spiele Ihr Spiel mit, und dafür bleibt in Kundus, was in Kundus passiert ist.« Ein leichter Wind ging, reflektiertes Sternenlicht schaukelte in den Wellen.

»Exakt«, kam es trocken zurück. »Also spielen Sie. Morgen früh Punkt acht Uhr finden Sie sich im Polizeipräsidium ein.«

»In München?«

»Wo sonst?«

»Das meinen Sie nicht ernst ... soll ich mich jetzt doch noch schuldig bekennen?«

»Die Soko Neurieth hat Unterstützung angefragt, ballistische Forensik. Das ist doch der Job, für den wir Sie eigentlich bezahlen, oder täusche ich mich?«

Fassungslos starrte von Holl sein Handy an. »Das. Kann. Nicht. Ihr. Ernst. Sein.«

»Sie sind bereits vor Ort, Sie kennen den leitenden Ermittler ...«

»Stopp, Sie sagen nicht gerade, dass ...«

»Doch, genau richtig: Hauptkommissar Kleinrädl. Die Soko Said wird mit der Soko Neurieth zusammengelegt. Gibt es ein Problem?«

»Ich mach's nicht. Eher geh ich zurück in die Wüste.«

»Wenn Sie darauf bestehen.« Und mit maliziöser Langsamkeit drang es aus dem Telefon: »Brauchen Sie die Durchwahl für Berlin?«

»Das wagen Sie nicht.«

»Ich kann auch selbst anrufen.«

Am liebsten hätte er das Telefon in die finstere Weite des Sees geschleudert. Wenn Wiesbaden glaubte, ihn maßregeln zu können, hatte es seinen Einfluss deutlich überschätzt. Was ihn jedoch am meisten wurmte: Er wusste bereits, dass er nachgeben würde. Dass er hartnäckig sein konnte, hatte er oft genug bewiesen. Doch er besaß eine weitere Gabe – eine, die ihm die wenigsten zutrauten und die er auch tunlichst für sich behielt: Er war zwar bereit, mit dem Kopf durch die Wand zu gehen, aber er bevorzugte die Tür.

»Scheren Sie sich zum Teufel.«

»Ich werte das als ein Ja. Morgen acht Uhr.«

Von Holl ging ins Herrenzimmer und machte sich einen Gin Tonic.

Anderthalb Stunden später klingelte es an der Tür. Von Holl hatte die Haushälterin bereits nach Hause geschickt, weswegen er selbst öffnen musste. Vor ihm stand eine verschwitzte Minden in kompletter Rennradmontur. »Wie lange hast du gebraucht?«

Sie sah auf ihre Sportuhr. »Eins zweiundvierzig.«

»Mit dem Auto wärst du schneller gewesen.«

»Mit der Bahn nicht. Hast du ein Handtuch für mich?«

Während Minden in einem der Gästebadezimmer damit beschäftigt war, sich gesellschaftsfähig zu machen, mixte von Holl frische Drinks.

Er hatte auf die Floskel verzichtet, dass sie sich wie zu Hause fühlen möge, trotzdem kam sie in Jogginghose und verwaschenem Pulli ins Wohnzimmer. Um den Schopf hatte sie ein Handtuch gewickelt. Mit großen Augen sah sie sich um. Ihr Blick blieb an der abstrakten Kunst hängen, an der stuckverzierten Decke, am offenen Durchgang zum Musiksaal, in dem der Flügel stand. Von Holl ließ ihr Zeit, es war der übliche Eindruck, den sein Quartier auf Mitglieder der Mittelschicht hatte.

Als sie sich hinlänglich gefangen hatte, reichte er ihr den vorbereiteten Drink. »Basil Smash. Basilikum aus dem Garten.« Er bot ihr einen Sessel an und wartete auf die Worte der Bewunderung, die nun unweigerlich folgen mussten.

»Du wohnst hier ganz alleine?«, fragte Minden.

Von Holl ließ sich auf ein Sofa fallen, das ein französischer Designer ihm zum dreißigsten Geburtstag geschenkt hatte. »Ich habe eine Haushälterin.«

»Na dann.«

Beide tranken. Von Holl merkte den Alkohol stärker als zuvor. Wie viele Drinks hatte er bei Bastian gehabt? »Warum bist du hier, Inka?«

In knappen Sätzen erklärte sie, dass die Polizei sie aus Hossams Wohnung geworfen habe. Vor ihrer eigenen Wohnung lungerten – nach wie vor oder wieder – Vertreter der Klatschpresse herum. Allein das Rennrad zu holen sei ein Spießrutenlauf gewesen.

»So schlimm kann es nicht gewesen sein.«

»Was meinst du?«

»Ein Spießrutenlauf endet normalerweise tödlich. Historisch gesehen.«

Minden widmete sich ihrem Basil Smash.

Sie könne so lange bei ihm wohnen bleiben, wie sie wolle, sagte von Holl. Allerdings müsse er selbst ab morgen wieder arbeiten, für die Soko.

Als Minden nachfragte, verzichtete er auf lange Ausführungen. Er sei nun mal Ballistiker, sagte er und zuckte die Schultern.

»Wusstest du«, fragte sie, »dass Hossam ein Buch über den Afghanistanrückzug schreiben wollte?«

»Abzug.«

»Was?«

»Abzug, nicht Rückzug.«

»Wenn du betrunken bist, bist du noch unausstehlicher als sonst.«

Minden war im Begriff, ihr Glas auf den Couchtisch zu stellen – ein handgefertigtes Stück aus braunem Akazienholz. Rasch legte von Holl ihr einen Filzuntersetzer hin.

Sie entschuldigte sich und platzierte das Glas auf dem Untersetzer. »Also, hast du es gewusst?«

Von Holl schüttelte den Kopf. Im Übrigen sei er selbst schon 2020 zurückgekehrt. »Und du glaubst, das Buch hat was mit den Morden zu tun?«

»Keine Ahnung. Die Ghostwriterin meinte, eigentlich hätten sie es geheim gehalten.« Minden berichtete, wie sie erst die Visitenkarte Baumanns gefunden und dann Dine Schmidt in Nürnberg besucht habe. »Vielleicht wollte Hossam etwas so Brisantes veröffentlichen, dass er dafür sterben musste.«

»Hat die Ghostwriterin denn so was angedeutet?«
Minden verneinte.

»Und gibt es noch Aufzeichnungen zu dem Buch?«

»Ich habe vorhin in Hossams Wohnung nach seinem Laptop gesucht, ihn aber nicht gefunden.«

»Die Polizei wird ihn sichergestellt haben.«

»Hossam hat seine gesamten Unterlagen Dine Schmidt geschickt, ein paar Tage vor der Hochzeit. Sie hat mir angeboten, sie mir zu überlassen.«

»Und du hast abgelehnt?«

»In dem Moment war ich überfordert; ich hatte Angst, dass ich mich immer weiter in die Sache verstricke, dass ich Gespenstern hinterherjage, statt den Verlust hinzunehmen. Ich wollte abschließen.«

»Ja«, nickte von Holl, »früher oder später kommen wir alle an den Punkt.«

Es sei nur schwieriger als gedacht, murmelte Minden.

»Das ist es immer.«

»Es passt auch vorne und hinten nicht zusammen«, sagte Minden. »Wenn das Buch den Ausschlag gegeben hat, muss irgendjemand geredet haben: Baumann, Schmidt oder Hossam. Aber warum?«

»Vielleicht hat Clarissa es mitbekommen ...«

»Clarissa zählt zu den Opfern. Und so viel Niedertracht ich ihr auch zutraue, ich glaube nicht, dass sie fähig wäre, eine Autobombe zu basteln. Und jetzt der Mord an Neurieth – hatte Hossam irgendwas mit dem Mann zu tun?«

»Nicht, dass ich wüsste. In den Zehnerjahren, als der MAD uns in die Mangel genommen hat, hat der uns ein paarmal die Feldjäger auf den Hals geschickt. Aber ich glaube, zu dem Zeitpunkt war Neurieth noch Stabsoffizier im Ministerium. Und Hossam im KSK noch ziemlich weit unten in der Hackordnung.«

Der Militärische Abschirmdienst war damit betraut gewesen, das KSK auf rechtsextreme Strukturen zu untersuchen. »Die *Militärisch Ahnungslosen Dilettanten*«, murmelte Minden gedankenverloren, »so hat Hossam sie immer genannt.«

»Na ja, ein paar Faschos haben sie bei uns rausgefischt ... aber wenn du das Abschiednehmen aufschieben willst: Warum fragst du deine Frau Schmidt nicht einfach, ob sie dir Hossams Notizen doch noch überlässt?«

Minden zog die Füße aufs Sesselpolster hoch, umschlang die Knie. Wenigstens hatte sie frische Socken an. »Glaubst du, ich bilde mir da was ein? Renne gegen Windmühlen an?«

»Absolut.«

Sie seufzte.

»Warum bist du hier, Inka? Damit ich dir sage, dass du alleine einen Fall lösen kannst, über den sich die halbe Münchner Kripo den Kopf zerbricht? Damit ich dir sage, dass du bloß rausfinden musst, wer Hossam umgebracht hat, um mit der Tatsache zurechtzukommen, dass er nicht mehr da ist? Werd erwachsen, Mädchen.«

Als von Holl sah, dass ihre Augen zu glänzen begannen, stand er auf, sammelte die Gläser ein und ging zur Bar.

»Ich bin hier«, flüsterte Minden hinter ihm, »weil ich auf dein Verständnis gehofft habe.«

»Blöd gelaufen«, sagte von Holl.

DONNERSTAG

26

Während sie auf dem Parkplatz vorm Präsidium standen und auf den Ballistiker des BKA warteten, fragte Kleinrädl Schlanghain, ob er sie um einen Gefallen bitten dürfe.

Sie nickte.

»Ich habe ein Geschenk für Sophia im Auto. Würden Sie es vielleicht nach Feierabend für mich abgeben?«

»Können Sie mir garantieren, dass Ihre Ex-Frau mich am Leben lässt?«

Kleinrädl starrte vor sich auf den Asphalt. »Vergessen Sie's«, murmelte er.

»War doch nur ein Scherz. Klar, mach ich. Was ist es denn?«

»Nichts Besonderes. Danke.«

Ein Taxi hielt, und ein großer Mann im Anzug mit derangierter Frisur trat auf die Straße.

»Von Holl?«, fragte Schlanghain. »Was will der denn hier?«

Kleinrädl hatte keinen Schimmer.

Von Holl kam geradewegs auf sie zu, legte zum Gruß zwei Finger an die Schläfe. »Melde mich zum Dienst.«

Es dauerte einen Moment, bis Kleinrädl verstanden hatte. »Herrgott«, rief er entgeistert, »das BKA hat Sie geschickt?«

»›Herr von Holl‹ reicht.«

»Geil«, sagte Schlanghain. »Sie sitzen hinten.«

»Haben Sie getrunken?«, fragte Kleinrädl.

»Sie nicht?«, fragte von Holl.

Die Fahrt zum Kriminaltechnischen Institut verlief ohne ein weiteres Wort. Schlanghain hatte das Radio eingeschaltet, es kam NuJazz.

Am KTI wurden sie bereits vom Leiter des Sachgebiets Waffen erwartet, Konstantin Siek, einem dünnen Mann in Schwarz mit langem Pferdeschwanz. Während er Kleinrädl und Schlanghain freundlich begrüßte, hatte er für von Holl nur ein knappes Nicken übrig. Kleinrädl ahnte, wieso: Genauso, wie er selbst es nicht leiden konnte, wenn das LKA sich in seine Fälle drängte, hatte das LKA sicher wenig für die Einmischung des BKA übrig.

»Kfz schauen wir ja normalerweise nicht an«, sagte Siek, während er sie durchs Gebäude führte. »Deswegen haben wir das Wrack bei den Formspuren untergebracht ...«

»Glauben Sie, das interessiert uns?«, fragte von Holl.

Siek verstummte. Kleinrädl tätschelte ihm aufmunternd die Schulter. *Niemand hier will mit von Holl arbeiten*, lautete die stille Botschaft, *aber wenn wir uns zusammenreißen, ist es in ein paar Stunden überstanden*.

Sie gelangten in eine Halle, die aussah wie eine kleine Autowerkstatt. Neben einer Werkbank hing ein 1860-Wimpel. Auf einer Hebebühne wartete die schwarze Limousine, in der Brigadegeneral Neurieth zu seiner letzten Fahrt aufgebrochen war.

»Sie sieht aus wie neu«, bemerkte Schlanghain.

»Kommen Sie.« Siek führte sie auf die Beifahrerseite. Das hintere Fenster war von tausend radial verlaufenden Rissen trübe geworden, wie es für zerstörtes Sicherheitsglas üblich war.

»Notiz an mich«, sagte Schlanghain, »kugelsichere Fahrzeuge sind nicht unbedingt kugelsicher.«

»Wir vermuten«, sagte Siek, »dass es sich um eine großkalibrige Waffe handelt.«

»Fünfziger Kaliber«, sagte von Holl.

»Vielleicht, ja. Wir haben Reste der Kugel gefunden«, erklärte Siek. »Also, das meiste kam von der Gerichtsmedizin. Aber ein paar Spuren fanden sich auch im Wageninnenraum. Offenbar ein Explosivgeschoss. Ein Kollege macht gerade die Auswertung fertig.«

»Explosivgeschoss?«, fragte Kleinrädl. »Und warum ist es dann nicht direkt an der Scheibe detoniert?«

»Wie gesagt, der Kollege sitzt noch an der Auswertung …«

»Hartzielmunition, panzerbrechend«, sagte von Holl, der an die Scheibe getreten war. »Reduzierte Detonationsgeschwindigkeit. Der Kern, Wolfram wahrscheinlich, hat die Panzerung bereits durchbrochen, bevor das Explosivmittel seine maximale Wirkung entfaltet.«

»Ja, möglich«, sagte Siek, ohne die Zähne auseinanderzunehmen. »Trotzdem sollten wir voreilige Schlüsse vermeiden …«

»Raufoss 211«, sagte von Holl.

»Bitte?«

»Das verwendete Projektil. Ist von Raufoss. Es gibt noch ein paar andere Hersteller, aber die 211 ist am weitesten verbreitet.«

»Wie gesagt, mein Kollege …«

Ohne sich die Mühe zu machen, sich nach Handschuhen umzusehen, öffnete von Holl die Tür und warf einen Blick ins Innere.

»Die zerschossene Scheibe war genauso verspiegelt wie die anderen?«, fragte Schlanghain.

Siek nickte.

Schlanghain sah zu Kleinrädl. »So, wie ich die Ärztin gestern verstanden habe, ist Neurieth zentral getroffen worden. Wie hat der Schütze das geschafft?«

»Es ist ja einigermaßen abzuschätzen, wo im Auto jemand sitzt«, vermutete Kleinrädl.

»Aber«, warf Schlanghain ein, »das heißt, der Schütze musste zumindest wissen, auf welcher Seite Neurieth saß.«

»Schauen Sie sich das Einschussloch im Fenster an, Schätzchen«, sagte von Holl, während er die Tür zuschlug. Das zerfaserte Glas knirschte unheilvoll. »Nur eine Handbreit über der mittleren Scheibenhöhe. Und Neurieth wurde direkt unterhalb der Schulter getroffen, nicht wahr?«

»Woher wissen Sie das?«, fragte Kleinrädl.

»Weil es offensichtlich ist. Der Schütze muss sich ein paar Hundert Meter entfernt befunden haben, das heißt, er hat in flachem Winkel zur Straße geschossen, selbst wenn er ein paar Stockwerke höher positioniert gewesen sein sollte.«

»Worauf wollen Sie hinaus?«

Von Holl lächelte unfreundlich. »Selber nachdenken – was halten Sie davon?«

Kleinrädl suchte noch nach einer Replik, die seinem Zorn gerecht wurde, ohne ihn vor seiner Mitarbeiterin zu kompromittieren, als Siek ihm zu Hilfe kam: »Die Kugel hätte ihr Ziel so oder so erreicht, egal, wo im Fond das Opfer saß. Bei Explosivmunition sind selbst Streifschüsse letal.«

»Bravo«, sagte von Holl. »Gehen wir.«

Bevor Kleinrädl fragen konnte, wohin, verließ von Holl bereits die Halle. Frustriert eilte der Hauptkommissar ihm hinterher; er traute sich nicht, den Mann auch nur fünf Minuten aus den Augen zu lassen. In der Tür kam ihnen ein

Bursche im Kittel entgegen. »Konsti, wir haben die Patrone identifiziert«, rief er und warf einen Blick auf den Ausdruck, den er in der Hand hielt, »es ist eine Raufoss Mark 211.«

»Gute Arbeit«, sagte Siek. Er sah nicht glücklich aus.

Nachdem sie sich von Siek verabschiedet und das LKA-Gebäude verlassen hatten, stellte Kleinrädl von Holl zur Rede. »Sie reißen sich offensichtlich nicht um die Zusammenarbeit mit uns. Aber ich kann Ihnen versichern, das beruht auf Gegenseitigkeit. Und seien Sie so gut, Ihren Unwillen nicht an Dritten auszulassen, in Ordnung?«

»Ich mag es nicht, wenn man meine Zeit stiehlt«, sagte von Holl und deutete auf Kleinrädls Wagen. »Zum Tatort, bitte.«

Als sie bereits im Auto saßen, kramte Schlanghain eine Blisterkarte aus ihrer Handtasche und reichte sie nach hinten zu von Holl.

»Ibu 600. Nehmen Sie. So viele Sie mögen, meine Frauenärztin verschreibt mir die kiloweise.« Sie griff vor sich in den Fußraum und holte eine Wasserflasche hervor. »Und trinken nicht vergessen.«

Ungläubig sah Kleinrädl dabei zu, wie von Holl die Tablette schluckte. Schlanghain war eine Magierin.

»Hilft nicht gegen den Charakter«, sagte sie freundlich, »aber zumindest gegen den Kater.«

Von Holl hingegen – und das war die Vollendung des Zaubers – sagte nichts.

Die Ecke Ettstraße / Maxburgstraße war noch in der Nacht wieder freigegeben worden. Da das Sicherheitsfenster nicht wie normales Glas gesplittert war, lagen nicht einmal Scherben herum.

Seinen eigenen Wagen hatte Kleinrädl vorm Präsidium geparkt. »Bitte schön«, sagte er und machte eine ausschweifende Handbewegung, »der Tatort.«

»Ich nehme an, Sie haben bereits nach Zeugen gesucht.«

»Zum Schützen? Wir sind noch dabei, aber ja, wir kämmen das ganze Gebiet ab. Bisher keine Auffälligkeiten.«

»Das Zielfahrzeug ist hier in die Maxburgstraße eingebogen?«

»Genau. Das heißt, der Schütze muss von der Verlängerung der Ettstraße aus ...« Kleinrädl verstummte, denn von Holl war bereits im Begriff, die Kreuzung zu überqueren. Ohne sich umzusehen, ging er die Straße komplett hinunter, bis sie am Promenadeplatz in einer T-Kreuzung endete. Neben der Fensterfront eines Ladens für Luxusklamotten befand sich ein geöffnetes Tor, hinter dem eine Reihe von goldenen Klingelschildern angebracht war. Von Holl drückte die gesamte Reihe von oben nach unten durch. Es knackte in der Gegensprechanlage. »Post«, sagte von Holl. Der Türöffner summte.

»Kommen Sie schon«, rief er Kleinrädl und Schlanghain zu, während er die Tür offen hielt.

»Wir hätten uns auch offiziell vorstellen können«, bemerkte Kleinrädl, aber von Holl ignorierte ihn. Obwohl es einen Fahrstuhl gab, nahm er die Treppe. Fünf Stockwerke im Sommer. Als sie oben waren, klebte Kleinrädl das Hemd am Rücken.

Von Holl trat zum Fahrstuhl und inspizierte dessen äußere Türen. In den metallenen Rahmen waren zwei Schraubvertiefungen eingelassen. »Feuerwehrdreikant.«

»Habe ich leider zufällig gerade nicht dabei«, ächzte Kleinrädl.

»Dann holen Sie einen.«

Kleinrädl schickte Schlanghain zum Präsidium, während er selbst bei von Holl blieb. So gern er mehr über dessen Beweggründe erfahren hätte, hatte er doch inzwischen alle Hoffnung auf ein normales Gespräch aufgegeben. Also zog er sein Handy hervor und las Dienstmails.

»Haben Sie eigentlich Hossams Laptop sichergestellt?«

Verwirrt blickte Kleinrädl von seinem Display auf. Was das denn mit dem aktuellen Fall zu tun habe?

»Nur so«, entgegnete von Holl. Vielleicht habe Hossams Mörder ihn im Vorfeld kontaktiert?

Kleinrädl schüttelte den Kopf. »Das Handy wurde von der Explosion zerstört. Einen Laptop haben wir nicht gefunden.«

»Ah, okay.«

Schlanghain kam zurück, einen Stoffbeutel in der Hand, aus dem sie mehrere Drei- und Vierkantschlüssel zog. Gleich der erste passte. Von Holl rief den Fahrstuhl und schickte ihn in den vierten Stock hinunter, ohne selbst in die Kabine zu treten. Sobald sich die äußeren Metalltüren geschlossen hatten, nutzte er den Schraubenschlüssel, um die Türen wieder zu öffnen. Auf Höhe ihrer Füße befand sich die obere Abdeckung der Fahrstuhlkabine. Ohne zu zögern trat von Holl auf die Abdeckung, sah sich um, zog sich an einem Stahlträger hoch und verschwand in einer niedrigen Kammer voller leise brummender Maschinen.

Kleinrädl wies Schlanghain an, in den vierten Stock zu rennen und dort die Fahrstuhltür offen zu halten. Dann zählte er langsam bis zwanzig, holte tief Luft und kletterte von Holl hinterher, der bereits durch eine Luke aufs Dach gestiegen war.

»Fantastische Aussicht«, murmelte Kleinrädl, ohne sich von der Luke wegzubewegen. Große Höhen waren nicht seine Stärke.

Auch von Holl bewegte sich viel vorsichtiger als zuvor, setzte jeden Schritt einzeln, den Blick auf den Boden gerichtet. Zwei Meter von der Dachkante entfernt zückte er sein Handy und filmte die Umgebung. Anschließend schoss er mehrere Fotos.

»Sie sind sich sicher?«, fragte Kleinrädl.

»Schicken Sie die Spurensicherung hoch«, sagte von Holl.

27

Minden kurierte ihren Kater aus, indem sie auf einem der Designersofas lag und dem Rattern der elektrischen Heckenschere lauschte, das durch die geöffneten Fenster hereindrang. Der Garten musste groß sein, denn das Rattern dauerte den gesamten Vormittag an.

Die ganze Zeit über hatte sie das Handy auf dem Bauch liegen. Undine Schmidt anrufen oder nicht? Hatte von Holl recht, und ihre Nachforschungen waren nur ein dilettantischer Versuch, der Trauer davonzurennen?

Mit pochendem Schädel schlurfte sie in die Küche und holte sich ein Wasser. Ihr Handy vibrierte. Schmidt.

»Gerade wollte ich dich anrufen«, sagte Minden und kam sich wie eine Lügnerin vor.

Ein paar Sekunden vergingen in Schweigen. Dann ergriff Schmidt die Initiative: »Wegen Hossams Notizen ...«

»Ja?«

»Ich habe mir überlegt, das Buch fertig zu schreiben.«

»Okay«, sagte Minden langsam. Ein Platzhalter, um sich Zeit zu verschaffen, die neue Information einzuordnen.

Schmidt gewährte sie ihr, wartete still.

»Du hast dich schon entschieden?«

»Ich wollte erst dich fragen. Mit Hossams Mutter habe ich schon telefoniert. Sie hat nichts dagegen. Alle Rechte und Tantiemen würden an sie gehen. Es ist Hossams Geschichte, ich will sie für ihn fertig schreiben. Ich könnte nie Geld dafür nehmen.«

»Ich wüsste nicht, weshalb du überhaupt meine Zustimmung brauchst.«

»Du warst die wichtigste Person seines Lebens. Ich könnte es nicht gegen deinen Willen tun.«

»Komme ich denn vor in seinen Notizen?«

»Kaum.«

Minden zögerte.

»Was ist?«

»Es könnte gefährlich sein ...«

»Das habe ich mit Petra schon besprochen. Wir würden das Manuskript erst an die Verlage schicken, nachdem klar ist, wer Hossam und Clarissa umgebracht hat.«

»Und was, wenn sich in den Notizen Hinweise auf den oder die Täter finden?«

»Wenn mir etwas verdächtig vorkommt, würde ich natürlich der Polizei Bescheid geben. Das habe ich dir noch gar nicht gesagt – nach unserem Gespräch in Nürnberg habe ich die Dateien der Münchner Kripo geschickt. Die sind also im Bilde. Mit einem der Ermittler habe ich auch schon telefoniert.«

»Du hast es nicht anonym gemacht?«

»Hätte ich sollen?«

Minden rieb sich die Stirn. Was nützte es, Undine Schmidt unnötig Sorgen zu bereiten? »Wahrscheinlich haben die Materialien nichts mit den Morden zu tun ...«

Schmidt räusperte sich. »Neurieth kommt jedenfalls vor, dieser Brigadegeneral, der gestern erschossen wurde ...«

Auf einen Schlag war Mindens Kehle trocken geworden. »In welchem Zusammenhang?«

»Nur am Rande«, beschwichtigte Schmidt, einen Tick zu hastig für Mindens Geschmack. »Im Haupttext bin ich auf drei Einträge gestoßen, per Suchfunktion. Wobei es ein ziemliches Durcheinander an Dokumenten ist, vielleicht ist mir was durch die Lappen gegangen ... wie auch immer, im

Grunde geht es darum, dass Hossam findet, die Feldjäger seien mindestens genauso reformbedürftig wie das KSK. Und er fragt sich, ob Neurieth als neuer Kommandeur wirklich so reformwillig ist, wie er behauptet.«

»Hast du die Stellen der Polizei mitgeteilt?«

»Sofort. Hatten sie schon auf dem Schirm.«

»Dine«, sagte Minden, »versprich mir eines.«

»Ja?«

»Rede mit niemandem mehr über dieses Buch, solange die Morde nicht aufgeklärt sind. Außer mit der Polizei natürlich.«

»Meinst du wirklich, es ist so heikel ...«

»Dine.«

»Ich versprech's.«

Nachdem sie sich verabschiedet hatten, griff Minden nach ihrem Wasser, leerte es in einem Zug. Ein mulmiges Gefühl hatte sich in ihr ausgebreitet, und je länger sie über Schmidts Anruf nachdachte, desto stärker wurde es. Wenn wirklich das Buch das Motiv bedingte, dann würde jemand, der einen Bundeswehrgeneral umgebracht hatte, kaum vor einer selbstständigen Lektorin haltmachen.

Die Heckenscheren waren verstummt. Minden trat in den Garten, ging einen geschlängelten Steinplattenweg entlang Richtung Wasser. Ein Privatzugang zum Ammersee – sie hatte gewusst, dass von Holl aus betuchtem Hause stammte, aber ihr war nicht klar gewesen, welches Ausmaß sein Reichtum besaß. Was trieb einen solchen Mann zum Militär? Sie versuchte sich auszumalen, was er auf diese Frage antworten würde – aber ihr fiel nichts ein, das selbstgefällig und blasiert genug war, um von Holl gerecht zu werden.

Ihre Gedanken kehrten zu Dine Schmidt zurück, und sie bemerkte, dass sie gar nicht mehr gefragt hatte, ob sie doch noch einen Blick in Hossams Aufzeichnungen werfen dürfte. Es war eine tröstliche Erkenntnis. Vielleicht war sie schon einen Schritt weiter auf ihrem Weg der Bewältigung.

Der Tag war heißer als die letzten, kündigte eine neue Hitzewelle an. Obwohl sie keinen Bikini dabeihatte, beschloss sie, schwimmen zu gehen; die Gärtner waren verschwunden, und auch sonst war weit und breit niemand zu entdecken.

Eine Dreiviertelstunde lang kraulte sie gemütlich durch das warme Wasser. Zum Trocknen legte sie sich auf den grundstückseigenen Steg. Nachdem sie sich wieder angezogen hatte, fühlte sie sich tatkräftig wie seit letzter Woche nicht. Sobald von Holl nach Hause käme, würde sie ihn nach einem guten Medienanwalt fragen. Und ab Montag würde sie die Praxis wieder öffnen. Federnden Schritts ging sie zur Villa zurück.

Von der Straßenseite her hörte sie Stimmen. Waren die Gärtner zurück? Aber die Satzfetzen, die sie erreichten, klangen gezischt, gehetzt. Irgendwie auch dumpf.

Minden, die sich sonst selten fürchtete, spürte eine plötzliche Beklemmung. Vorsichtig schlich sie an der Hauswand entlang. Zum Glück verursachten ihre Turnschuhe auf dem akkurat gestutzten Rasen keinen Laut. Je näher sie der Ecke zur Frontseite kam, desto klarer konnte sie die Stimmen unterscheiden. Es waren zwei, männlich, die sich gegenseitig zur Eile drängten.

Vorsichtig linste Minden um die Ecke. Zwei Männer in schwarzen Jeans, schwarzen T-Shirts und blauen Atemschutzmasken sprayten einen Schriftzug quer über den Eingangsbereich.

»Hey«, rief Minden und trat aus ihrer Deckung.

Beide Typen fuhren zusammen. »Scheiße«, rief der eine, griff nach der Sporttasche, die neben ihm auf dem Boden lag, und nahm die Beine in die Hand. Der andere wollte seinem Beispiel folgen, besann sich dann aber und rief seinem Kumpan zu: »Warte mal. Das ist Inka Minden.« Er hatte ein Nasenpiercing und nachtschwarz gefärbte Haare.

Schon als Leistungssportlerin hatte sie es nicht gemocht, im Mittelpunkt zu stehen – aber inzwischen sehnte sie sich den damaligen Rummel geradezu zurück. Ein paar Autogramme zu verteilen war wirklich leicht zu ertragen im Vergleich zu dem aggressiven Licht, in das man sie während der letzten Tage gezerrt hatte.

Sie warf einen Blick auf die Schmiererei: *Der Soldat ist ein Wesen der niedersten Art, denn er hat Freude am Töten.*

»Poetisch«, sagte sie. »Hausfriedensbruch und Sachbeschädigung.«

Der Schwarzhaarige nahm seine Maske ab. »Inka Minden«, wiederholte er. »Wenn das mal nicht was ist. Alex, film mal.«

»Jetzt weiß sie meinen Namen, du Wichser«, sagte der andere, holte aber trotzdem sein Handy hervor.

»Ja«, sagte Minden, »protokollieren Sie Ihre Tat nur, das nimmt der Polizei später die Arbeit ab.« Allerdings trat sie selbstgewisser auf, als sie war. Ihr Handy war drinnen, wie sollte sie also Hilfe rufen? Und selbst wenn – wie sollte sie die beiden festhalten, bis Verstärkung einträfe?

Genau diese Erkenntnis schien auch der Schwarzhaarige jetzt zu haben, denn er kam grinsend näher. »Streetart. Das kümmert die Bullen nicht.«

Alex hatte jetzt ebenfalls die Maske abgezogen. Er wirkte noch jünger als sein Kumpan. »Pass auf, Mike, sonst vermöbelt sie dich. Wie der andere Typ den Lars.«

»Mike und Alex also«, sagte Minden.

»Scheißegal. Die vermöbelt uns nicht. Die ist gar keine richtige Soldatin.« Und zu Minden: »Hab ich recht? Du kannst nur Biathlon oder so n Scheiß ...« Er zog die Schultern zurück und drückte die Brust raus. Das Ergebnis verriet, dass er regelmäßig pumpen ging.

»Und du, Mike«, fragte Minden unbeirrt zurück. »Euer Sprüchlein auf einer Fassade im Nirgendwo – glaubst du, das ist der erfolgversprechendste Protest? Das ist morgen wieder überstrichen.«

»Wir sind ja nicht allein – wir sind überall.«

»Also, gerade seid ihr zu zweit, würde ich sagen, und zwar nicht überall, sondern in Riederau am Ammersee. Im Nichts.« Sie lächelte. »Wenn ihr euch für den Teil irgendeiner revolutionären Internationalen haltet, dann habt ihr im Lostopf danebengelangt, als die Posten verteilt wurden.«

»Und Sie sind besser, oder was?«, fragte Mike. »Sie schlucken einfach alles, was das System Ihnen hinwirft? Ich frage mich, wie Sie ruhig schlafen können. Wer Krieg predigt, ist auch nur ein Sklave des Kapitals.«

»Glaub mir«, sagte Minden sanft, »ich versteh dich. Wohlstand ist nicht alles, aber er ist definitiv problematisch verteilt. Leider wird das Problem sich nicht durch ein paar Graffiti lösen.«

»Und wie dann, bitte schön?«, fragte Mike. Seine Stimme war unsicher geworden. Er schien ein paar Jahre älter als Alex, aber Minden schätzte ihn trotzdem auf höchstens Anfang zwanzig.

Sie zuckte die Schultern. »Mein Tipp: Demografie und Fachkräftemangel.«

Könnten menschliche Züge die Form eines Fragezeichens annehmen, zeigte Mikes Gesicht das Ergebnis.

»Die Alten sind reich und brauchen die Jungen«, erläuterte Minden. »Die Jungen sind arm, aber brauchen die Alten nicht. Also?«

Das Fragezeichen löste sich nicht auf.

»Egal.« Sie seufzte. Der Gedanke, die Jungs festzuhalten, war verflogen. »Haut einfach ab, okay?«

»Und Sie verpfeifen uns nicht?«

»Seid ihr mit dem Auto da?«

»Nein, wieso?«

»Dann solltet ihr safe sein. Ohne Nummernschild wird sich die Polizei vermutlich nicht die Mühe machen, ganz München nach zwei Jungs abzusuchen, von denen sie nichts weiß, außer dass sie Mike und Alex heißen und beim Rasieren noch üben müssen.«

Während sich Mike ertappt an den Hals griff, fuhr ein Geländewagen vor, der einen übertrieben hohen Radstand aufwies. Die Fahrertür öffnete sich, und Bastian sprang heraus. Auf der Rückbank bellten seine beiden Bulldoggen. Bastian ließ sie im Fahrzeug und kam in raumgreifenden Schritten aufs Grundstück. »Was für ein …«, entfuhr es ihm, als er das Graffito sah. Minden hatte Bastian Werker selten in einer Situation erlebt, in der ihm die Flüche ausgegangen waren.

Die beiden Jungs hatten immer noch die Spraydosen in der Hand, um den Hals baumelten ihre Atemschutzmasken. Bastian schritt mit einem Blick, der Tod und Teufel versprach, auf den näher stehenden Alex zu. Mike nahm Reißaus. Alex wollte es ihm gleichtun, aber Bastian hatte ihn bereits am Hals gepackt und warf ihn wie eine Puppe zu Boden. Mit dem anderen Arm holte er aus.

»Basti!«, rief Minden. Gerade noch rechtzeitig bekam sie seine Faust zu fassen. Bastian schüttelte sie ab, als wäre es nichts. »Lass ihn!«, schrie Minden, versuchte einen Hebelgriff, rutschte ab. Fast ungebremst sauste der Schlag auf

Alex nieder. Der Junge schrie auf, hielt sich die Hände vors Gesicht. Wieder hob Bastian die Faust. Minden drängte sich zwischen ihn und sein Opfer. Als sie seine Augen sah, lief es ihr kalt den Rücken hinunter. Er packte sie am Arm, wollte sie aus dem Weg ziehen. Reflexhaft gab sie ihm eine Ohrfeige. »Basti! Komm zu dir!« Nur eine Sekunde zögerte er – genug Zeit, ihm einen zweiten Schlag zu verpassen. »Basti, ich bin hier!«

Ein Grunzen war die einzige Antwort. Mit bebenden Muskeln ragte Bastian über ihr auf. Minden war nie bewusst gewesen, was für ein Hüne er war. Nicht ganz so groß wie von Holl, aber breit wie ein Schrank. Wenn diese Maschine sie auseinandernehmen wollte, gäbe es nichts, was sie dagegen tun könnte. Sie packte seine Schultern, schüttelte ihn. »Basti, ich bin hier.«

Das Grunzen war zu einem Schnauben verebbt. An der Schläfe pochte trotz der Verbrennungen gut sichtbar eine Ader.

Minden legte die Arme um ihn. Sie hatte einige austrainierte Männer kennengelernt, aber als sie Bastians überspannte Muskeln spürte, verstand sie zum ersten Mal die abgegriffene Redewendung *hart wie Stahl*. Er bebte so sehr, dass sie ihn mit einer Kraft an sich drücken musste, die einem fragileren Menschen die Rippen gebrochen hätte. »Ich bin hier«, sagte sie sanft, »ich bin hier.«

Bastian war vollständig verstummt. »Ich bin hier«, flüsterte Minden immer wieder und streichelte seinen Rücken. »Alles wird gut.« Langsam ließ auch das Zittern nach. Von der Straße bellten die Bulldoggen.

Irgendwann wandte Bastian den Kopf zu seinem Wagen. »Ich muss nach den Hunden sehen.« Seine Stimme war rau.

28

Mit jeder Stunde wurde der Nachmittag drückender. Das Präsidium war nicht klimatisiert. Zwar hatten sie in den Räumen der Soko alle Fenster komplett geöffnet, aber es gab keinerlei Durchzug. Die schwüle Luft stand, wurde nur weiter aufgeheizt von den Computern, deren Lüftungen immer verzweifelter um Hilfe riefen.

In ohnmächtiger Ungeduld quälte sich Kleinrädl durch verschiedene Dossiers, die die Bundeswehr ihm zu Neurieths Lebenslauf und Militäreinsätzen geschickt hatte. Die Dokumente zeichneten das Bild eines untadeligen Offiziers, der im Stab blass geblieben war, aber von seinen Soldaten geschätzt wurde. Einsätze in Somalia, im Kosovo, in Afghanistan.

Kleinrädl lehnte sich zurück, massierte den verspannten Nacken. Neurieth war geradezu der Archetyp des gewissenhaften Soldaten gewesen. Langweilig bis zum Mond. Und es gab eine weitere Sache, die den Hauptkommissar missmutig stimmte: Es bestand die Möglichkeit, dass der Mörder eigentlich den Generalinspekteur hatte ins Visier nehmen wollen. Der Personalwechsel war äußerst kurzfristig bekannt gegeben worden. Vielleicht hatte der Mörder ihn gar nicht mitbekommen – oder sich entschieden, dann eben mit dem Ersatz vorliebzunehmen. In beiden Fällen wäre es müßig, sich mit Neurieths Vergangenheit auseinanderzusetzen. Aber wenn der Generalinspekteur hätte getötet werden sollen – was hatte dieser mit der ganzen Sache zu tun? Kleinrädl hatte bereits mit ihm telefoniert, ohne auf nennenswerte Erkenntnisse gestoßen zu sein.

Müde ließ er den Blick durchs Großraumbüro gleiten. Inzwischen waren die Wände von Whiteboards gesäumt; Zeugen, forensische Befunde, Background der Opfer. Allein die Fläche, die für die Verdächtigen vorgesehen war, bot noch deprimierend viel Platz. Sein Team bemühte sich, das musste er ihm zugestehen. Aber Ergebnisse lieferte es keine.

Wo steckte eigentlich von Holl? Dass dieser unerträgliche Mensch sich schon am Mittag aus dem Staub gemacht hatte, empfand Kleinrädl nicht als die Erleichterung, die er erwartet hatte. Tatsächlich hatte von Holl seinen Job als Ballistiker fürs Erste erfüllt. Jetzt mussten sie auf den Bericht der Spurensicherung warten.

»Chef«, riss Schlanghain ihn aus seinem Brüten. »Sie wollten doch, dass ich die Videoaufzeichnungen von der Tatnacht prüfe ...«

»Und?«

»Kommen Sie mit.«

Kleinrädl konnte es nicht leiden, wenn Leute künstlich Spannung erzeugen mussten, aber er verbiss sich einen Kommentar. Nachdem er den letzten Schluck von seinem Kaffee getrunken hatte, folgte er Schlanghain in den Medienraum.

Auf zwei Bildschirmen zeigten ein Dutzend Fenster allesamt dieselbe Szene: Bastian Werker, wie er im Begriff war, dem Brautpaar die Limousine zu öffnen.

»Das habe ich schon gesehen«, knurrte Kleinrädl.

Schlanghain ließ sich nicht beirren. »Schauen Sie sich an, wie er auf die Explosion reagiert.« Auf einem der Fenster klickte sie Bild für Bild die Szene durch.

»Er dreht sich weg.«

»Ja, aber wann?«

Kleinrädl beugte sich näher an den Bildschirm. »Sobald ihm das Auto um die Ohren fliegt. Naheliegend, oder nicht?«

»Ja, schon.« Sie deutete auf ein anderes Fenster, eine Handyaufnahme aus der zweiten Reihe. Die Limousine war halb verdeckt von den Rücken zahlreicher Hochzeitsgäste. Wieder klickte Schlanghain sich Bild für Bild voran, bis sich erst das Dach der Limousine hob, bevor der Innenraum zunächst weiß, dann gelb, dann rot wurde und schließlich in dem sattsam bekannten Feuerball aufging.

»Kenn ich«, sagte Kleinrädl.

»Achten Sie auf die Leute.«

»Sie ducken sich weg. Genau wie Werker.«

»Aber später«, sagte Schlanghain aufgeregt. »Werker ist der Allererste.«

»Er ist ein Elitesoldat.«

»Das sind andere auch. Hier sehen Sie von Holl, der sich zu Boden wirft. Er reagiert als einer der Schnellsten – und trotzdem zwei Zehntelsekunden später als Werker.«

»Worauf wollen Sie hinaus? Doch wieder die These vom erweiterten Suizid?«

»Eben nicht. Er wollte sich nicht umbringen. Da haben Sie recht, das hätte er besser hinbekommen. Aber er wusste, dass eine Bombe hochgehen sollte, ob er sie jetzt selbst platziert hat oder nicht.«

»Ihren Arbeitseifer in allen Ehren, Frau Schlanghain.« Er rieb sich die Stirn. »Haben Sie noch weitere Indizien für Ihre These?«

»Ich hab mir den trassologischen Befund noch mal angeschaut, von dem Waldweg, wo die Limousine zwischenzeitlich geparkt war. Nur Fußspuren von Werker, aber auch auf der Waldseite, wo er einiges Dickicht niedertreten musste.«

»Vielleicht wollte er etwas aus dem Wagen holen? Sein Sakko womöglich ... Hussen, was weiß ich.«

»Aber warum nicht von der anderen Seite, vom Weg aus? Wahrscheinlich trug er schon seine Anzughose, feine Schuhe. Und damit durch die Dornen?«

Kleinrädl schüttelte den Kopf.

»Sehen Sie nicht, worauf ich hinauswill?« Ihre Augen glänzten vor Erwartung.

»Doch, doch«, winkte er ab. »Dass Werker nicht an die linke hintere Tür gekommen ist, weil der dort angebrachte Zünder schon scharf war.«

»Sie glauben mir nicht?«

»Means, Motive, Opportunity ... gehe ich richtig in der Annahme, dass uns das Motiv immer noch fehlt?«

Die Begeisterung entwich ihrem Körper wie Luft einem geplatzten Schlauchboot. Mit hängenden Schultern schlich sie aus dem Raum.

»Frau Schlanghain.«

Sie drehte sich zu ihm um.

»Gute Arbeit.«

»Sicher«, kam es ohne Überzeugung zurück.

Während sie sich bereits wieder wegdrehte, sagte er: »Es ist nicht schlimm, abseitige Spuren zu verfolgen. Im Gegenteil.«

»Okay. Danke.«

»Ich hatte Werker selbst im Verdacht.«

»Was?« Ihre Körperspannung kehrte zurück.

»Für den zweiten Mord. Von Holl hat es runtergespielt, aber ich habe vorhin noch mal mit Siek vom KTI telefoniert. Der Schütze war ein absoluter Profi. Wie Werker. Und es gibt zumindest den Hauch eines Motivs. Vielleicht haben Sie mitbekommen, dass in den letzten Jahren mehrere

KSK-Mitglieder wegen rechtsextremer Gesinnung aus dem Dienst entfernt wurden? Die Ermittlungen hat der Militärische Abschirmdienst geführt, aber die Beweissicherung oblag BKA und Feldjägern.«

»Haben wir Anhaltspunkte dafür, dass unter den entlassenen Soldaten welche waren, denen Werker nahestand?«

»Kluge Frage. Leider nicht.«

»Aber das lässt sich doch rausfinden?« Schlanghains Rechercheeifer witterte Morgenluft.

»Er hat für die Tatzeit ein Alibi«, dämpfte Kleinrädl sogleich ihre Erwartungen. »Er hat den ganzen Nachmittag mit seinem Vater gestritten. Der Vater hat uns das bestätigt.«

»Worum drehte sich der Streit?«

»Hat er nicht sagen wollen. Friedrichs hat das Telefonat mit dem Vater geführt. Danach war er selbst ganz mitgenommen. Der Vater hat den Sohn wohl in Grund und Boden verflucht.«

»Und warum?«

»Sie haben doch die Dokumentation zur Beerdigung gelesen: Der Senior gibt seinem Sohn die Schuld an Clarissas Tod ... nein«, sagte er schnell, als er sah, wie Schlanghain den Mund öffnete, »nicht so. Eher allgemein. Einen Großteil des Sermons gegenüber Friedrichs widmete der Professor der Klage, wie schwer sein Sohn es der Familie mache. Clarissa hingegen sei die Unschuld in Person gewesen. Es treffe immer die Falschen etc. pp.«

»Wollte er sagen, am Samstag hat es das falsche Kind getroffen?«

Kleinrädl verzog bedauernd das Gesicht. Er hatte Lust auf einen Kaffee.

»Autsch«, sagte Schlanghain.

Die Fenster standen sperrangelweit offen, trotzdem schien es, als sei es im Büro noch stickiger geworden.

Schlanghain fragte, wer die Buchnotizen durchsehe, die Saids Lektorin am Vorabend geschickt hatte.

Kleinrädl wies auf Friedrichs, der in gleichmäßig langsamen Bewegungen Strähnen aus seinem Bart zog, während er auf seinen Bildschirm starrte.

»Darf ich?«, fragte Schlanghain, augenscheinlich immer noch nicht befreit von ihrem Verdacht gegen Werker und in der Hoffnung gefangen, in den Notizen ein Indiz gegen ihn zu finden.

»Nur zu«, sagte Kleinrädl und machte sich an die einzige Tätigkeit, die ihm heute leicht von der Hand ging: Kaffeekochen. Mit der vollen Kanne schritt er die Schreibtische seines Teams ab und füllte die Tassen. Es war ein halbherziges Friedensangebot; die Leute wussten, dass er sie nicht mochte.

Nur Schlanghain schien ihm in aufrichtiger Dankbarkeit ihre Tasse entgegenzustrecken. Sie hatte sich neben Friedrichs an dessen Schreibtisch gesetzt.

»Also, wenn das alles hier so stattgefunden hat, wie er es beschreibt«, sagte Friedrichs, »dann hat Said einige üble Sachen mitgemacht.«

»Im Einsatz?«

»Ja. Bisher dreht sich alles um seinen Beruf. Hauptsächlich um den Afghanistanabzug 2021, aber auch um die vorangehenden Ereignisse und seine eigenen Erfahrungen, die er dort gesammelt hat.«

»Hat eigentlich jemand eine Freigabe vom Verteidigungsministerium beantragt?«, fragte Kleinrädl, aber er ahnte die Antwort bereits.

»Wofür?«, fragte Friedrichs folgerichtig.

»Falls Said sensible Informationen niedergeschrieben hat.«

Friedrichs blickte betreten auf seinen Bildschirm.

»Wenn er ein Buch veröffentlichen wollte«, bemerkte Schlanghain, »hatte er ja vermutlich nicht vorgehabt, die geheimsten Infos reinzupacken, oder?«

Das war zu hoffen. Aber Hoffnungen hatten die missliche Eigenschaft, recht zuverlässig enttäuscht zu werden. Daher wies Kleinrädl Kromer an, die Daten, die Schmidt geschickt hatte, aus dem Intranet zu nehmen und auf einer verschlüsselten Festplatte zu speichern. Zugriffserlaubnis nur für ihn selbst und Friedrichs. Gemäß Zugriffsprotokoll hatte noch niemand außer Friedrichs den Ordner geöffnet.

Nachdem er sichergegangen war, dass Kromer seine Anweisungen korrekt ausgeführt hatte, sah Kleinrädl wieder nach Friedrichs und Schlanghain.

»Schon was entdeckt?«

»Das hier könnte interessant sein.« Friedrichs öffnete ein Dokument, das aus mehreren Seiten Kurznotizen bestand. »2019 hat er einen Dorfältesten besucht. Während sie beim Tee saßen, haben Taliban-Kämpfer sie überrascht. War nie in den Medien, weil Besuche bei lokalen Machthabern zu dem Zeitpunkt nur noch inoffiziell stattfanden. Said hat gerade so überlebt, seine gesamte Einheit wurde aufgerieben. Also fast. Ein Einziger seiner Männer hat es noch geschafft. Und jetzt raten Sie mal, wer?«

»Sebastian Werker.«

»Jonathan von Holl.«

Kleinrädl überflog die Schlagworte in der Textdatei. »Die Frage ist: Bringt es unseren Fall voran?«

»Hier«, sagte Friedrichs und tippte auf den Bildschirm. *nicht ins buch. jojo bringt mich um.*

Kromer rauschte heran, ihre Bluse zeigte riesige Schweißflecken unter den Achseln. »Riederau«, rief sie.

»Von Holls Villa?«

»Genau. Zwei Jugendliche haben die Fassade besprayt.«

»Großartig.« Kleinrädl rieb sich die Augen. »Sagen Sie
bitte, dass diesmal niemand gefilmt hat.«

29

Während von Holl im Taxi Richtung Ammersee saß, betrachtete er das verwackelte Video auf seinem Handy. Die Schmiererei erstreckte sich einmal quer über die Fassade der Villa, die von Holls Urgroßvater Ferdinand Alexander im Jahr 1974 hatte bauen lassen.

Kühn&vonHoll forschte in Donauwörth und produzierte in Tschechien, aber die Verwaltungszentrale befand sich nach wie vor in Gilching, wo Ferdinand von Holl das Unternehmen 1963 als Fräsmaschinenhersteller gegründet hatte. Dessen Schwiegersohn Fritz Kühn hatte das wirtschaftliche Potenzial des Kalten Krieges erkannt und begonnen, Stanzmaschinen für Patronenhülsen ins Portfolio aufzunehmen. Der Absatz wuchs, und Kühn beschloss, die Hülsen selbst herzustellen. Mitte der Siebziger folgte der nächste Schritt, die Produktion der gesamten Patrone. Als Gorbatschow kam, soff sich Fritz Kühn zu Tode. Seine Witwe Margarethe, von Holls Großmutter, nahm nicht nur ihren Geburtsnamen wieder an, sondern auch die Geschäfte in die eigene Hand. Sie erkannte die Anforderungen der neuen Zeit und konzentrierte sich auf Hightechwaffen. Vom Kleinkaliber zu lasergestützten Leitsystemen war es ein rauer Weg, aber er wurde bewältigt, und während die meisten Mitbewerber bis zur Jahrtausendwende Konkurs anmelden mussten, schrieb Kühn&vonHoll knappe fünfundzwanzig Jahre später die besten Zahlen der Firmengeschichte. Ein Jammer, dass die Familie den neuerlichen Erfolg nicht mehr genießen konnte. Von Holls Großmutter war 2020 gestorben, die Mutter nur zwei Jahre später, beide an Brustkrebs. Seinen

Vater hatte von Holl nie kennengelernt. Seine Mutter hatte zahlreiche Liebschaften gepflegt, aber die Ansicht vertreten, dass fortdauernde Beziehungen und das Geschäft sich nicht vertrugen.

Die forensische Spurensuche am Vormittag war eine Katastrophe gewesen. Die Implikationen waren fatal. Dass von Holl sich jetzt auch noch mit dem Firmenmeeting herumärgern sollte, vermieste ihm endgültig die Stimmung. Erst im letzten Jahr war die Zentrale wegen Platzmangels in ein neues Gebäude gezogen, viel zu viel Glas und Stahl und weite Bögen; irgendein fantasieloser Architekt hatte sich von aerodynamischen Formen inspirieren lassen und dafür einen Preis bekommen. Von Holl hatte die Auftragsvergabe seinem Vorstand überlassen und bereute diese Nachlässigkeit bitter. Im Winter schwer zu heizen, im Sommer ein Treibhaus, und zwanzig Prozent verlorener Raum. Was Produktmanagement betraf, hielt er es mit seinem Urgroßvater: Qualität statt Inszenierung.

Während er durch das Foyer eilte, kam ein Sicherheitsmann auf ihn zu. Von Holl drückte ihn zur Seite und trat durch den Metalldetektor, der wie erwartet piepte. Ein zweiter Sicherheitsmann näherte sich schuldbewusst. »Verzeihung, Herr von Holl, aber wir haben ein neues Clearance-System. Wenn Sie bitte …«

Normalerweise wusste von Holl es zu schätzen, wenn seine Angestellten ihre Arbeit machten, aber heute war seine Laune zu schlecht. Er ging zu den Fahrstühlen und drückte den Rufknopf.

Die Sicherheitsleute standen dabei und schauten säuerlich. Was sollten sie auch tun? Der Fahrstuhl kam, von Holl identifizierte sich per Fingerabdruck und wählte die achte

Etage. Einer der Sicherheitsleute wollte folgen, aber ein Blick von Holls machte klar, dass das keine gute Idee war.

Der Konferenzraum des Vorstands nahm die eine Hälfte eines Penthouses ein. Von drei Seiten knallte die Sonne durch die bodentiefen Fenster, trotzdem hatte es herbstliche Temperaturen. Offensichtlich hatte jemand die Klimaanlage auf US-Verhältnisse runtergeregelt.

Von Holl ließ sich in den freien Sessel am Kopfende des sieben Meter langen Glastischs fallen, an dessen Seiten sechs Frauen und vier Männer erwartungsvoll die Köpfe drehten. Zwei Assistentinnen saßen in der zweiten Reihe. Die Rüstungsindustrie war nach wie vor männlich dominiert. Dass von Holls Firma eine derart hohe Frauenquote besaß, war trotzdem nichts, worauf er sich viel einbildete. Er konnte schlichtweg Männer, die zu lange studiert hatten, nicht leiden.

»Worauf warten Sie?«, wandte sich von Holl auf Englisch an seine Vorstandschefin Tiffany Blasius. Die Britin war die Einzige, die kein Deutsch konnte, weswegen von Holl sich bei jeder Sitzung das Kauderwelsch der anderen Vorstandsmitglieder antun musste.

Blasius, in einem modischen violetten Jackett, das etwas zu eng saß, erhob sich und trat zu einem Bildschirm am Fußende des Tischs. Sie nickte einer der Assistentinnen zu, und das Firmenlogo, ein kantiges dunkelgraues KH auf weißem Grund, leuchtete auf. Der Bildschirm war absurd überdimensioniert, nahm die gesamte Wandfläche ein.

»Wir nähern uns gerade dem Quartalsabschluss, und da wäre es strategisch gesehen wichtig, weitere Verwerfungen zu vermeiden«, sagte Blasius. Wieder ein Nicken. Auf dem Bildschirm erschien eine Grafik mit mehreren Aktienkursen. »Wie Sie sehen, haben wir im Quartalsdurchschnitt eine exquisite Performance, aber in der aktuellen Handelswoche einen Drop von knapp vier Punkten.« Blasius holte Luft, sah sich nach Unterstützung um, aber der Rest des Vorstands hatte mehr Interesse an den eigenen Fingernägeln. Notgedrungen fuhr Blasius fort: »Die Art, wie Sie in der Öffentlichkeit aktuell wahrgenommen werden, ist unseren Analysten zufolge leider ein signifikanter Faktor für ...«

»Was soll dieser Bildschirm, Tiffany?«

»Verzeihung, Sir?«

»Der Bildschirm. Warum ist der hier?«

Blasius starrte ihn hilflos an.

»Ich meine, eine Nummer kleiner wäre es nicht gegangen? Wer entscheidet denn das? Wer denkt sich, ein Raum für zwanzig Leute, lasst uns die Videoleinwand der Allianz Arena klauen, die wird reichen.«

»Sir«, stammelte Blasius, »wir werden den Bildschirm umgehend austauschen.« Sie warf einen Blick zur zweiten Assistentin, die sich hastig Notizen machte. »Wenn ich zu unserer Analyse zurückkehren darf: Public Relations hat bereits eine Kampagne entwickelt, die Ihr Image optimieren wird – eng abgestimmt mit Legal, natürlich, wir ...«

»Stopp.« Von Holl hob die Hand. »Wie lange gibt es dieses Unternehmen?«

Blasius schwitzte. Sollte sie nur. »1963, Sir.«

»Glauben Sie, mich interessiert auch nur im Entferntesten, welche Quartalszahlen Sie produzieren?« Von Holl betätigte die Durchwahltaste des Tischtelefons. »Dreizehn Gin Tonic, bitte.«

»Ich denke ...«, begann Blasius.

»Was zahle ich Ihnen im Jahr, Tiffany? Anderthalb Millionen?«

Sie zögerte.

»Wissen Sie nicht?«

Sie murmelte etwas.

»Lauter.«

»Eins Komma sechs zwei.«

»Sie«, er sah sich im Raum um, »Sie alle machen einen Job, den ein undressierter Affe genauso gut hinbekäme. Das weiß ich, das wissen Sie, das wissen die Aktionäre. Trotzdem«, sein Zeigefinger ragte aus der geballten Faust, »werfe ich Ihnen Millionen in den Rachen. Warum? Weil wir uns seit Jahrtausenden einreden, dass es irgendwen geben muss, der das Sagen hat. Der die Macht hat.« An den Rücken der Vorstandsmitglieder vorbei umrundete er den Tisch. Keiner wagte es, den Blick von der Glasplatte zu heben. »Soll ich Ihnen was verraten?« Er hatte den Bildschirm und Blasius erreicht. »Diese Firma bräuchte Sie überhaupt nicht. Genauso wenig wie Sie, meine Damen und Herren, mich bräuchten. Gehen wir einen Schritt weiter – und wissen Sie was: Plötzlich stellen wir fest, es braucht auch niemand diese Firma. Erschreckend, nicht?« Er setzte seinen Rundgang fort, strich mit den Fingern über die Rückenlehnen. »Warum arbeiten Sie achtzig Stunden die Woche? Nein, ich will Ihre Antworten gar nicht hören, ersparen Sie mir Ihren Selbstbetrug, Ihre Heuchelei. Ihren verzweifelten Versuch, Ihrem Leben Bedeutung zu verleihen, es widert mich an.«

Jenseits der Fensterfront glitt eine Drohne vorbei – der Testflughafen von Oberpfaffenhofen war nur wenige Hundert Meter entfernt. In kalter Stille sah von Holl der Drohne hinterher, bis sie aus seinem Sichtfeld geriet. »Was für ein armseliges Leben, das sich hinter Ihren leeren Begriffen verbirgt, Karriere, Aufstieg, Macht, Erfolg. Ja, Sie steigen auf ... emsige kleine Racker, die Sie sind, klettern Sie immer weiter hoch, bis Sie alles hinter sich gelassen haben, bis Sie alleine sind mit Ihrer Leiter, und irgendwann bleibt Ihnen nichts mehr als weiter zu klettern, höher und höher, und Sie können nicht umkehren, nicht einmal innehalten, denn dann müssten Sie sich eingestehen, wie verloren Sie sind. Der ganze Himmel ist nichts, wenn man im Kampf, ihn zu besitzen, verlernt hat, ihn zu bewundern. Zum Kotzen kitschig, nicht wahr? Aber Kitsch ist nur ein Stempel, den wir Erkalteten denjenigen aufdrücken, die noch fühlen können. Es gibt nur Gefühl oder Leere. Hossam hat das verstanden ...« Von Holl verstummte. Es fühlte sich falsch an, in dieser Runde der Hyänen den Namen seines Freundes zu nennen. Sie hatten kein Recht darauf.

»Sir«, sagte Blasius, »wenn Sie möchten, verschieben wir das Meeting auf morgen Vormittag.«

Von Holl konnte es nicht glauben. »Sie haben nichts verstanden, oder? Rein gar nichts. Sie denken immer noch, ich bin das Problem. Sie sind nicht in der Lage, über den Tellerrand zu schauen – das ist das Problem. Wissen Sie, was das Gute an Adolf Hitler war? Was ohne ihn kaum möglich gewesen wäre?« Die Leute zuckten, machten sich noch kleiner. Jetzt hatte er sie endgültig verloren. Sei's drum. »Das Grundgesetz. Die Menschenwürde. Die Einigung darauf, dass jedes Leben wertvoll ist. Und was machen wir mit dieser Erkenntnis: Wir bewerten Leben strenger als jemals zuvor, wir teilen unsere Umwelt auf in nützlich und unnütz, wir performen uns die Seele aus dem Leib, um unseren Wert zu beweisen.«

Ein Klopfen, dann öffnete sich die Tür.

»Ah, die Gin Tonics, kommen Sie herein.« Die Servicekraft, die den Raum betrat, balancierte ein Tablett voller Drinks. »Einfach abstellen. Greifen Sie zu, meine Damen und Herren.« In Richtung der beiden Assistentinnen fügte er hinzu: »Ja, auch Sie.«

Niemand zeigte großen Durst.

»Mehr für mich«, sagte von Holl und nahm ein Glas. Nachdem er es halb geleert hatte, stellte er es auf den Tisch. Die Frau hatte keine Untersetzer gebracht, es würde Ringe geben.

Als sie wieder gegangen war, griff von Holl unter sein Sakko, zog eine Pistole hervor und legte sie neben seinen Drink. Der Raum erstarrte. Es war eine P8, die Standardwaffe der Bundeswehr. Von den Kurzwaffen, die von Holl besaß, war es eine seiner liebsten. Verlässlich, schlicht, schnörkellos.

»Auf einmal fragen Sie sich, mit welchem Wahnsinnigen Sie in einen Raum gelangt sind, nicht wahr?« Er wartete, ließ die Worte wirken. Als er die Pause als lang genug empfand, fuhr er fort: »Auf einmal steigt Ihr Puls, Ihnen wird warm, die Muskeln beginnen zu zucken ... wie wertvoll Ihnen plötzlich Ihr Leben vorkommt ...« Er widmete sich wieder seinem Gin Tonic, trank das Glas in drei Schlucken aus. Alle Augen waren auf ihn gerichtet, aber niemand regte sich, nicht einmal zu blinzeln traute sich das wackere C-Level.

Von Holl nahm die P8, kratzte sich mit der Mündung die Schläfe. »Eigentlich können Sie nichts dafür. Ehrlicherweise ist es überhaupt nicht fair, dass ich meinen Zorn an Ihnen auslasse. Aber hier sind wir nun mal. Es ist irrsinnig. Die Welt geht vor die Hunde, und wer wird gewinnen?« Langsam ließ er die Hand mit der Waffe über die Anwesenden schweifen, legte sie dann sich selbst an die Brust. »Ich.« Er lachte freudlos. »Leider nur im Sinne des perversen lebensfeindlichen Systems, von dem wir uns halb freiwillig haben einspinnen lassen.« Er unterbrach sich, griff nach einem zweiten Drink. »Aber ich sehe zu viele fragende

Gesichter, vielleicht muss ich Ihnen ein paar grundsätzliche Dinge darlegen, die an Eliteunis offenbar nicht ausreichend vermittelt werden. Innerhalb weniger Tage wurden zwei Bundeswehrsoldaten umgebracht. Von Profis mit militärischer Ausrüstung. Dass gerade alle durchdrehen – geschenkt. Aber wenn wir langfristig denken: Wie wird sich die Angelegenheit entwickeln? Variante eins: Die Täter werden nie gefasst. Der mediale Hype legt sich irgendwann wieder, aber die Verunsicherung bleibt, die Polarisierung, die emotionale Erosion.«

Noch ein Schluck, auch der zweite Drink war beinahe leer.

»Variante zwei: Die Täter sind Agenten ausländischer Kräfte, naheliegenderweise Russlands. Die Medien werden hyperventilieren, über Monate hinweg – vielleicht Jahre, wenn es zu Gerichtsverfahren kommt. Die außenpolitische Dimension lässt sich unmöglich erfassen. Die letzten Träumer werden aufwachen und den Schock ihres Lebens erfahren.«

Eine der Assistentinnen schielte auf das Tablett mit den Drinks. Von Holl nahm ein Glas und reichte es ihr. »Keine Scheu, greifen Sie zu. Variante drei: Die Täter stammen von innen. Boom. In dem Moment, in dem der gesamte Westen darauf hofft, dass Deutschland militärische Verantwortung übernimmt, zerbröselt das bisschen Zustimmung, das die Deutschen seit 2022 für ihre Armee entwickelt haben. Folge? Mehr Spannungen in der EU, mehr Spannungen in der NATO, fliegende Sektkorken im Kreml. Summa summarum: Egal, wie es ausgeht – am Ende steht eine Verschärfung der geopolitischen Verhältnisse.«

Er war wieder ans Kopfende des Tischs getreten. »Und wer gewinnt?« In gespieltem Triumph hob er die Hände. Die

Waffe zeigte zur Decke. »Ach, habe ich ja schon verraten –
ich. Und wie witzig, Sie auch. Wir alle. Kühn&vonHoll.«

Die Leute sahen nicht besonders begeistert aus. Von Holl
nahm den nächsten Gin Tonic. »Bitte«, sagte er. »Wer zu-
letzt trinkt, wird erschossen.«

30

Alex war buchstäblich mit einem blauen Auge davongekommen. Minden hatte den Rettungsdienst rufen wollen,
aber der Junge schien sich vor allem danach zu sehnen, Ab-
stand von der Villa zu gewinnen, also hielt sie ihn nicht auf.

Mehr Sorgen machte sie sich um Bastian. Seit seinem Gewaltausbruch hatte er kein Wort gesagt.

Schweigend saßen sie auf von Holls Designermöbeln und
tranken Tee in der Geschmacksrichtung Guave-Mandarine.
Minden fand sich auf unangenehmste Weise an ihre letzten
Monate mit Hossam erinnert. Genau wie dieser brauchte
Bastian Hilfe. Hilfe, die Minden nicht leisten konnte, dafür
standen sie sich zu nahe. Doch wie sollte sie Bastian überzeugen, Unterstützung zu suchen, und gleichzeitig vermeiden, in die Rolle der Therapeutin zu geraten?

In Hossams Fall war sie kläglich gescheitert.

Als sie Bastian fragte, ob er noch Tee wolle, reagierte er
nicht. Sie schenkte nach.

Er sah die Tasse an, aber sein Blick ging ins Leere. »Warum trinken wir das? Es hat über dreißig Grad draußen.«

»Willst du was anderes?«

Doch Bastian hatte sich wieder in seiner eigenen Welt
eingeschlossen.

Nach einer Weile fragte Minden, ob sie den Fernseher
anschalten solle.

Sie erhielt keine Antwort.

Um seinem stumpfen Brüten zu entkommen, griff sie
nach der Fernbedienung. In der *ARD*-Mediathek fand sie
eine Doku über Zugvögel. Wo blieb von Holl? Sie hatte

ihn gleich nach der Katastrophe versucht anzurufen, ihm mehrmals geschrieben – bisher ohne ein Lebenszeichen von ihm.

Die meisten Zugvögel verlassen ihre Brutgebiete immer zur selben Jahreszeit, unabhängig von klimatischen Bedingungen, tönte ein unsichtbarer Bariton beruhigend aus dem Fernseher.

Ruby kam auf Bastian zu, drückte ihm ihre feuchte Schnauze gegen das Schienbein.

»Will sie raus?«

Bastian nickte. Minden wartete, aber es blieb seine einzige Reaktion.

Sie schlug vor, selbst eine Runde mit den Hunden zu drehen.

Bastian stemmte sich aus dem Sofa. Er hatte die Behäbigkeit eines alten Mannes. »Ich mach schon«, sagte er tonlos.

»Wir können auch zusammen ...?«

»Ich schau mal nach Hause.«

»Willst du nicht auf Jonathan warten?«

Bastian schlurfte bereits zur Haustür. »Kommt, Mädels.«

Hilflos begleitete Minden ihn zu seinem Wagen. Er öffnete den Hunden die Hintertür, setzte sich ans Steuer und fuhr davon, ohne sich ihr noch einmal zuzuwenden. Matt sah sie zu, wie das riesige Geländefahrzeug die Einfahrt hochrumpelte. Minutenlang stand sie da, von einer unbestimmten Trauer ergriffen. Die starken Männer, die sich vor ihr verschlossen – es erzeugte eine klamme Verzweiflung in ihr. Aber die Trauer rührte noch von einem weiteren Umstand. Rührte von der Befürchtung, was Bastian sich oder anderen antun mochte, wenn er nicht mehr aus dem Loch herausfand, in das er gestoßen worden war.

Sie musste dringend mit von Holl reden. Noch einmal wählte sie seine Nummer – vergeblich. Zurück in der Villa räumte sie das Teegeschirr in die Spülmaschine, sah die Vogeldoku zu Ende, telefonierte eine halbe Stunde mit ihrer Mutter, eine weitere halbe Stunde mit ihrer engsten Freundin.

Von der Straße drang das Plärren eines Megafons herein. Minden verabschiedete sich von ihrer Freundin und sah aus dem Küchenfenster. Am Rand des Anwesens parkten ein paar Autos, ein Dutzend Leute lungerten bei der Einfahrt herum. Manche jung und in Schwarz, andere älter und in unauffälliger Alltagskleidung. Transparente wurden ausgerollt. Ein Typ mit grünen Haaren schwenkte das Megafon und versuchte, die anderen dazu zu bringen, näher ans hüfthohe Tor zu treten. Zum ersten Mal fragte sich Minden, warum ein Milliardär wie Jonathan von Holl seine Behausung nicht besser geschützt hatte. Ein weiteres Auto näherte sich und hielt.

Sie rief von Holl an – vergeblich. Dann suchte sie die Nummer der Polizeiinspektion Dießen am Ammersee heraus. Ein Beamter nahm ab, dessen oberbayerischer Dialekt so breit war, als wolle er gar nicht verstanden werden.

Ob in Riederau eine Demonstration angemeldet sei, fragte Minden.

Der Beamte brummte etwas, das eine Bejahung, eine Verneinung oder ein bayerischer Trauspruch hätte sein können.

Minden versuchte es ein zweites Mal. Als sie dasselbe Ergebnis erhielt, bedankte sie sich und legte auf. Noch ein Auto fuhr vor. Also tat sie etwas, das sie an diesem Tag nicht mehr hatte tun wollen: Sie öffnete ein Nachrichtenportal. Einen Suchbegriff später hatte sie die befürchtete Antwort.

Mehrere Münchner Zeitungen hatten über einen neuerlichen Fall von Gewalt in Zusammenhang mit Jonathan von Holl geschrieben. Alex hatte offenbar nicht lang gefackelt, war allerdings vorsichtig gewesen und anonym geblieben, denn die Berichte waren denkbar vage. Umso lustvoller stürzten sich Klatschpresse und Netzgesellschaft auf das wenige, was durchgesickert war: von Holls Villa am Ammersee als Ort des Geschehens, das Opfer ein harmloser Jugendlicher, der womöglich schwer verletzt worden sei. Der Boulevard zeigte den lang erprobten Balanceakt zwischen emotionaler Mobilisierung und juristisch unanfechtbaren Formulierungen. Auf Social Media jedoch hatte die Empörungsbegeisterung alle Dämme weggerissen. Die Antideutsche Jugend hatte zu einer spontanen Protestkundgebung aufgerufen, was wohl die Chiffre für eine unangemeldete Demo war. Und ein Blick aus dem Fenster machte Minden klar, dass der Aufruf nicht nur bei der üblichen Zielgruppe verfangen hatte. Glatzköpfige Linksautonome, Pärchen mit Fahrradhelmen, Rentner in Janker – die Koalition der Erregungswilligen war erstaunlich breit. Der erste Übertragungswagen rollte heran.

Minden wählte noch einmal die Nummer der Dießener Inspektion, erreichte denselben Beamten wie zuvor und bat ihn, eine Streife zu schicken.

Plötzlich kam Unruhe in die Menge, die Köpfe drehten sich Richtung Straße. Ein Taxi bemühte sich, in die Einfahrt zu kommen. Die Protestierenden jedoch wichen nicht zur Seite, klopften stattdessen gegen die Scheiben, schimpften und johlten.

Minden, in der bangen Erwartung der nächsten Katastrophe, rannte nach draußen. Sie kam gerade rechtzeitig, um zu sehen, wie sich die Hintertür des Taxis öffnete und von Holl ausstieg. Er war von einer Traube von Menschen umringt, die er alle überragte.

In der Eile hatte sie vergessen, Schuhe anzuziehen. Der Kies stach in die Fußsohlen, sie wich auf den Rasen aus. »Jonathan«, rief sie und wedelte mit dem Arm. Das verschaffte ihr zwar die Aufmerksamkeit mehrerer Protestierender, aber von Holl war mit seinem direkten Umfeld beschäftigt. Er sagte etwas, doch so leise und kontrolliert, dass Minden es nicht verstehen konnte. Ein paar wichen zurück, andere drängten nach. Von Holl griff sich unters Sakko. Die kalte Ruhe, die er ausstrahlte, verkündete einen tödlichen Sturm.

»Jonathan!«, schrie sie wieder, ihre Stimme schrill in der aufsteigenden Panik.

Diesmal hatte er sie gehört, verharrte in der Bewegung. Mehr Menschen wandten sich jetzt Minden zu, eher neugierig als zornig.

Der Rasen fühlte sich nass an. Minden sah sich um, entdeckte einen Wasserhahn mit angeschlossener Schlauchrolle und rannte hin. Ein Blick offenbarte, dass sie die Meute nur kurz hatte ablenken können und der Raum um von Holl wieder eng geworden war.

Sie öffnete den Hahn, zog den Schlauch von der Rolle und dem Tor entgegen. Geschrei. Sie sah auf, ihr Atem stockte. Die Menschen um von Holl stoben auseinander. Er selbst hatte die rechte Hand nach oben gestreckt, eine Waffe glänzte darin.

Minden drehte die Brause am Schlauchende auf harten Strahl, hielt mitten in die Menge. Wer in Reichweite war, lief schreiend davon. Sogleich war alles in Bewegung, nach Sekunden war der Platz geräumt.

Von Holl, selbst triefend nass, steckte die Waffe weg und bezahlte den Taxifahrer. Der setzte hektisch zurück und versuchte, sich in die Reihe davonjagender Autos einzufädeln. Nicht alle waren geflohen – von Holl sah herausfordernd denjenigen entgegen, die dachten, in der Deckung ihrer Fahrzeuge sicher zu sein.

»Jonathan«, sagte Minden. »Bitte.«

Zu ihrer Erleichterung wandte er sich von seiner potenziellen Beute ab, öffnete das Gartentor und kam zu ihr. Mit gerunzelten Brauen sah er an sich hinunter. Das Hemd klebte an seinen Bauchmuskeln. »Musste das sein? Ich hatte alles unter Kontrolle.«

»Du hattest eine verdammte Pistole in der Hand.«

»Ungeladen. Selbstschutz.«

Minden hatte keine Lust zu streiten. »Lass uns reingehen. Wir müssen über Basti reden.«

»Ein ganzes Wochenende Mailand«, murmelte von Holl und musterte sein Sakko. »Einfach dahin.«

Während er sich umzog, entdeckte Minden, dass sie sich einen Zeh aufgeschürft hatte. Sie wusch die Wunde aus und klebte ein Pflaster darauf. Gleichzeitig trafen sie im Wohnzimmer ein.

Kaum sah sie seinen düsteren Blick, wusste sie, dass etwas nicht stimmte.

»Habt ihr die Hunde auf die skandinavische Chaiselongue gelassen?« Er ging zu dem Tischchen, auf dem sie zuvor den Tee abgestellt hatten. Minden hatte ihn abgewischt, aber von Holls Blick nach zu urteilen beileibe nicht gründlich genug. Bevor er auch dazu einen Kommentar abgeben konnte, begann sie ihm zu erzählen, wie der Nachmittag verlaufen war.

Als sie geendet hatte, stand er auf und holte sich Wasser und Aspirin.

Erst jetzt fiel Minden seine Fahne auf. »Die Waffe – was sollte das?«

Von Holl spülte die Tablette hinunter. »Keine Sorge. Bei Basti sind die Sicherungen durchgebrannt – bei mir nicht. Ich hatte alles …«

»Unter Kontrolle. Klar.«

»Im Griff, wollte ich sagen.«

»Im Griff?« Sie deutete in Richtung vorderer Haustür. »Warst du gerade draußen? Die werden dich grillen bis zum Sankt-Nimmerleins-Tag. Du verlierst deine Firma.«

»Mit denen habe ich auch schon abgerechnet.«

»Bitte?«

»Ich war gerade dort und habe dem Vorstand die Leviten gelesen. Außerdem habe ich gedroht, jeden zu erschießen, der nicht mit mir auf Hossam anstoßen würde.«

Die Nüchternheit, mit der er das sagte, war schlimmer als jede offen zur Schau gestellte Arroganz. »Jetzt guck nicht so dramatisch. Für den Schreck bekommen alle einen einmaligen Bonus von einer halben Million. Nur wer petzt, bekommt einen Verleumdungsprozess an den Hals, den er sein Lebtag nicht vergessen wird. Glaubst du, von den Rückgratverweigerern dort gibt es jemanden, der die eigene Karriere riskieren will? Um wirklich auf Nummer sicher zu gehen, müssten sie geschlossen ans Licht treten. Aber so ein Board funktioniert nicht wie Teamsport – eher wie Politik an einem mittelalterlichen Hof. Jeder gegen jeden. Und mit jedem Tag, den sie sich nicht wehren, verlieren sie mehr Respekt vor sich selbst, bis sie nicht mehr anders können, als ihre Hörigkeit als Loyalität zu rationalisieren.«

»Und wieder einmal glaubt der große Jonathan von Holl«, murmelte Minden resigniert, »allen anderen überlegen zu sein.«

»Das hat nichts mit Glauben zu tun«, sagte von Holl.

»Und wenn all deine Handlungen ach so kühler Logik entspringen, welchen Sinn hatte es dann, dein Board derart vorzuführen?«

»Selbstaktualisierung«, sagte von Holl. »Manchmal musst du laut aussprechen, wer du zu sein glaubst. In der Reaktion deines Gegenübers erfährst du, wie weit du danebenliegst.«

Minden wusste nicht zu sagen, ob er wirklich glaubte, was er behauptete, oder bloß den Schlagabtausch suchte.

»Und?«, fragte sie. »Wer bist du?«

Er lehnte sich in seinem Sessel zurück, legte den Kopf in den Nacken. »Therapiestunde zu Ende.«

Minden hakte nicht nach. Stattdessen überlegte sie, wie sie das große Thema anschneiden könnte, das ihr auf dem Herzen lag.

»Die Verteidigungsministerin kommt morgen«, sagte von Holl.

»Was?«

»Nach München. Habe ich im Taxi gelesen. Der Besuch war eh geplant, und da will sie wohl die Gelegenheit für eine Kundgebung nutzen. Und rate mal, welchen Ort sie sich dafür ausgesucht hat: Schloss Nymphenburg.«

»Na und?«

»Nicht *im* Schloss. Davor.«

»Haben Sie Neurieths Mörder gefasst?«, fragte Minden überrascht.

»Negativ.«

»Also war es kein Scharfschütze«, zog sie den einzig stimmigen Schluss. »Was habt ihr rausgefunden?«

Das säuerliche Grinsen von Holls war nicht auszuhalten.

»Doch, es war ein Scharfschütze. Absoluter Profi. Oder mehrere. Auf jeden Fall Militärausbildung, ich tippe auf Kommando. Eigentlich kommen nur die russischen Spezialeinheiten infrage, aber Speznas und Alpha müssten in der Ukraine gebunden sein, Saslon dürfte die operativen Fähigkeiten nicht besitzen. Vympel vielleicht.«

Minden hatte die Hälfte der Namen nie gehört. »Und dann Schloss Nymphenburg? Kilometerweite Sicht ... ist das nicht geradezu eine Einladung?«

»Sie ist eh dort wegen irgendeiner Ausstellung.«

»Ich wette mit dir, Politiker sagen am laufenden Band Termine ab.«

Von Holl verschränkte die Hände im Nacken. Seine Pose strahlte bequeme Zufriedenheit aus. »Denk nach, Inka.«

Sie ignorierte seinen paternalistischen Ton. »Ein Symbol der Stärke«, sagte sie. »Die Ministerin zeigt, dass sie sich nicht in die Defensive drängen lässt ...«

»Sehr gut, weiter.«

»Und zugleich ist es ein Köder für den oder die Schützen.« Minden knetete ihre Unterlippe. »Eine Falle.«

»Fantastisch. Die Kandidatin besteht mit einer Zwei.«

Verblüfft sah Minden auf. »Was noch?«

»Nichts«, sagte von Holl. »Ich gebe ungern Bestnoten. Das macht die Leute faul.« Sein Telefon vibrierte. Er warf einen Blick aufs Display und stieß einen Fluch aus. »Kleinrädl will mich sehen. Wahrscheinlich wegen Nymphenburg morgen. Ein Typ wie ein Katzenbiss.« Er stand auf. »Herzlichen Glückwunsch, Schatz, du hast sturmfrei.«

»Eine Sekunde noch«, bat Minden, »wegen Basti.«

»Mein Gott, er hat überreagiert, na und? Du bist nicht seine Mutter, oder?«

Minden war ebenfalls aufgestanden, suchte nach den richtigen Worten, während von Holl mit seinem Handy beschäftigt war.

»Was«, brachte sie endlich hervor, »wenn er es war?«

»Wenn er was war?«

Sie holte Luft. »Die Bombe. Vielleicht ging es gar nicht um Hossam, sondern um Clarissa. Vielleicht hat Basti gespürt, wie sein Leben ihm immer weiter entglitten ist. Wohingegen seiner Schwester alles zuzufliegen schien: die Liebe der Eltern, der berufliche Erfolg. Und dann auch noch Hossam – sein bester Freund heiratet die Schwester, die er hasst. Es muss sich wie ein Verrat angefühlt haben. Vielleicht ...« Sie verstummte, als sie das Glühen in von Holls Augen sah.

»Raus«, sagte er.

»Aber ...«

»Raus.«

Noch niemals hatte sie ihn dermaßen erregt gesehen. Beschwichtigend hob sie die Hände. »Ich kann dir ...«

»Ich biete dir eine Herberge«, seine Stimme war fast ein Wispern und zitterte doch vor Wut, »und du wagst es, mir so eine Scheiße ins Gesicht zu sagen. Du verlässt jetzt mein Haus. Und wenn ich noch einmal so was höre wie gerade eben«, jedes Wort presste er in gnadenloser Deutlichkeit einzeln hervor, »dann schwör ich dir bei allem, was dir heilig ist, ich reiß dir die Rippen auf und piss dir in den Brustkorb.«

31

In den Medien gab es genau zwei Themen: Deutschlands vorzeitiger Einzug ins Achtelfinale der Fußball-EM und die »Münchner Bundeswehrmorde«.

Kleinrädl hatte das Gefühl, alle kosmischen Kräfte hätten sich gegen ihn verschworen. Ein oder mehrere hochtrainierte Killer liefen nach wie vor frei herum. Das GPS-Gerät der Hochzeitslimousine war zu schwer beschädigt, um eine Auswertung zu ermöglichen. Sein ballistischer Forensiker war eine tickende Zeitbombe. Für den morgigen Nachmittag war eine Demonstration angekündigt, die Veranstalter gingen von zwanzigtausend Teilnehmenden aus. In der öffentlichen Diskussion spielte die Aufklärung der Morde nur noch eine untergeordnete Rolle, vielmehr konzentrierte man sich auf die Frage, ob militärische Strukturen automatisch Gewalt hervorrufen mussten. Professor Werker und Lustow hatten ganze Arbeit geleistet. Dementsprechend sollte es auf der Demo nicht etwa um Solidarität mit den Opfern gehen, sondern darum, *ein antimilitaristisches Zeichen zu setzen*, wie es in der Ankündigung hieß. Putin dürfte weinen vor Glück.

In der Kantine hatte Kleinrädl zufällig die zuständige Einsatzleiterin Anka Noris getroffen, die zumindest zehntausend Teilnehmende für realistisch hielt – was immer noch eine besorgniserregende Zahl war.

Und in dieser Gemengelage fiel der Verteidigungsministerin nichts Besseres ein, als sich selbst zur Zielscheibe zu machen. Klar, es würde ihr tolle Bilder liefern, wenn sie sich derart exponiert vor die Truppe stellte. Aber wenn

Kleinrädl an das Risiko dachte, wollten ihm die letzten Haare ausfallen, so unvernünftig hoch war es.

Schlanghain trat zu ihm. »Herr von Holl ist da.«

»Bringen Sie ihn in Vernehmung 2.«

Nachdem Kleinrädl sich einen Schokoriegel aus dem Süßigkeitenautomaten im Erdgeschoss geholt hatte, machte er sich auf den Weg zum Beobachtungsraum. Friedrichs war bereits dort und überprüfte die Technik. Es dauerte noch zwei Minuten, dann öffnete sich die Tür hinter der einseitig verspiegelten Scheibe, und Schlanghain führte von Holl in den Vernehmungsraum.

Der Bereich war schallisoliert, doch versteckte Mikrofone übertrugen jedes Geräusch. Von Holl war in der Tür stehen geblieben. »Sie verschaukeln mich.«

»Bitte nehmen Sie Platz«, sagte Schlanghain.

Von Holl fuhr sich mit der Hand durch die Haare, sah zum Spiegel. Er kam Kleinrädl noch derangierter vor als am Vormittag. Hatte er wieder getrunken? Von den Avancen, mit denen er Schlanghain bei ihren vorigen Treffen bedacht hatte, war nichts mehr zu sehen.

»Kaffee?«, fragte Schlanghain.

Er antwortete nicht, holte sein Handy hervor. Verzog das Gesicht. »Kein Empfang.«

»Ist es dringend?«

Fahrig schaute von Holl auf. Sah wieder zum Spiegel. Sein Blick war wachsam, misstrauisch. »Nein, schon gut.« Er steckte das Handy weg.

»Der Herr Hauptkommissar kommt gleich.« Schlanghain verließ den Raum, ohne die Tür zu schließen.

Während Kleinrädl die Verpackungsfolie seines Riegels aufriss, beobachtete er, wie von Holl um den Vernehmungstisch tigerte. Woher kam diese Nervosität? Er beschloss, noch ein paar Minuten abzuwarten. Als er in den Riegel biss, schmeckte er Erdnuss. Mist. Er konnte den Geschmack nicht ausstehen.

Schlanghain stieß zu ihnen. »Irgendwas stimmt nicht mit ihm. Also ... anders als sonst ...«

»Wollen Sie einen Erdnussriegel?«

Sie schüttelte den Kopf. »Danke.«

»Herr Friedrichs?«

»Bin allergisch.«

»Na«, brummte Kleinrädl und warf den angebissenen Riegel in den Mülleimer unterm Medientisch, »dann machen wir uns mal an die Arbeit.«

Begleitet von Schlanghain ging er zum Vernehmungsraum. Gerade in dem Moment, als er die Tür öffnete, bemerkte er, dass ihm ein Erdnusssplitter zwischen die Zähne geraten war. Ausgiebig tastete er mit den Fingern danach. Von Holl sollte ruhig spüren, dass er nicht immer der Mittelpunkt des Geschehens sein konnte.

»Was soll das alles?«, blaffte der auch gleich.

»Immer mit der Ruhe«, nuschelte Kleinrädl, nach wie vor zwei Finger im Mund. »Kruzifix, ich brauche einen Zahnstocher.«

Schlanghain machte so umstandslos kehrt, als handle es sich um ein abgesprochenes Manöver.

»Ich nehme an, es geht schon wieder um den Mord an Hossam und Clarissa? Wie lange wollen Sie noch meine Zeit stehlen?«

»Setzen Sie sich doch«, sagte Kleinrädl und zog sich selbst einen der drei Stühle zurecht.

»Danke.« Von Holl blieb stehen. »Tun Sie mir lieber einen Gefallen und kommen Sie zum Punkt.«

Kleinrädl verzichtete auf eine Antwort, wartete, bis

Schlanghain mit dem Zahnstocher zurückkehrte. Mit dessen Hilfe gelang es ihm zu guter Letzt, sich von dem lästigen Erdnussrest zu befreien.

»Wenn Sie mich zermürben wollen«, knurrte von Holl, »hätten Sie mir auch weiterhin Ihren Filterkaffee anbieten können.«

»Filterkaffee?«, fragte Kleinrädl. »Wir nutzen selbstverständlich eine Siebträgermaschine. Die Bohnen mahlen unsere Praktikanten von Hand.« Ein paar Sekunden gab er sich dem süßen Tagtraum hin, dann wandte er sich wieder der schnöden Gegenwart zu. »Sie wirken nervös, Herr von Holl.«

»Nervös?« Von Holl lachte auf. »Gereizt bin ich. Und nach der Woche ist das ja wohl kein Wunder. Nach dem Nachmittag.«

»Wollen Sie uns schildern, was diesen Nachmittag geschehen ist?«

»Das?« Von Holl stutzte. »Deswegen verhören Sie mich ...?«

»Wir vernehmen Sie, das ist ein Unterschied. Was war heute Nachmittag los in Riederau, Herr von Holl?«

»Unfassbar.« Von Holl drehte sich weg, machte einen Schritt auf die Tür zu, wandte sich erneut um. Ein Raubtier im Käfig. »Sie glauben, ich habe die Jungs verprügelt?«

Die Frage war erstaunlich. Kleinrädl warf einen Blick zu Schlanghain, sie zuckte die Schultern. »Natürlich nicht«, sagte er. »Sie hatten das Präsidium ja kaum verlassen, als die ersten Berichte online gingen. Aber Sie können uns doch sicher sagen, wer alles zugegen war? Also von Ihrer Seite aus.«

Von Holl runzelte die Stirn.

»Wem haben Sie Unterschlupf gewährt?«

»Ich wüsste nicht, was Sie das angeht ...«

»Ja, das frage ich mich auch. Mögliche Körperverletzung ohne Anzeige – ein Mysterium, wie diese Akte auf meinem Schreibtisch landen konnte. Aber jetzt liegt sie nun mal da. In welchem Verhältnis stehen Sie zu Inka Minden?«

Der Themenwechsel kam absichtlich abrupt, und er zeigte Wirkung. Von Holl hielt in seinem unruhigen Umherwandern inne, fixierte Kleinrädl böse.

»Gleich springt er Sie an, Chef«, flüsterte Schlanghain, aber laut genug, dass von Holl es hören konnte. Kleinrädl hatte sie im Vorfeld um kleine Sticheleien gebeten, sollte die Situation es ergeben.

»Also?«, fragte Kleinrädl, als nach einer halben Minute immer noch keine Antwort kam.

»Gut«, sagte von Holl, »ein gutes Verhältnis. Sehr gut. Wieso?«

»Weil Minden heute Nachmittag von Ihrer Villa aus die Polizei angerufen hat.«

Mit einem schnellen Schritt war von Holl an Kleinrädl heran, beugte sich drohend über ihn. »Was hat sie Ihnen gesagt?«

Gemächlich drehte sich Kleinrädl zu Schlanghain. »Eine etwas heftige Reaktion, meinen Sie nicht, Frau Kollegin?«

»Doch, durchaus, Chef.«

Lächelnd wandte er sich wieder von Holl zu. »Eigentlich hat sie nur mit der Dießener Inspektion telefoniert. Aber jetzt, wo es im Raum steht – was hätte sie uns denn sagen können?«

Von Holl schnaubte, ballte die Faust, öffnete sie wieder, verschränkte die Arme.

»Brauchen Sie eine Pause?«, fragte Kleinrädl sanft.

»Nein«, knurrte von Holl. »Bringen wir die Scharade hier hinter uns.« Den Blick starr auf den Tisch gerichtet, schilderte er, wie ein paar Jugendliche Graffiti auf seine Fassade geschmiert hätten. Gemeinsam mit Werker habe Minden die Vandalen vom Grundstück vertrieben, es sei zu einer kleinen Rangelei gekommen, nichts Schlimmes. So habe Minden es ihm erzählt.

»Eine kleine Rangelei, sagen Sie? Wer war denn daran beteiligt? Nur Minden? Oder auch Werker?«

»Er war es nicht, hören Sie?« Von Holls Stimme wirkte zu laut in dem kleinen Raum. »Basti ist der loyalste Kamerad, den du haben kannst. Er hat Hossam geliebt. Er hätte sich auf eine Granate geworfen für ihn.«

»Frau Schlanghain?«, fragte Kleinrädl mit hochgezogenen Augenbrauen.

Die Zunge im Mundwinkel, nickte sie nur, während sie eifrig auf ihren Spiralblock kritzelte. Natürlich wurde alles aufgezeichnet, aber wenig konnte einen unaufrichtigen Befragten mehr aus der Ruhe bringen als der Eindruck, er hätte etwas gesagt, das handschriftlich festgehalten werden musste.

Ob er jetzt gehen könne, fragte von Holl.

»Wir verdächtigen Herrn Werker ja gar nicht«, sagte Kleinrädl.

»Und warum, um alles in der Welt, führen wir dann überhaupt dieses beschissene Gespräch?«

Zeit für den nächsten Themenwechsel. »Wurde bei Ihnen je eine posttraumatische Belastungsstörung festgestellt?«

Von Holl zuckte – nur minimal, aber doch erkennbar. »Würde das nicht unter das Arztgeheimnis fallen?«

»Sie müssen nicht antworten, wenn Sie nicht wollen.«

»Nein«, sagte von Holl, »keine Belastungsstörung.«

»Sie haben ein gutes Gedächtnis?«

»Immer gehabt.«

Kleinrädl drehte den Zahnstocher, den er vor sich auf den Tisch gelegt hatte. »Anjirabad«, sagte er.

Die Veränderung, die in von Holl vorging, stellte alles Vorherige in den Schatten. Die Augen weiteten sich, die Lippen zitterten, der ganze Kopf zuckte. Die Finger krallten sich in die Längsnaht seiner Hose.

»Sie waren dort«, sagte Kleinrädl, »mit Hossam Said. 2019.«

Von Holl starrte an ihm vorbei. Nichts verriet, ob er die letzten Worte verstanden oder überhaupt gehört hatte.

Kleinrädl wartete. Als von Holl auch nach fast einer Minute nicht auf ihn eingegangen war, wiederholte er seine frühere Frage nach der Notwendigkeit einer Pause.

Da, endlich, langsam, wie mit Mühe, schüttelte von Holl den Kopf. »Ich muss telefonieren.«

»Kommen Sie mit«, sagte Kleinrädl und stand auf. Bereits auf dem Gang ließ sich das Telefonnetz wieder erreichen, doch der Kommissar führte von Holl in den Beobachtungsraum. Er bat Schlanghain, draußen zu warten, und anschließend Friedrichs, den Raum zu verlassen. Sorgfältig schloss er die Schallschutztür.

»Herr von Holl«, sagte er. »Wenn Sie einen Anwalt anrufen wollen, steht Ihnen das jederzeit frei. Aber wenn Sie gerade an eine andere Nummer gedacht haben, hören Sie mir vorher eine Sekunde zu.«

Von Holl sah auf sein Display. »Ich habe hier genauso wenig Empfang wie drüben.«

»Es geht Ihnen nicht um einen Anwalt ...«

Von Holl schwieg.

»Was in Anjirabad passiert ist, sollte geheim bleiben, habe ich recht?« Ohne eine Antwort abzuwarten, fuhr er fort: »Sie müssen keine Geheimnisse verraten. Wir haben im Zusammenhang mit den Ermittlungen Dokumente gefunden, die die Ereignisse von Anjirabad ausführlich beschreiben. Sie und Hossam haben den Ort im Rahmen einer Routinepatrouille besucht. Taliban haben angegriffen. Bis auf Sie und Hossam hat niemand überlebt – weder von der Dorfgemeinschaft noch von Ihrer Einheit.«

Die zerstörerische Energie, die in von Holl gefahren war, als Kleinrädl den Ortsnamen zum ersten Mal genannt hatte, war einer trügerischen Ruhe gewichen. Von Holl setzte sich auf den Stuhl vor den Monitoren, von wo aus zuvor Friedrichs die Aufnahmen der Vernehmung überwacht hatte.

»Niemand außer Friedrichs, Schlanghain und mir selbst hat die Dokumente gesehen. Wir können die Geheimhaltung wahren.«

»Wenn Sie bereits alles wissen«, sagte von Holl, ohne ihn anzublicken, »was wollen Sie dann noch von mir?«

Kleinrädl fuhr mit dem Finger die Kante eines Regals entlang, in dem allerlei technisches Equipment verstaut war, von dem er keinen Schimmer hatte, wofür es gebraucht wurde. Nichts davon hatte er je in Aktion gesehen. Jetzt kam der heikelste Punkt. Ja, im Gebäude befanden sich mehr Polizisten als irgendwo sonst in München – aber in diesem kleinen Raum hier waren sie allein. Und Kleinrädl machte sich keine Illusionen: Wenn von Holl beschließen würde, ihm wehzutun, gäbe es keinen Weg, ihn aufzuhalten.

Zwar hatte er sich für die Vernehmung einen groben Plan zurechtgelegt, aber dass von Holl derart unter Spannung sein würde, hatte er nicht vermutet. Er ging zur Tür, öffnete sie. Schlanghain und Friedrichs standen wartend davor.

»Frau Schlanghain, dürfte ich Ihren Block haben?«

Sie reichte ihn ihm inklusive Stift.

Kleinrädl blätterte auf eine leere Seite und schrieb: *nicht ins buch. jojo bringt mich um.* Er riss die Seite aus der Spiralbindung, faltete sie sorgfältig. Dann trat er zurück durch die Tür und reichte von Holl, der zwar aufgestanden war, aber im Raum verharrt hatte, die Notiz.

Gebannt beobachtete er, wie von Holl das Papier auseinanderfaltete. Wie eingefroren starrte dieser auf die wenigen Worte. Dann hob er den Kopf. »Hossam hat das geschrieben?«

Kleinrädls Herz klopfte schneller, als es seinem Arzt lieb gewesen wäre. Er nickte.

»Und das bezieht sich auf das Dorf, von dem Sie gerade gesprochen haben?«

Wieder nickte er.

Von Holl steckte den Zettel ein, ging zurück ans hintere Ende des Raums, setzte sich wieder zu den Bildschirmen. Konzentriert betrachtete er Tisch und Stühle auf der anderen Seite des Spiegels, so als spielte sich dort eine Szene ab, die nur er wahrnehmen konnte.

Kleinrädl folgte ihm, winkte Friedrichs und Schlanghain, es ihm gleichzutun. Sie waren zu dritt und bewaffnet, das musste reichen. Eigentlich hätten sie wieder in den Vernehmungsraum umziehen sollen, aber von Holl zeigte sich verwundbar, und diesen Umstand wollte Kleinrädl nutzen.

»Herr von Holl, was ist in Anjirabad passiert?«

Keine Antwort, aber Kleinrädl hatte sich bereits darauf eingestellt, das Thema erneut zu wechseln. »Wo waren Sie in der Nacht vor der Hochzeit?«

Verwirrt sah von Holl auf, schien nur langsam die Bedeutung der Frage zu verstehen. »Bei Basti, dann zu Hause.

Sie glauben ...«, es war schmerzhaft naheliegend, trotzdem schien er eine Ewigkeit zu brauchen, den Gedanken zu fassen, »... ich war es?«

»Wo waren Sie am Mittwochnachmittag? Als Neurieth erschossen wurde.«

»Bei mir zu Hause.«

»Kann das jemand bestätigen?«

Von Holl war aschfahl geworden.

»Herr von Holl?«

»Ich muss telefonieren.«

»Bitte.« Kleinrädl wies ihm den Weg Richtung Treppenhaus. Nicht der einladendste Platz für existenzielle Telefonate, aber in den vielen Jahren, die Kleinrädl im Dezernat arbeitete, hatte er noch niemanden erlebt, der in diesen speziellen Momenten auf Atmosphäre gepocht hätte.

Während sie warteten, sah er fragend Friedrichs an.

»Er war's«, sagte Friedrichs.

»Frau Schlanghain?«

»Sieht so aus.«

»Wir haben kein Geständnis«, gab Kleinrädl zu bedenken, »und wir haben keine Beweise.«

»Er wirkt nicht so, wie ich mir einen ertappten Verbrecher vorstelle«, gab Schlanghain zu. »Eher erschüttert, fassungslos.«

»Die Spurensicherung«, sagte Friedrichs. »Er hat uns gelinkt.« Auf dem Dach, wo der Scharfschütze laut von Holl auf die Schussabgabe gewartet hatte, hatten sich keinerlei Spuren gefunden. Die absolute Sicherheit jedoch, mit der er aufgetreten war, legte nahe, dass er sie auf die falsche Fährte hatte führen wollen.

»Warum haben Sie nach der Belastungsstörung gefragt?«, wollte Schlanghain wissen.

»Es gibt Fälle, bei denen sich traumatisierte Menschen an manche Momente in ihrem Leben nicht mehr erinnern.«

»Sie meinen, von Holl hat die Morde begangen, aber weiß es tatsächlich nicht mehr?«

Kleinrädl zuckte die Schultern. Es war eine Laiendiagnose. Er wies Friedrichs an, eine der drei Kriminalpsychologinnen aufzutreiben, die er für kompetent hielt.

»Es ist halb zwölf nachts«, wandte Friedrichs ein.

»Hab ich nach der Uhrzeit gefragt?«

»Und was mache ich?«, fragte Schlanghain.

»Sie und ich«, entgegnete Kleinrädl, »wir beide knöpfen ihn uns noch einmal vor. Ich will wissen, was in Anjirabad passiert ist. Und wenn es die ganze Nacht dauert.«

Als von Holl zurückkam und erfuhr, dass die Befragung weitergehen sollte, erbat er sich eine halbe Stunde Pause. Kleinrädl gewährte sie ihm. »Eine rauchen?«, fragte er Schlanghain. Sie nickte.

Sie gingen zum Raucherbereich im Innenhof. Der erste Zug brannte so sehr, dass ihm vom Husten die Tränen in die Augen stiegen. Es war seine erste Zigarette seit fast sechzehn Jahren. Seit Terry mit Sophia schwanger gewesen war. »Das mit dem Geschenk wird wohl nichts mehr heute«, murmelte er.

»Sie hatte doch gestern Geburtstag«, sagte Schlanghain. »Wenn es eh nachträglich kommt, macht ein Tag keinen Unterschied, finde ich.«

Kromer rannte auf den Hof. »Anruf für Sie, Chef«, keuchte sie.

Schicksalsergeben drückte Kleinrädl die fast vollständige Zigarette in den Aschenbecher. »Und wer?«

»Staatskanzlei.«

Mit einem Magen, der flauer war, als der eine Zug Nikotin hätte erklären können, eilte Kleinrädl ins Büro zurück.

Es war der bayerische Innenminister. Er habe soeben einen Anruf aus dem Bundeskanzleramt erhalten, vom Geheimdienstkoordinator.

»Von Holl«, murmelte Kleinrädl.

»Ich weiß nicht, was Sie diesmal angestellt haben, und ich will es auch nicht wissen.«

»Herr Minister?«

»Lassen Sie den Mann einfach frei.«

FREITAG

32

Showdown auf Schloss Nymphenburg:
Verteidigungsministerin stellt sich Soldatenkillern
Von Maria Lustow

Schon lange ist bekannt, dass Verteidigungsministerin Natascha Salp am heutigen Tage nach München kommen wird. Auf dem Programm stand einerseits die Jubiläumsfeier der Sanitätsakademie der Bundeswehr und andererseits ein Besuch auf Schloss Nymphenburg. Dort sollte Salp eine Ausstellung zur »Nacht der Amazonen« eröffnen, einem Freiluftspektakel, das während der NS-Zeit im angeschlossenen Park mehrmals aufgeführt wurde. In Anbetracht der jüngsten Ereignisse überrascht die Verteidigungsministerin nun mit der Meldung, beide Termine wie geplant wahrnehmen zu wollen. Gerade in Bezug auf den zweiten Termin erzeugt diese Nachricht Kopfschütteln bei vielen Fachleuten. Salp will Stellung zu den Soldatenkillern beziehen – aber nicht etwa in einem geschützten Rahmen, sondern genau dort, wo das Grußwort zur Ausstellungseröffnung von Anfang an geplant war: in der weitläufigen Parkanlage des Schlosses.

Bereits in den wenigen Monaten seit Amtsantritt hat Salp sich einen Namen damit gemacht, keinem Konflikt aus

dem Weg zu gehen. Nun scheint sie diese Herangehenswei-
se auf die Spitze treiben zu wollen. Ein Akt der Stärke oder
des Leichtsinns? Unseren Quellen zufolge werden nicht nur
mehrere Hundertschaften der Münchner Polizei im Ein-
satz sein, sondern auch Spezialkräfte von LKA und BKA.
Die Kosten für den Steuerzahler dürften einem Hochrisi-
kospiel der Fußball-Bundesliga entsprechen. Eine Stellung-
nahme des Münchner Polizeipräsidiums war leider nicht ...

Minden legte das Handy weg und ärgerte sich über sich
selbst. Die Studienlage war eindeutig: Sich nachts mit dem
Konsum von Online-Nachrichten zu beschäftigen war das
Gegenteil einer Einschlafhilfe. Es war vier Uhr früh, seit
Stunden lag sie wach im Bett und versuchte, von Holls Dro-
hung zu verarbeiten. *Ich reiß dir die Rippen auf ...*

Neben der allgemeinen Erschütterung gab es einen sehr
konkreten Umstand, der sie wachhielt: Sowohl Bastian als
auch von Holl standen furchtbar unter Strom, waren unbe-
rechenbar und gewaltbereit. Trotzdem hatte Minden es bis
jetzt nicht über sich gebracht, die Polizei zu verständigen.
Wenn weitere Katastrophen geschähen, wäre das auch ihre Schuld. Sie hätte nicht einmal sagen können, was genau
sie von dem Anruf abhielt – die Sorge, dass das Eingreifen
der Polizei die Lage erst recht eskalieren lassen könnte? Der
Wunsch, die ganze Sache hinter sich zu lassen? Loyalität?

Sie griff nach dem Wasserglas auf ihrem Nachttischchen.

Es klingelte.

Das Geräusch schoss ihr derart in die Glieder, dass sie
das Wasser verschüttete. Kerzengerade saß sie im Bett,
lauschend, mit klopfendem Herzen. Wartete bang auf das
nächste Klingeln. Die Sekunden verrannen. Das Klingeln
kam nicht. Sie atmete auf.

Schritte in der Diele.

Das Adrenalin jagte in alle Richtungen, aber ihr Körper blieb starr. Sie hatte keine Waffe.

»Inka?«, rief es.

»Jonathan?« Sie sprang aus dem Bett, warf sich einen Bademantel über.

Einen Augenblick später stand von Holl in der Tür. Im Schein der Leselampe wirkte er riesig. Sein Hemd war zerknittert, das Sakko saß schief. Die Haare klebten ihm am Kopf.

»Wie bist du hier reingekommen?«

Er hielt ihr einen Schlüssel hin, ließ ihn dann fallen. »Lag auf dem Türrahmen.« Die Worte kamen verwaschen. Er schwankte, schien sich kaum auf den Beinen halten zu können.

Minden fröstelte. Schlang den Bademantel fester um sich. »Was willst du hier?«

»Nur eine Frage. Hast du ne Minute?«

Die Gänsehaut zog ihre Unterarme hoch. »Wollen wir in die Küche?«

»Immer voran«, er wedelte unkoordiniert mit dem Arm, »Frau Heeresbergführer.«

Mit weichen Knien tappte Minden an ihm vorbei und geriet dabei in eine stechende Wolke aus Alkohol.

Sie räumte den Toaster vom Küchentisch und wischte ein paar Krümel zur Seite. »Willst du was trinken?«, fragte sie klamm.

»Schnaps.«

»Ich dachte eher an Wasser.«

»Wasser ist zum Waschen da. Komm mir damit nicht zu nah«, krähte er, während er auf einen der Stühle sackte.

Kneipenreime aus dem Munde Jonathan von Holls –

mechanisch holte Minden zwei Gläser und füllte sie mit alkoholfreiem Bier. Auch wenn die Anspannung sich keineswegs gelöst hatte, war zumindest der anfängliche Schock überwunden. Von Holl schien es fürs Erste nicht auf sie abgesehen zu haben. Und in seinem Zustand wäre er im Zweifel wohl in Schach zu halten.

Sie stellte eines der Biere vor ihm ab. Warf einen Blick aus dem Fenster, ob irgendwer seinen Besuch mitbekommen hatte. Aber die Straße lag verlassen im Orange der Laternen. Selbst Paparazzi gingen irgendwann nach Hause. Sie wandte sich wieder von Holl zu. »Du hattest eine Frage?«

»Bedauerlich, dass es im Deutschen kein Present Perfect Progressive gibt«, nuschelte er, während er sein Bier anglotzte. »Denn ich habe diese Frage ja immer noch.« Er wischte sich eine fettige Strähne aus der Stirn. »Rheinische Verlaufsform ist auch keine Option. *Ich bin eine Frage am Haben* – kann man nicht sagen. Unmöglich. Das wäre einfach ästhetisch falsch ... wobei, es sagt natürlich auch niemand *I have been having a question* ...«

»Jonathan«, sagte Minden. »Was willst du von mir?«

»Inka.« Jonathan griff nach seinem Bier, führte es nah vor seine Augen. »Du bist eine tolle Frau, weißt du das?«

Minden wartete, immer noch stehend, immer noch zwei Schritte von ihm entfernt. *Ich reiß dir die Rippen auf ...*

»Wirklich. Ich kenn mich aus.« Er nahm einen Schluck vom Bier. »Pfui, was hast du mir da eingeschenkt.« Er setzte das Glas erneut an, trank es auf einen Zug leer. »Auf der Hochzeit«, mit rot geäderten Augen sah er zu ihr auf, »da hast du gesagt, du bist Psychotin ... Psychoterroristin ... Psycho...«

»Therapeutin«, sagte Minden.

»Exactamente. Ich war vorhin auf der Polizei, und da haben sie mich gefragt …«

»Jonathan«, unterbrach sie ihn, bevor das Gespräch die Wendung nehmen konnte, die sie befürchtete. »Ich behandle Jugendliche. Und wir sind befreundet. Wenn du eine psychologische Frage hast, dann bin ich die Falsche, wirklich. Ich kann dir nicht helfen … so gerne ich würde.«

»Ach was«, sagte er und stieß auf, »du bist Inka Minden, du kannst alles. Jedenfalls, auf der Polizei, da haben sie mich nach PTBS gefragt …«

»Jonathan, wirklich, ich bin nicht …«

»Jetzt entspann dich mal. Das ist ja kein Therapiegespräch. Nur eine Frage hab ich … hast du noch ein Bier?«

Seufzend nahm sie sein Glas und holte eine zweite Flasche Alkoholfreies aus dem Kühlschrank.

»Und habe ich ja nicht, also PTBS …«

Stumm setzte Minden ihm das Bier vor.

»Sag jetzt nichts, ist so. Oder auch nicht. Dachte ich immer, ich hab mich ja durchchecken lassen. Aber jetzt, auf der Polizei, da hatte ich plötzlich so Stress, ganz plötzlich. Meinst du, das kann, na ja, wegen …« Er brach ab, griff nach seinem Glas.

»Jonathan«, Minden holte tief Luft, »du hast eine emotional extrem belastende Woche hinter dir. Du hast die letzten Tage kaum geschlafen. Du bist betrunken. Es ist vier Uhr früh. Ich kann dir unmöglich eine Diagnose stellen. Das wäre einfach unprofessionell.«

»Sie haben mich nach meinem Gedächtnis gefragt … ob das gut ist …«

Hilflos griff Minden, weiterhin stehend, nach ihrem eigenen Bier, das sie bisher nicht angerührt hatte. Vielleicht war es das Beste, ihn reden zu lassen.

»Und dann habe ich mal ein bisschen recherchiert. Und da stand, dass PTBS mit Gedächtnisverlust zusammenhängt, also, dass man wegen PTBS Erinnerungslücken haben kann ...« Er beugte sich über den Tisch, ihr entgegen. Instinktiv trat sie einen Schritt zurück. »Inka«, seine Stimme war mit einem Mal klar geworden, »sie glauben, ich bin der Mörder.«

Minden verschluckte sich an ihrem Bier, musste husten.

»Schmeckt einfach scheiße«, sagte er so leichthin, als hätte er vergessen, worum sich das Gespräch gerade noch gedreht hatte. »Jedenfalls, ich habe gern die Kontrolle ...«

»Tatsächlich?«, keuchte Minden, die langsam wieder zu Atem kam.

»Seit ich denken kann«, sagte von Holl, der offenbar die Ironie nicht verstanden hatte. »Und ich kann mir das ja eigentlich nicht vorstellen, aber ich geh lieber auf Nummer sicher, deswegen ...«

»Verstehe ich das richtig? Die Polizei glaubt, du bist für den Mord an Hossam und Clarissa verantwortlich, aber ...«

»Und Neurieth.«

»... aber du kannst dich nicht mehr daran erinnern, weil du eine posttraumatische Belastungsstörung hast, die wiederum eine Konversionsstörung zur Folge hat?«

Von Holl betrachtete sein Bier. »So, ja.«

»Und das hat eine Polizeipsychologin festgestellt?«

»Nee, Kleinrädl, der Ermittlungsleiter ...«

Minden setzte sich ihm gegenüber, sah ihn an. »Jonathan. Ich bin nicht die richtige Ansprechpartnerin für deine Frage. Wenn ich trotzdem versuche, eine Antwort zu geben, versprichst du mir dann, eine Gemüsebrühe zu trinken und ein Beruhigungsmittel zu nehmen? Und danach gehen wir schlafen? Du kannst die Couch haben.«

Er nickte.

Sie griff über den Tisch und nahm seine Hände in ihre. »Kein Soldat kommt unbeschadet aus dem Einsatz zurück. Das ist normal. Aber eine Persönlichkeitsdissoziation aufgrund eines Traumas ist sehr selten. Es ist sogar umstritten, ob traumatische Ereignisse überhaupt komplett verdrängt werden können. Die Beispiele, von denen ich gelesen habe, betrafen stets Ereignisse aus der frühsten Kindheit. So oder so müssten die belastenden Ereignisse über einen längeren Zeitraum angehalten haben. Man spricht dann von einer komplexen PTBS. Darf ich dir ein paar Fragen stellen?«

Von Holl nickte. Die flatterhafte Energie war zerstoben, lammfromm erwiderte er ihren Blick.

»Hast du Schlafstörungen?«

»Selten.«

»Panikattacken?«

»Nein.«

»Ängste? Zwänge?«

Er grinste schwach. »Ich mag keine Wasserringe auf Glastischen. Oder Holztischen. Auf jeder Art von Tischen.«

»Fällt es dir schwer, deine Gefühle unter Kontrolle zu halten?«

»Seit Samstag wird es jeden Tag schlimmer ...«

»Und davor?«

»Nein.«

»Fühlst du dich manchmal fremd in der Welt? Losgelöst?«

»Wer tut das nicht?«

»Losgelöst von deinem Körper?«

Er schüttelte den Kopf.

Minden ließ seine Hände los, stand auf. »Lass uns schlafen gehen.«

242

»Du meinst«, fragte er mit gewöhnungsbedürftiger Schüchternheit, »ich bin gesund?«

»Auf jeden Fall würdest du dich daran erinnern, wenn du in den letzten Tagen jemanden umgebracht hättest.«

»Bist du sicher?«

»Ich kann dich beruhigen: Du bist nicht krank«, sie lächelte ihn aufmunternd an, »du bist einfach nur ein selbstverliebtes Arschloch.«

33

Kleinrädl hatte Schlanghain seinen Dienstwagen überlassen und war mit einer Streife zu Schloss Nymphenburg gefahren. Ursprünglich war die Ausstellungseröffnung für den späten Nachmittag angesetzt worden, aber weil die Anti-Bundeswehr-Demo in der Innenstadt für den frühen Abend angemeldet war, hatte die Verteidigungsministerin sich überreden lassen, ihr Statement bereits um 11:30 Uhr zu verlesen. Zwei Hochrisikoveranstaltungen parallel zu stemmen hätte Brandners Kapazitäten gesprengt.

Die östliche Gartenanlage war bereits großräumig abgesperrt. Am Zaun patrouillierten Gruppen der Bereitschaftspolizei. Es war ein drückend heißer Tag – Kleinrädl hätte ungern in der Haut der schwer gepanzerten Männer und Frauen gesteckt. In der Absperrung war nur noch ein kleiner Durchgang offen. Der Beamte, der Kleinrädl kontrollierte, sprach in sein Funkgerät und reichte den Ausweis zurück. Ohne Anmeldung könne er niemanden auf das Gelände lassen.

»Ich leite die Ermittlungen«, sagte Kleinrädl ohne große Leidenschaft. »Fragen Sie den PP.«

Der Mann zögerte, sprach dann noch einmal in sein Funkgerät, ob der Herr Polizeipräsident erreichbar sei. Eine halbe Minute später trat er zur Seite und ließ Kleinrädl passieren.

Auf den schlosseigenen Parkplätzen reihten sich Polizeifahrzeuge Stoßstange an Stoßstange, darunter auch Busse mit Ingolstädter und Augsburger Kennzeichen. Außerdem entdeckte Kleinrädl das Kürzel BP für die Bundespolizei.

Eine Kolonne aus schwarzen Transportern mit getönten Scheiben parkte direkt auf dem Vorplatz des Hauptgebäudes. Die Spezialkräfte des BKA.

Kleinrädl hatte eigentlich ein gutes Bild von Verteidigungsministerin Salp. Sie besaß eine erfrischend hemdsärmelige Art, und dass sie dabei ab und zu Leute vor den Kopf stieß, lag in der Natur der Sache. Aber wenn er den irrsinnigen Aufwand sah, der hier betrieben wurde, begann er zu zweifeln. Wie lange würde ihre Rede dauern? Zehn Minuten, vielleicht zwanzig? Und danach wären Gesellschaft und Armee wieder versöhnt? Unwahrscheinlich. Sicher – dass die Ministerin sich nicht einschüchtern lassen wollte, konnte er nachvollziehen. Eine Absage der Veranstaltung würde Wasser auf die Mühlen derer sein, die den deutschen Staat am Ende sehen wollten. Zugleich würde Kleinrädl sich nicht wundern, wenn die Show nach hinten losging: Die Staatsmacht wollte ihre Überlegenheit demonstrieren, indem sie sich mit allen bewaffneten Beamten umgab, die Süddeutschland zu bieten hatte? Da hatte wohl jemand eine halbgare Idee nicht zu Ende gedacht.

In einem abgetrennten Bereich hinter den symmetrisch angelegten Wasserbecken entdeckte Kleinrädl eine Reihe von Übertragungswagen. Es waren nicht allzu viele – nur *BR*, *ZDF* und die großen Privaten waren zugelassen worden.

Kleinrädl fragte sich zum Lagezentrum durch. Man schickte ihn in den ersten Stock des Mittelgebäudes. Der Stab bestand aus einem Dutzend Leute, die sich alle um dieselbe leuchtende Glatze versammelt hatten: Polizeipräsident Brandner hatte persönlich die Einsatzleitung übernommen und war gerade dabei, den Chef der Sicherungsgruppe vom BKA vorzustellen, Jaroslaw Lemberg, einen drahtigen kleinen Mann in Kampfmontur.

Unter den Anwesenden erspähte Kleinrädl auch Anka Noris, die Unglückliche, die den Wahnsinn zu koordinieren hatte. Während Lemberg begann, das Sicherheitskonzept auszuführen, trat Kleinrädl an Noris heran und fragte sie leise, ob sie nicht eigentlich für die Demo am frühen Abend zuständig sei.

Ja, gab sie zu, aber ihre Einheiten seien alle hier zusammengezogen, sie könne erst am Nachmittag die Aufstellung für die Demo abschließen.

»Viele Überstunden«, brummte Kleinrädl.

Noris zuckte die Schultern.

Ihre lakonische Haltung überraschte ihn nicht. Wer in der Hundertschaft war, mochte es üblicherweise dreckig – aber in der Hitze den ganzen Tag in Einsatzmontur zu verbringen, war allein schon physisch eine Herausforderung. Zum Glück war das nächste EM-Spiel in München erst am Dienstag.

Lemberg kam zu den Positionen der Scharfschützen. Vier Teams auf den Dächern der Schlossanlage, vier weitere im Park verteilt.

Kleinrädl räusperte sich. »Was ist mit den angrenzenden Straßen? Den Schrebergärten?«

»Was soll damit sein?« Lembergs Entgegnung kam überraschend scharf. Augenscheinlich war er kein Freund von Zwischenfragen.

»Sind sie gesperrt?«

»Von keiner Stelle des öffentlichen Raums aus gibt es einen direkten Blick aufs Rednerpult, dafür ist die Parkbepflanzung zu dicht.«

»Die Mauern sind nicht besonders hoch. Gerade dass die Bepflanzung so dicht ist, ermöglicht es Unbefugten, unbemerkt auf das Gelände zu kommen.«

»Wir haben zwei Hubschrauber im Einsatz, Hunde, Spezialkräfte.«

»Wie kommt die Ministerin aufs Gelände?«

»Ich weiß, worauf Sie hinauswollen. Aber ihre Limousine hat eine viel höhere Widerstandsklasse als der Wagen, in dem Neurieth erschossen wurde ... wer ist der Mann überhaupt?« Die Frage war an Brandner gerichtet.

»Unser leitender Ermittler der Soko Neurieth«, antwortete der Polizeipräsident, »Hauptkommissar Kleinrädl.«

»Kriminaldezernat also.« Lemberg rümpfte die Nase. »Meines Wissens sind Sie erst zuständig, wenn das Kind bereits in den Brunnen gefallen ist. Den Personenschutz können Sie getrost uns überlassen.«

»Sein Team hat das Täterprofil erstellt, das ich Ihnen geschickt hatte«, warf Brandner ein. Er mochte ein bissiger alter Hund sein, aber wenn es drauf ankam, stellte er sich vor seine Leute, das musste man ihm zugestehen. Den ersten Teil dieses Satzes hätten sicher auch Kleinrädls Leute über ihren Chef gesagt – aber den zweiten?

»In diesem Fall, Herr Hauptkommissar«, sagte Lemberg wenig versöhnlich, »sollten Sie ja wissen, wie gefährlich die Lage ist. Möglicherweise ersparen Sie uns Ihren Senf und lassen uns unsere Arbeit machen?«

Kleinrädl erwiderte nichts mehr. Lembergs Hochmut erinnerte ihn zu sehr an von Holl, als dass er das Bedürfnis verspürt hätte, diesen unnützen Kampf weiterzuführen. Wieder einmal sah er seine These bestätigt, dass das BKA selbstgefällige Saubeutel anzog wie Baustrahler die Motten.

34

An der Decke hing eine Ikea-Lampe. Von Holl schloss die Augen. Öffnete sie wieder. Die Ikea-Lampe hing immer noch da. Wo war er? Auf seiner Zunge lag der herb-süße Geschmack von Erbrochenem. Hatte er getrunken? Kaum, dass er den Gedanken gefasst hatte, meldete sich sein Schädel und bejahte nachdrücklich. Seine Kehle war schmerzhaft trocken, rau. Er drehte den Kopf – es war eine Qual. Eine billige Musikanlage auf einem Ikea-Sideboard. Ein Regal mit belangloser Gegenwartsliteratur. Wo zum Henker war er?

Er hatte das unangenehme Gefühl, dass er das eigentlich wissen sollte.

Es klingelte.

Er drehte sich zur Seite, drückte das Kissen aufs Ohr. Besuch war das Letzte, was er gerade gebrauchen konnte.

Schritte in der Diele, jemand ging zur Tür. Öffnete.

Von Holl versuchte sich vorzustellen, das Universum sei reine Einbildung. Er musste sich nur genügend konzentrieren, dann würde sich alles auflösen.

»Aufwachen, Schatz.«

Widerwillig spähte von Holl unter seinem Kissen hervor. »Inka? Was machst du hier?«

»Ich wohne hier.«

»Ikea? Wirklich?«

»Ich sehe, du hast deine Mitte wieder gefunden. Raus aus den Federn. Besuch für dich.«

»Wer?«

»Eine attraktive junge Frau in einem figurbetonten Hosenanzug.«

Fast wäre er drauf reingefallen. »Wie viel Uhr ist es?«

»Kurz vor halb elf.«

»Freitag?«

»Du bist wirklich geistesgegenwärtig heute.«

Grummelnd zog er sich das Kissen wieder über den Kopf. Vage erinnerte er sich daran, dass der Vorstand für Freitag irgendeine Sitzung anberaumt hatte. Konnte warten.

»Jonathan, die Dame wirkte recht entschieden in ihrem Wunsch, dich zu sehen.«

Stöhnend richtete er sich auf. »Kannst du mir ein Wasser bringen?«

»Schau mal da.« Sie zeigte auf eine Flasche neben der Couch, auf der er lag.

Stöhnend stemmte er den Oberkörper hoch. Nachdem er getrunken hatte, ging es ihm ein bisschen besser. »Wie bin ich hier gelandet?«

»Du wolltest wissen, ob du unter selektiver Amnesie leidest.«

Es klingelte wieder.

Von Holl schlug die Decke zurück und zog die Beine über die Sofakante. Zu seiner Überraschung war er vollständig bekleidet.

»Ich komm schon«, murmelte er und schwankte ins Badezimmer. Nachdem er seine Blase geleert und den Mund ausgespült hatte, ging er zur Wohnungstür.

Minden hatte doch die Wahrheit gesagt. Im Türrahmen stand Kleinrädls Kollegin und inspizierte ihre Fingernägel. Er war absolut nicht bereit für schöne Frauen.

Sie sah auf. »Endlich.«

»Was wollen Sie?«

»Wir arbeiten zusammen – vergessen?«

Von Holl hatte keine Ahnung, wovon sie sprach.

»Der Hauptkommissar erwartet Sie in Schloss Nymphenburg.«

»Auf.«

»Was?«

»Es heißt *auf* Schloss Nymphenburg. Soll da nicht die Verteidigungsministerin reden?«

»In einer Stunde, also los.«

Aus den Schemen des Rauschs traten die ersten Erinnerungen an die vergangene Nacht. »Er traut mir nicht – deswegen will er ein Auge auf mich haben, richtig?«

Schlanghain lächelte dünn. »Er schätzt Ihre Expertise. Kommen Sie.«

Eine halbe Stunde später erreichten sie die abgesperrte Freifläche auf der Ostseite des Schlosses. Es wimmelte von Polizei. Auf dem Weg hatte Schlanghain zwei Kaffee geholt, und mit jedem Schluck nahm von Holl die Welt wieder deutlicher als vertraute Angelegenheit wahr. Die Hitze war Öl ins Feuer seiner Kopfschmerzen, aber Schlanghain hatte ihm eine Ibu 600 gegeben, die zu helfen begann.

Die Zufahrt war mit mobilen Panzerigeln gesperrt worden. Nachdem sie ihre Ausweise gezeigt hatten, wurde Schlanghain angewiesen, den Wagen abseits zu parken. Zu Fuß durften sie weiter.

Vor dem Hauptgebäude blieb die Kommissarin stehen und sagte, Kleinrädl würde sie hier abholen, sobald es ihm möglich sei.

Was natürlich albern war, dachte von Holl. Es war kurz nach elf – wenn der werte Herr Hauptkommissar seine Hilfe brauchte, dann wohl nicht erst, nachdem die Verteidigungsministerin ihre Kalendersprüche aufgesagt hatte. Einen Einsatzleitwagen hatte von Holl nicht entdecken können, also drückte er einem Hundeführer seinen leeren Kaffeebecher in die Hand und ging die Außentreppe hoch, die in den ersten Stock führte. Der obere Treppenabsatz wurde von Mitgliedern der Sicherungsgruppe bewacht, ein klares Zeichen, wo sich das Lagezentrum befinden musste. Die Jungs wollten ihn aufhalten, aber er zeigte ihnen seinen Ausweis und schob sie zur Seite.

Das Erste, was von Holl auffiel, war die Unordnung. Vor cremefarben gestrichenen Wänden waren Klapptische zusammengeschoben worden, auf denen Laptops und Telefone um die Wette surrten. Das Walnussparkett erstickte unter einem beeindruckenden Kabelsalat. Flipcharts und Pinnwände schnitten die letzten Fluchtwege ab.

Von Holl vermutete mindestens drei Akteure, die auf ihre Pfründe pochten: die Münchner Polizei, das bayerische LKA und die Sicherungsgruppe des BKA. Und wahrscheinlich lief auch noch irgendwo ein Staatssekretär des Verteidigungsministeriums herum und beharrte auf protokollarischer Korrektheit.

»Warum überrascht es mich nicht, Sie hier drinnen zu sehen?« Kommissar Kleinrädl trat zu ihm, musterte ihn skeptisch. »Ich hoffe, Sie nehmen mir die letzte Nacht nicht krumm?«

Schwer zu sagen, wenn man sich kaum noch daran erinnerte. »Überhaupt nicht«, versicherte von Holl und schlug ihm auf die Schulter.

»Von Holl«, rief eine bekannte Stimme hinter ihm.

Er wandte sich um. »Lemberg. Sie leiten die SG?«

Einen Moment lang sahen sie einander kühl in die Augen. Es gab nur eine Sache, die von Holl mehr verabscheute als erwachsene Männer in kurzen Hosen: Männer mit verknöcherter Moral. Männer wie Lemberg. Der Leiter der Sicherungsgruppe war durch und durch Polizist, Korrektheit bis in die Haarspitzen. Ein Obrigkeitshöriger aus Überzeugung.

»Und Sie«, sagte Lemberg, »stehen mir im Licht.«

Von Holl war sich zu schade für eine Antwort und trat stattdessen zu den Fenstern, die die Sicht auf den eigentlichen Park im Westen der Schlossanlage öffneten. Auf den ersten Blick waren viel weniger Einsatzkräfte zu beobachten als auf der Ostseite, aber wenn man wusste, worauf man zu achten hatte, erkannte man schnell, dass alle neuralgischen Punkte besetzt waren. Von Holl sah auf seine Armbanduhr. Zehn nach elf. Zwanzig Minuten noch.

»Ist die Ministerin schon da?«

»Vergessen Sie's«, knurrte Lemberg. »Mein Einsatz.«

»Selbstredend.« Auf einem Tisch lag ein geöffneter Koffer mit Observationsequipment. Von Holl griff sich einen Feldstecher und spähte das Einsatzgebiet aus. Den Rasen, dessen Wege in barocker Symmetrie angelegt waren, den Wasserkanal, der sich ausgehend vom Schloss bis zum Ende des Parks erstreckte, rechts und links des Kanals den dichten Wald, der nur von zwei lichten Streifen durchbrochen war.

»Wie sichern Sie das Wohngebiet?«, fragte er.

»Welches Wohngebiet?«

»Das hinter den Gleisen, in der verlängerten Achse des Kanals.«

Lemberg verzog das Gesicht. »Das ist über zwei Kilometer entfernt.«

Von Holls Herz setzte einen Schlag aus. »Sie machen Witze, oder?«

»Wieso sollte ich?«

»Unsere Leute nutzen das DSR 1 ... Reichweite maximal zwölfhundert Meter.« Von Holl spürte das vertraute Kribbeln in den Fingern, wenn eine vermeintlich kontrollierte Lage im Begriff war, in ein Desaster zu münden. »Neurieths Mörder nutzte ein fünfziger Kaliber, wahrscheinlich eine BMG. Im Irakkrieg haben die Kanadier damit auf dreieinhalb Kilometer getroffen.«

»Jetzt lassen Sie mal die Kirche im Dorf«, knurrte Lemberg. »Einzelfälle in der Wüste lassen sich wohl kaum mit dem urbanen Raum vergleichen.«

Von Holl wandte sich an Kleinrädl. »Haben Sie ihm das verdammte Dossier nicht geschickt? Der Killer ist ein Profi ...« Er fuhr sich durch die Haare. »Schauen Sie mal raus, wir haben keinerlei Wind.«

Lemberg lachte auf. »Ja, aber Bäume sind da. Auch der beste Schütze kann nicht um Kurven schießen.«

»Es gibt drei Sichtachsen«, widersprach von Holl, mit jedem Wort ungeduldiger, »den Kanal und die beiden radialen Schneisen links und rechts. Sind Sie blind, Mann? Sie dürfen die Ministerin da nicht rauslassen.«

»Merken Sie, was Sie da tun, von Holl?«, fragte Lemberg kalt. »Dasselbe wie immer. Sie stellen sich in den Vordergrund. Aber wissen Sie was? Mir ist egal, woher Sie kommen. Für mich sind Sie nur ein erbärmlicher Forensiker – also verschwinden Sie aus meinem Lagezentrum.«

Entsetzt starrte von Holl ihn an. Dann suchte er die Gesichter der anderen Leute im Raum. Niemand rührte sich, niemand erfasste die Situation. Sein Blick traf auf Kleinrädl. »Funken Sie die Streifen im Westen an, die sollen ...«

»Von Holl«, knurrte Lemberg, »verschwinden Sie. Sofort. Oder ich lass Sie raustragen.«

Was für eine Farce. Von Holl zog sein Handy aus der Hosentasche, wählte Mindens Nummer.

»Ja?«

»Wo bist du?«

»In der Innenstadt, wieso?«

»Mit dem Auto?«

»Fahrrad. Was ist ...«

»Wie schnell kannst du zum Schloss kommen? Westsei-
te.«

»Nymphenburg? Zwanzig Minuten.«

»Und wenn du dich beeilst?«

»Zwanzig Minuten.«

Von Holl sah erneut auf die Uhr. »Lass die Ampeln weg.«

35

Als Minden die Dringlichkeit in von Holls Stimme hört, weiß sie instinktiv, dass es um alles geht. Sie lässt ihren Einkaufsbeutel fallen und rennt zum Fahrrad. Das Schloss wiegt anderthalb Kilo – sie sperrt auf und lässt es liegen. Zum Glück ist sie vorher schon auf dem Sattel gewesen, ihre Muskeln sind warm. Höchster Gang, Wiegetritt. Der Verkehr am Hauptbahnhof fließt zäh, was einen Vorteil bedeutet: Rote Ampeln sind weniger gefährlich. Auch in der Arnulfstraße bleibt sie auf der Autospur, obwohl der Radweg gut ausgebaut ist. Sie braucht den Platz, kann keine Rücksicht auf andere Radlerinnen nehmen. Kann keine Wurzel riskieren. Der Tacho zeigt einen achtundvierziger Schnitt an. Mehr ist nicht drin, sie trägt normale Turnschuhe. Ihr Handy vibriert, sie merkt es zu spät. Drei verpasste Anrufe von Holls. Im Fahren dreht sie sich einen Kopfhörer ins Ohr, aktiviert die Bluetooth-Verbindung. Ruft zurück.

»Wo bist du?«, ruft von Holl.

»Fünf Minuten«, keucht Minden. Die Lunge brennt. Ihr Puls wird inzwischen die Hundertachtzig überschritten haben. Sie setzt sich, muss langsam machen, muss zurück in den aeroben Bereich.

»Du musst auf die andere Seite der Gleise.«

Minden lädt den Stadtplan, der Schnitt fällt auf zweiundvierzig. Die kürzeste Route führt nördlich am Schloss vorbei. Wenig Verkehr auf der Notburgastraße, sie geht wieder aus dem Sattel. Zu ihrer Linken liegt das Schloss, hundertfünfzig Meter entfernt beginnen die Polizeibarrieren. Eine Sekunde, dann ist sie vorbeigerauscht, Wohnhäuser versperren den Blick. Sie konzentriert sich auf die Straße.

»Der Kanal fällt aus«, sagt von Holl mit der Ruhe des Kriegers vor der Schlacht. »Keine geeignete Abgabeposition auf der südlichen Sichtachse.«

Minden weiß nicht, wovon er redet. »Sag mir einfach, wo ich hinsoll«, keucht sie.

»S-Bahn-Station Obermenzing, dann links.«

»Und dann?«

Ein Lkw braust hupend an ihr vorbei. Der Luftzug treibt sie gefährlich nah an die Bordsteinkante.

»Nach hundert Metern kommt rechts eine Kindertagesstätte«, sagt von Holl. »Dahinter ein Wohnblock. Du musst beide Gebäude aufklären.«

»Keine sonst?«

»Zu wenig Zeit.«

Über ihr wummern Rotoren. »Gehört der Hubschrauber zu uns?«

»Vergiss den Hubschrauber.«

Minden erreicht die S-Bahn-Station. Schneidet den Gegenverkehr, als sie links abbiegt.

»Wo bist du?«, fragt von Holl. »Die Ministerin ist schon auf der Bühne.«

»Wie lange habe ich?« Auch wenn sie selbst nie ein Scharfschützengewehr in der Hand gehalten hat, weiß sie, dass ein schwieriger Schuss Vorbereitung erfordert.

»Zwei Minuten, max.«

Zu ihrer Rechten erscheint ein Gebäude mit bemalten Fenstern. Die Kita. Ein Grundstück weiter erhebt sich der Wohnblock, von dem von Holl gesprochen hat. »Wonach schau ich?«

»Von unten wirst du nichts sehen. Er muss auf einem der Dächer sein, sonst kommt er nicht über die Bäume.«

Minden springt vom Fahrrad und lässt es fallen, überlegt fieberhaft. An keinem der beiden Gebäude entdeckt sie eine Feuerleiter. Sechs Stockwerke. Fuck, denkt sie, dann rennt sie los. Das Grundstück, auf dem der Wohnblock steht, ist von einer Hecke geschützt. Sie läuft die Front eines Transporters hoch, springt von dessen Dach aus über die Hecke, rollt sich ab. Von einem Sandkasten schauen zwei Kinder auf. Sie rennt zum nächstgelegenen Fenster, springt auf die Fensterbank, von dort weiter zum untersten Balkon, bekommt das Geländer zu fassen, zieht sich hoch, springt. Die Griffe sind gut, ihre Muskeln erinnern sich an die Bewegungsabläufe – aber das letzte ernsthafte Training ist Jahre her. Nicht nachdenken. Fokus. Sie überlässt sich dem Adrenalin, schnellt Stockwerk um Stockwerk nach oben. Noch vier, noch drei. Auf einem Balkon faucht eine Katze, auf dem nächsten qualmt eine Rentnerin. Die Arme brennen. Die Beine brennen. Jetzt ein Faserriss, und es wäre aus.

In ihrem Ohr hört sie von Holls Stimme. Was immer ihn beschäftigt, muss warten. Zwei Stockwerke noch, eins. Eine Bastmatte ist in das Geländer eingeflochten, Minden bekommt eine der Streben nicht zu fassen, rutscht ab, hängt an einem Arm. Es ist der linke. Die Schulter zerfließt in siedendem Öl, fühlt sich an, als würde sie nur noch von den zwei Titanschrauben zusammengehalten.

Weiter.

Mit den Beinen nimmt Minden Schwung, federt sich hoch, die rechte Hand findet Halt. Doch schon rutscht sie wieder, der Schweiß ist ein fatales Schmiermittel. Noch nie ist sie ohne Magnesium geklettert. Sie kippt sich nach hinten, hebt einen Fuß am Kopf vorbei, krallt die Ferse in die Balkonkante. Die Entlastung reicht, um mit der linken Hand nachzugreifen. Mit einer letzten Kraftanstrengung hebelt sie sich nach oben.

Letztes Stockwerk. Das nahe Ziel gibt ihr einen Energieschub, den sie zum Sprung nutzt. Mit den Fingern hängt sie an der Dachkante, zieht sich hoch, rollt sich über die Kante. Die Aktion hat keine zwanzig Sekunden gedauert, trotzdem steht ihr Körper in Flammen.

Wo steckt der Schütze? Minden sieht niemanden. Das Dach ist flach, aber mehrere Aufbauten versperren die Sicht.

»Inka, wo bist du?«, ruft von Holl, die ruhige Beherrschtheit hat Risse bekommen.

»Oben. Auf dem Wohngebäude. Aber ich kann niemanden sehen.« Sie springt auf, rennt geduckt zu einem blechverkleideten Würfel ein paar Meter entfernt, späht den Bereich dahinter aus. Nichts. Sie huscht zum nächsten Aufbau. Was sie da tut, weist einen gewaltigen Haken auf: Sie hat keine Waffe. Sie sucht den Himmel ab. Zwei Hubschrauber, aber beide kreisen Kilometer entfernt über dem Schlosspark.

»Inka? Sprich mit mir.«

Nicht jetzt. Wenn es tatsächlich einen Schützen gibt, hat er sie noch nicht bemerkt. Sie atmet durch, dann wagt sie einen Blick aus ihrer Deckung. Ihr Herz schlägt dröhnend laut. Das Dach ist leer.

»Niemand.«

»Du bist dir sicher?«

»Ziemlich.«

»Was ist mit der Kita?«

Sie wendet sich um. Das Dach der Kita ist mit Solarpanels bedeckt. Und unter den Panels, auf der dem Schloss zugewandten Seite, liegt eine Gestalt auf dem Bauch. Sie trägt grau-weißen Flecktarn, verschwimmt fast mit dem Beton. Der Blick der Gestalt geht Richtung Osten, Richtung Schloss. Der Gegenstand, den sie vor sich platziert hat, ist schwer zu erkennen, aber es kann sich nur um ein Gewehr handeln.

»Ich habe ihn«, flüstert Minden.

Nachdem er von Lemberg aus dem Lagezentrum geworfen worden ist, steht von Holl in einem der angrenzenden Säle am Fenster. Den Feldstecher haben sie ihm gelassen.

»Verschwinde«, ruft von Holl ins Telefon, »mach, dass du da wegkommst!«

Vor dem Gebäude, direkt unter ihm, ist eine Bühne aufgebaut. Die Verteidigungsministerin trägt das gelbe Sakko, das sie zu ihrem Markenzeichen gemacht hat. Sie redet von Verantwortung und von gesellschaftlichem Zusammenhalt.

Von Holl stürzt ins Lagezentrum. »Wir haben ihn. Veranstaltung abbrechen. Sofort! Abbrechen!«

Lemberg blickt auf, beschwert sich, von Holl unterbricht ihn: »Scharfschütze, Westnordwest. Holt die Ministerin von der Bühne!«

Lemberg wird zornig. Von Holl hat keine Zeit für diesen Wahnwitz, jede Sekunde kann über Leben und Tod entscheiden. Er packt Lemberg, schreit ihn an. Auch er selbst wird gepackt, von Kerlen, die wissen, was sie tun. Er macht sich los, wieder geht eine kostbare Sekunde verloren.

Er rennt zum nächsten Fenster, reißt es auf. Von allen Seiten stürmen Einsatzkräfte auf ihn zu. In ihren Augen ist *er* die Gefahr. »Waffe!«, brüllt er, während sie ihn überwältigen. Es ist seine einzige Chance. »Er hat eine Waffe!«

Ohne die Gestalt aus den Augen zu lassen, schleicht sich Minden rückwärts von der Dachkante weg. Weiter hinten hat sie eine Dachluke gesehen, vielleicht gelingt es ihr, sie zu öffnen. Warum stehen die Hubschrauber immer noch tatenlos in der Luft? Was treibt von Holl bloß so lange?

Plötzlich nimmt die Gestalt den Kopf vom Zielfernrohr, reißt das Gewehr hoch, springt auf ein Knie, sieht sich mit angelegter Waffe um. Selbst die Sturmmaske ist grau-weiß gefleckt.

Entdeckt Minden.

Minden steht in der Mitte zwischen zwei Aufbauten, ohne Deckung.

Einen Wimpernschlag lang starren sie einander an.

Der Knall ist ohrenbetäubend.

Schwarz.

36

Nachdem Lemberg ihm so nachdrücklich zu verstehen gegeben hatte, dass er im Lagezentrum keine Hilfe war, holte Kleinrädl Schlanghain ab, die auf dem östlichen Vorplatz wartete. Das Erdgeschoss des Hauptgebäudes bestand aus einer Reihe offener Torbögen. Durch diese gingen sie auf die andere Seite des Schlosses, wo die Ministerin bereits mit ihrer Rede begonnen hatte. Auch hier gab es eine Außentreppe, von der aus sie einen guten Überblick über das Gelände gewannen.

»Wenn er es doch war, haben wir ihn direkt ins Allerheiligste geholt«, sagte Schlanghain.

»Sie meinen von Holl?« Kleinrädl sog an der Zigarette, die sie ihm gegeben hatte. »Er war es nicht.«

»Ist das Ihr berühmtes Bauchgefühl?«

»Nicht nur.« Verwundert stellte er fest, dass Schlanghains vorlaute Art ihn keine Nerven mehr kostete. »Ich habe vorhin mit unserer Psychologin telefoniert. Sie hat sich die Aufnahmen von der letzten Vernehmung angesehen und meinte …«

»Mund halten«, raunzte einer der Schränke der Sicherungsgruppe neben ihnen.

Schweigend rauchten sie und hörten den Floskeln der Verteidigungsministerin zu. Salp redete nur für die Kameras und ein paar schlaffe Banner. Die Honoratioren, die zu Hunderten für den eigentlichen Festakt geladen worden waren, hatte man noch nicht aufs Gelände gelassen. Vor dem Hintergrund des riesigen Parks sah die Handvoll an Presseleuten noch magerer aus.

Kleinrädl hatte mit schönen Worten nie viel anfangen können. Er ließ seine Gedanken schweifen, dachte an Sophia, die nächstes Jahr ihren Realschulabschluss machen würde. Terry wollte, dass sie danach aufs Gymnasium wechselte, aber Kleinrädl konnte sich seine Tochter nicht noch weitere drei Jahre in der Schule vorstellen. Sie war zu unstet, zu impulsiv für das Lernen aus Büchern. Sie musste etwas Praktisches machen, wie er damals.

Mit seinen Gedanken wanderte auch sein Blick – und aus dem Augenwinkel nahm er hinter sich im ersten Stock eine Lichtreflexion wahr. Ein Fenster wurde aufgerissen. Von Holl. »Waffe!«, brüllte dieser, andere warfen sich auf ihn. »Er hat eine Waffe!«

Alles geriet in rasende Bewegung. Spezialkräfte brachten ihre Maschinenpistolen in Anschlag, die wenigen zivilen Anwesenden suchten mehr oder weniger erfolgreich Deckung, der Personenschutz stürmte die Bühne, schirmte die Ministerin ab, schob, zerrte, trug sie in den Schutz der Torbögen.

Von Holl war bereits vom Fenster verschwunden.

Schlanghain hatte ihre Dienstwaffe gezogen, sah sich hektisch um. Als ob ihre 9-Millimeter einen Unterschied machen würde.

Ein Donnern überrollte die Welt.

Kleinrädl lag am Boden. Ohne sich bewusst dafür zu entscheiden, hatte er sich hingeworfen. Über ihm Befehlsgebrüll, schwere Stiefel, Hundebellen. Aber keine Rufe nach dem Notarzt, keine Schmerzensschreie, kein Gegenfeuer.

Auf wackligen Knien richtete er sich auf.

»Runter, Chef«, zischte Schlanghain, die am steinernen Treppengeländer in die Hocke gegangen war.

»Ich glaube, hier gibt's lohnenswertere Ziele als mich.«

Vor allem aber war der Knall deutlich leiser gewesen als am Mittwoch, der Schütze musste sich mehrere Kilometer entfernt befinden. Kleinrädl konnte sich nicht vorstellen, dass dieser einen weiteren Schuss abgeben würde.

Während die hochgerüsteten Bodybuilder um ihn herum immer noch nach Zielen für ihre automatischen Waffen suchten, eilte Kleinrädl die Treppe hoch und in den ersten Stock.

Auch im Lagezentrum kopfloses Chaos. Mehrere Leute brüllten in Funkgeräte. Von Holl lag auf dem Bauch, die Hände im Kreuz gefesselt, während Lemberg vor ihm kniete und auf ihn einschrie. Daneben stand Brandner, auf seiner Glatze glänzte der Schweiß.

»Warum ist er gefesselt?«, fragte Kleinrädl seinen Chef.

Brandner glotzte ihn verständnislos an. »Haben Sie sein Manöver gerade nicht mitbekommen?«

»Doch, natürlich. Er hat der Ministerin das Leben gerettet.«

»Sie meinen ...?« Aber Brandner war nicht auf den Kopf gefallen und brachte den Gedanken selbst zu Ende.

Kleinrädl wandte sich an Lemberg. »Lassen Sie den Mann frei.«

»Schon wieder Sie.« Lemberg sah kaum auf. Er packte von Holl am Hemdkragen. »Was sollte das? Was ...«

»Lassen Sie ihn frei«, wiederholte Kleinrädl. »Verdammt, sind Sie wahnsinnig?«

Jetzt sprang Lemberg auf. »Hören Sie«, schnaubte er, »ich werde Sie ...«

»Tun Sie, was er sagt.« Brandner. »Sie machen Personenschutz. Wir machen Festnahmen. Also.«

Einen Moment lang sah es so aus, als wollte Lemberg dem Polizeipräsidenten einen Kinnhaken verpassen, doch dann besann er sich und wies seine Leute an, die Handschellen zu lösen.

Von Holl rappelte sich auf. Die wenigen Sekunden, die man gebraucht hatte, um ihn unter Kontrolle zu bringen, hatten gereicht, um ihn übel zuzurichten. Hemd und Sakko waren zerrissen, sein Gesicht war von Schürfwunden übersät. Ein Ohr blutete. Auch die alte Wunde an der Stirn war wieder aufgeplatzt.

»Der Schuss ...«, fragte er. »Treffer?«

»Nichts bestätigt bisher«, sagte Brandner.

»Ihre Ablenkung«, sagte Kleinrädl. »Woher wussten Sie, dass ...«

»Die Kita südlich der S-Bahn-Station Obermenzing«, presste von Holl hervor. »Schicken Sie alles hin, was abkömmlich ist. Der Wohnblock dahinter, das Dach ...«

»Der Killer?«, rief Brandner. »Er ist dort?«

»Alles, hören Sie mich? Und finden Sie Inka.«

Auf dem Weg nach unten rief Kleinrädl Schlanghain an. Sie trafen sich an der östlichen Außentreppe, rannten zum Auslass der Absperrung. Schlanghain war ihm konditionell haushoch überlegen. Er schickte sie vor, um das Auto zu holen.

Gerade als er die Absperrung erreichte, brauste sie heran. Schwer schnaufend ließ er sich auf den Beifahrersitz fallen, befestigte die magnetische Signalleuchte auf dem Dach. Schlanghain raste los. Über den Polizeifunk verfolgten sie, wie Brandners Stab die Einheiten des Vollzugsdiensts koordinierte.

Als sie bei der Kita ankamen, standen auf der zugehörigen Wiese bereits mehrere Streifenwagen. Direkt darüber schwebte ein Hubschrauber. Zahlreiche Kinder drückten sich an den Fensterscheiben der Kita die Nase platt. In jeder Lautstärke heulten Sirenen, weitere Fahrzeuge trafen ein.

Von der Rückseite des Gebäudes winkte ein Polizeibeamter und hielt das Ende eines Seiles hoch. Kleinrädl eilte hin. Offenbar hatte der Schütze es zum Hinabklettern benutzt und dann zurückgelassen.

Der Mann wollte es Kleinrädl reichen, der schüttelte den Kopf. »Fingerabdrücke.«

Das Funkgerät des Beamten knarzte – man habe das Dach erreicht und eine Waffe gefunden.

Das klang nicht so, als hätte der Schütze sich ähnlich unbehelligt zurückziehen können wie derjenige am Mittwoch. Wo war Inka Minden? Kleinrädl nahm dem Beamten das Mundstück des Funkgeräts von der Brust. »Personen?«

»Nein, keine Personen hier.«

»Hier Heli A-12«, krähte es aus dem Funkgerät, »sitzende Person auf Gebäudedach im Westen.«

»Bewaffnet?«

»Negativ.«

»Vitalzeichen?«

»Keine erkennbaren.«

Kleinrädl presste die Augen zusammen, kämpfte um einen klaren Kopf. *Nicht noch eine Tote, bitte nicht.*

»Doch«, rief der Pilot jetzt, »Bewegung. Person hebt den Arm, stellt Blickkontakt her.«

Kleinrädl ließ das Mundstück sinken. In seinem Magen sackte etwas zusammen. Er stolperte ein paar Schritte, dann konnte er sich nicht mehr halten. Er stützte sich an einer Plastikrutsche ab und übergab sich vor Erleichterung.

37

Als von Holl aus der Schlossanlage rannte, erntete er verstörte Blicke. Ein Hund schlug an, ein Sani-Team wollte ihn aufhalten. Er scheuchte alle davon. Das bisschen Blut. Er war von Profis vermöbelt worden – keine unter den Schrammen, die nicht in ein paar Tagen von selbst heilen würde.

Jenseits der Absperrung sprangen gerade zwei Uniformierte in einen Streifenwagen. Von Holl winkte ihnen mit seinem BKA-Ausweis. Sie warteten, und auf seine Frage hin bestätigten sie, zur Kita zu fahren. Ob er einen Arzt brauche?

Von Holl kletterte bereits auf die Rückbank. »Los, geben Sie Gas.«

Die Beamten gehorchten, und ein paar Minuten später erreichten sie ihr Ziel. Es wimmelte von Einsatzfahrzeugen. Im Trubel erspähte von Holl Schlanghains blonden Pferdeschwanz, direkt daneben Kleinrädl. Er eilte zu den Ermittlern. »Minden?«

»Wohl auf dem Dach des Wohnblocks dort«, sagte Kleinrädl, »wir versuchen gerade …«

Das entsprechende Grundstück war von einer Hecke geschützt. Ohne sich aufzuhalten, brach von Holl durch das trockene Gestrüpp. Im offenen Eingang standen bereits Uniformierte und wollten ihm den Weg versperren, aber sein BKA-Ausweis war Gold wert. Sechs Stockwerke – er jagte die Treppe hoch. Mehrere Male musste er Polizisten zur Seite stoßen, die langsamer waren als er.

Oben standen ein paar weitere Beamte vor einer verschlossenen Tür.

»Was ist los?«

»Aufgang ist versperrt, wir warten auf das SEK. Sollte in zwei Minuten ...«

Von Holl trat die Tür ein und gelangte in den Wartungsraum der Haustechnik. In die Wand waren Sprossen eingelassen – er kletterte hoch, drückte eine Luke auf, war auf dem Dach. Drehte sich spähend um die eigene Achse. Wo war Minden? Ein Polizeihubschrauber schwebte über ihm. Er folgte der Blickrichtung des Piloten und entdeckte sie. Minden saß an einen blechernen Lüftungskanal gelehnt, die Füße aufgestellt, die Unterarme auf den Knien. Es sah lässig aus, beinahe harmlos, wäre nicht ihre ganze rechte Seite von Dreck und Blut und Ruß überzogen gewesen.

Als sie ihn sah, hob sie beiläufig eine Hand.

»Inka«, rief er erleichtert und rannte auf sie zu. »Schlimm?«

Sie lächelte matt.

Er sah sich um, entdeckte den schwarz qualmenden Fleck ein paar Meter weiter – die Einschlagstelle der Raufoss. »Er hat dich verfehlt.«

Minden schüttelte den Kopf. »Ich war zu überrascht, um irgendwas zu tun. Ich stand ohne Deckung da. Er hat mich nicht verfehlt. Er hat genau so getroffen, wie er es beabsichtigt hat.«

»Er wollte dich unschädlich machen, ohne dich umzubringen?« In von Holl stieg eine grässliche Ahnung auf. »Das kann nur eines bedeuten.«

Minden nickte.

Von Holls Sicht verschwamm. Blut war ihm in die Augen getropft, die Welt begann sich zu drehen. Hinter sich hörte er heraneilende Schritte und das Quäken von Funkgeräten. War es den ganzen Tag schon so heiß gewesen?

»Was machen wir jetzt?«, hörte er jemanden flüstern.

Er brauchte einen Moment, bevor er verstand, dass es Minden war. »Erst mal setzen«, murmelte er. Plötzlich kippte der Himmel zur Seite, alles war weich.

Minden hatte ihn aufgefangen, führte ihn vom Dach; als sie die Luke erreichten, war er bereits ausreichend bei Kräften, um alleine in den Technikraum zu steigen.

Es gab einen Fahrstuhl. Während sie warteten, murmelte von Holl: »Du hattest recht. Mit Basti.«

Sie antwortete nicht.

»Hoffentlich macht er keinen Scheiß, wenn sie ihn festnehmen.«

Aus dem Treppenhaus polterte ein SEK-Kommando hoch.

Der Fahrstuhl kam. Minden drückte den Knopf fürs Erdgeschoss. Nachdem die Türen sich geschlossen hatten, flüsterte sie: »Ich habe es ihnen noch nicht gesagt.«

»Wie?«

»Du befürchtest es doch selbst: Er wird sich wehren.«

Von Holl tastete nach der Naht an seiner Stirn. Angenehm fühlte sich die Stelle nicht an. »Bis zum Ende, ja.«

Der Fahrstuhl hielt, die Türen öffneten sich. Überall Polizei. Minden lehnte sich zu von Holl, wisperte: »Lass uns mit ihm reden.«

»Was? Du bist wahnsinnig.«

Eine Ärztin rannte auf sie zu.

»Er hätte mich umbringen können«, wisperte Minden hastig, »aber hat es nicht getan. Lass uns mit ihm reden.«

Die Ärztin blieb mit ratlosem Gesichtsausdruck vor ihnen stehen. Offensichtlich war sie unschlüssig, wem sie sich zuerst widmen sollte.

»Alles oberflächlich«, sagte Minden. »Haben Sie eine Limo?«

Die Ärztin schien nicht überzeugt, aber als weder Minden noch von Holl weitere Gesprächsangebote lieferten, führte sie sie zu einer Ansammlung von Fahrzeugen des Rettungsdienstes.

Es fand sich nur Apfelschorle, aber Minden war es zufrieden. Sie ließ von Holl trinken, trank selbst und gab die leere Flasche zurück.

»Kleinrädl«, warnte von Holl sie vor dem Kommissar, der gerade auf sie zukam.

»Es geht Ihnen gut?«, wandte sich Kleinrädl an Minden.

Sie nickte und schilderte kurz, was sie auf dem Dach erlebt hatte, ohne ihren Verdacht gegen Bastian zu erwähnen.

Von Holl fürchtete schon, dass sie bis auf Weiteres festgehalten würden, aber als Schlanghain ihren Chef für irgendetwas zu sich rief, nutzte Minden den Moment und fragte die Sanis, wann man denn nun ins Krankenhaus gebracht werde.

Der Coup gelang, eine Minute später brausten sie mit Blaulicht und Sirene ins Rotkreuzklinikum. An der Rezeption der Notaufnahme fingierte von Holl einen wichtigen Anruf und erklärte, die Untersuchung müsse warten. Den Protesten der Rezeptionistin hielt er seinen BKA-Ausweis entgegen, und schon waren sie wieder draußen.

Sie gingen zum Taxistand und stiegen ins vorderste Taxi. Der Fahrer schimpfte über Blut auf den Sitzen – von Holl nannte ihm eine Summe, die ihn schweigen ließ.

Zwanzig Minuten später erreichten sie Bastian Werkers Adresse am Perlacher Forst. Von Holl wies den Taxifahrer an zu warten.

Als sie auf der Straße standen, fragte er Minden, ob sie einen Plan habe.

»Wir gehen rein und sagen ihm, dass er sich stellen soll.«

»Das ist das Gegenteil eines Plans.«

»Vielleicht ist er ja überhaupt nicht da.« Minden ging zur Haustür und klingelte.

Nichts rührte sich.

»Nicht einmal die Hunde melden sich«, sagte Minden.

»Das hat nichts zu bedeuten.« Von Holl drückte selbst die Klingel. »Diamond, Schatz, wo steckst du?«, rief er. »Ruby?«

Schlurfende Schritte. Ein Riegel wurde zurückgelegt. Die Tür öffnete sich.

In Badelatschen und mit nassem Haar stand Bastian vor ihnen. Er trug nichts außer einem Handtuch der Krefeld Pinguine, das er sich um die Hüften geschlungen hatte. Seine verbrannte Gesichtshälfte schien die letzten Tage kein My besser geworden zu sein. »Was wollt ihr hier?«

»Können wir reinkommen?«, fragte von Holl.

»Gerade schlecht.«

»Krasse Tattoos«, sagte Minden. »Die Polizei ist hinter dir her.«

»Tatsächlich? Weshalb?«

»Würde ich ungern hier auf der Straße diskutieren.«

Bastian schlurfte zurück ins Haus, ohne die Tür zu schließen. Sie sollten es sich im Wohnzimmer bequem machen, während er sich anziehe, knurrte er.

Nachdem er im Badezimmer verschwunden war, flüsterte Minden: »Er hat kein Wort zu unserem ramponierten Aussehen verloren.«

»Ja«, nickte von Holl, »und dass die Polizei ihn suchen könnte, hat er ein bisschen zu lässig hingenommen.«

Als Bastian, gekleidet in Stoffhose und T-Shirt, den Raum betrat, war von Holl gerade damit fertig, Drinks zu mixen. »Eine Margarita, ein Munich Mule und ein Gin Tonic ... wer will was?«

»Ich passe«, sagte Minden.

»Ich auch«, sagte Bastian.

»Mehr für mich.«

»Wollen wir uns setzen?«, fragte Minden.

Bastian ignorierte die Frage. »Also, was soll der Spruch mit der Polizei?«

»Wo sind Ruby und Diamond?«, fragte von Holl.

»Bei meinen Eltern. Hab gerade Zeit für mich gebraucht.«

»Hast du die Rede der Ministerin gehört?«

»Nee, war sie gut?«

»Keine Nachrichten verfolgt?«

»War joggen.«

»Was ist los mit dir? Es ist der wärmste Tag des Jahres, und du gehst joggen statt zu trinken?« Von Holl griff nach dem Munich Mule.

»Mach mal langsam, Jonathan«, sagte Minden, »du bist vor einer halben Stunde kollabiert.«

»Auf die Frauen«, sagte von Holl und hob sein Glas. »Ohne die hätten wir uns schon längst in die Luft gejagt.«

»Lass das Gelaber, Jojo – was will die Scheißpolizei?«

»Sie denken«, sagte Minden, »dass du es warst, der Hossam und Clarissa umgebracht hat.«

»Sie können mir gar nichts.«

Von Holl stellte den Drink weg. Minden machte einen guten Job, aber das hier musste er selbst erledigen. »Basti«, sagte er und legte ihm die Hände auf die Schultern. »Du weißt, dass die Hölle uns nicht trennen kann ... Warst du es? Hast du sie umgebracht?«

Bastians Unterkiefer verkrampfte. Mit einer schnellen Bewegung schlug er von Holls Hände weg, drehte den Kopf zur Seite.

»Hast du sie umgebracht?«

Bastian hob den Blick nicht. »Und wenn? Was würde es ändern?«

»Es geht dir nicht gut, Basti«, sagte Minden, die am Bücherregal stand. »Du hast viel ausgehalten. Aber du bist keine Maschine. Du bist ein Mensch. Du kannst dein Leben nicht alleine meistern, egal, wie stark du bist.«

»Glaubst du, du kannst mich einlullen wie deine Kids, Inka?«

»Ich will dich nicht einlullen. Es bricht mir das Herz, dich so zu sehen. Lass dir helfen.«

»Du weißt gar nichts!« Er trat gegen den Couchtisch. Die Drinks schlugen auf dem Boden auf, bildeten dunkle Flecken auf dem Teppich.

»Ja«, sagte Minden, »ich weiß nichts. Aber ich glaube, dass du den falschen Weg gehst. Einen, der dich an einen Ort führt, wo du allein mit deinem Schmerz bleiben wirst.«

Bastian begann zu lachen. Nicht hysterisch, sondern kurz und gefasst. »Ich gehe den falschen Weg?« Noch einmal lachte er auf. »Inka, du bist eine Scheißkomikerin, geh auf die Bühne, Alter. Ich bin auf dem falschen Weg. Klar.« Er ging an die Bar, auf der noch die Flaschen standen, die von Holl für die Drinks gebraucht hatte, nahm eine Ginflasche und setzte sie an die Lippen. Nach drei Schlucken wischte er sich über den Mund, fixierte Minden. »Ich bin falsch? Wirklich? Die Welt ist ein Scheißhaufen, jeder labert von Werten, aber niemand steht für sie ein. Und dann schlagen alle die Hände überm Kopf zusammen und wundern sich. Scheiße. Wobei, das mit den Werten seh ich schon wieder zu optimistisch. Im Prinzip hat doch keiner mehr Bock auf irgendwas außer Kohle oder ein paar verfickte Klicks oder ein bisschen bedeutungsloses Rumgevögel ... halt die Fresse, Jojo. Jetzt bin ich mal dran.« Er wurde wieder ruhiger, aber seine Augen funkelten böse. »Ja, Inka, mir geht's nicht gut. Aber weißt du was – das gehört dazu. Dass man sich seinen Schmerzen stellt. Diese Scheißgesellschaft hat's verlernt, will nicht wahrhaben, dass die Dinge wehtun können. Warum kommen denn die Kids alle in deine Praxis? Weil sie checken, in was für einen Müllberg sie geboren worden sind.«

Wieder hob er die Flasche und trank. »Hossam hat's auch gecheckt. Und deswegen haben sie ihn fertiggemacht ...«

»Basti«, sagte Minden, und in ihrer Stimme lag eine erstaunliche Ruhe, »sie haben Hossam nicht umgebracht. Das warst du.«

»Weil er kaputt war. Weil sie ihn kaputtgemacht haben. Du weißt, was ich meine, Jojo. Anjirabad ...«

»Nein«, rief von Holl. Ihm wurde heiß. »Anjirabad hat nichts damit zu tun. Du kannst nicht ...«

»Er hat im Leben einen Sinn gesehen, der über Zahnzusatzversicherungen und Oktoberfest hinausging. Das haben sie nicht akzeptieren können. Er hat ihnen den Spiegel ihres Elends vorgehalten. Deswegen haben sie ihn kaltgestellt. Bis er nicht mehr konnte. Er wollte ein Buch darüber schreiben, wusstest du das, Jojo? Über Anjirabad. Er dachte, das Buch könnte ihn retten ... er wollte uns verraten ...«

»Das Buch sollte über den Abzug gehen«, sagte von Holl. Zumindest hatte Minden das ihm gegenüber behauptet. »Nur über den Abzug. Der war Jahre später. Und ...«

Bastian schleuderte die Ginflasche gegen die Glastür, die zur Terrasse führte. Die Flasche war massiv, dennoch zersprang sie in einem Splitterregen. Auch in der Tür hatten sich Risse gebildet. Er wandte sich wieder seinem Besuch zu. »Genug. Es reicht. Was versuche ich überhaupt, euch zu überzeugen. Ihr habt doch auch schon eure Höhle gefunden, in der ihr euch verkriechen könnt.«

»Du hattest deine Rache«, sagte Minden sanft. »Lass es gut sein.«

Er griff nach der Tequilaflasche, warf sie ebenfalls gegen die Terrassentür. Wieder regnete es Glas. »Rache? Es hatte nichts mit Rache zu tun! Ich wollte das Buch verhindern. Ich wollte, dass die paar Leute, die noch bereit sind, für ihre Werte zu sterben, nicht komplett durch den Dreck gezogen werden.«

»Du hast den Laptop aus der Wohnung geholt«, stellte von Holl fest.

»Und Clarissa?«, fragte Minden.

Bastian schnaubte. »Du hast sie doch kennengelernt.«

Minden war sprachlos. Auch von Holl wusste nicht, was es darauf noch zu erwidern gegeben hätte.

»So ein gerissenes Miststück«, sagte Bastian. »Sie hat Hossam nur geheiratet, weil sie dachte, ein KSK-Kommandeur mit Einwanderungsgeschichte ist gut fürs Image. Und natürlich, weil Vater ihn geliebt hat.«

»Hossam?« Von all den neuen Erkenntnissen heute war das diejenige, die von Holl am meisten überraschte. »Dein Vater? Dem schon die Spucke auf die Lippen tritt, wenn er nur irgendwo Tarnfleck sieht?«

Bastian kratzte sich an einer wunden Stelle im Gesicht. »Er hat diesen Tick, dass alle Deutschen einen kleinen Nazi in sich schlummern haben – und alle Ausländer sind die reinsten Wesen der Welt.«

Von Holl kam ein Gedanke: »Du hast erzählt, du hast mit ihm gesprochen, während Neurieth erschossen wurde. Wenn ihr euch so wenig ausstehen konntet – warum hat er dich gegenüber der Polizei gedeckt?«

Ein teuflisches Grinsen zog Bastians Mundwinkel auseinander. »›Gesprochen‹ ist zu viel gesagt. Ich habe ihn angerufen und ihm ein paar Vorwürfe gemacht. Das reicht, damit er loslegt und schimpft, bis die Sonne untergeht. War ja kein schwieriger Schuss, das ging sogar mit dem Gesabbel meines alten Herrn im Ohr.«

»Bis letzte Woche dachte ich noch«, murmelte Minden, »Clarissa ist das schwarze Schaf bei euch.«

»Wisst ihr, weshalb ich von dem Buch Wind bekommen habe? Clarissa hat es mir erzählt. Hossam hat den Fehler gemacht, sie ins Vertrauen zu ziehen. Sie wollte, dass ich es ihm ausrede. Zu viel schlechte Publicity, die ihr Business hätte beeinflussen können. Und ich wette, der Gedanke, dass das Buch erfolgreich werden, dass Hossams Bekanntheitsgrad ihren eigenen in den Schatten stellen könnte, hat ihr schlaflose Nächte bereitet.«

»Du hättest mit Hossam reden können«, bemerkte von Holl.

»Du bist lustig. Hab ich natürlich. Weißt du, was er gesagt hat? Ich soll aufwachen. Ich! Da habe ich gemerkt, dass ich alleine bin. Dass keiner mehr bereit ist, der Wahrheit ins Auge zu sehen.« Er öffnete die Bar, holte eine neue Ginflasche heraus, drehte den Verschluss auf.

»Und warum Neurieth?«, fragte Minden. »Salp?«

»Was hatten denn die Feldjäger mit der Sache zu tun? Die kamen doch nicht, weil sie besser darin wären, das Ding aufzuklären. Die sollten zeigen, dass die Bundeswehr lernfähig ist, selbstkritisch. Salp genauso. Alles nur Appeasement, statt dass mal jemand wirklich Verantwortung übernimmt. Warum redet die Verteidigungsministerin und nicht der Innenminister? Oder direkt die Bundeskanzlerin? Die ganze Welt rüstet auf. Das Problem ist doch nicht die Bundeswehr, das Problem sind all die anderen feigen Wichser, die nicht zugeben wollen, dass es ohne Militär nicht geht.«

Er nahm einen Schluck aus der Flasche. Ruhiger, geradezu nachdenklich fuhr er fort: »Nach der Hochzeit habe ich gemerkt, wie hoffnungslos es war. Wie die Presse gleich die albernen Parolen von meinem alten Herrn nachgeplappert hat. Also musste ich weitermachen. Musste zeigen, wie einsturzgefährdet alles ist. Klar, Neurieth war nicht der Schlimmste von allen, aber irgendwo muss man anfangen ...«

»Du hast geglaubt, ein amoklaufender KSK-Soldat schafft Sympathien für die Bundeswehr?«

»Ach, fick dich, Jojo.«

»Du musst dich stellen«, sagte Minden. »Das ist der einzige Weg.«

Bastian drehte sich zur Bar, beugte sich zum Fach mit den Flaschen. Etwas an der Bewegung war anders als zuvor. Bestimmter, zielgerichteter. Von Holls Kampfgespür schellte Alarm. Reflexhaft griff er sich an die Seite, wo sein Holster hing. Griff ins Leere – Lembergs Leute hatten ihn entwaffnet.

Im selben Moment fuhr Bastian herum, eine Pistole in der Hand. Zweieinhalb Meter, kein Hindernis bis auf ein Longdrinkglas.

»Denk nicht mal dran«, knurrte Bastian. »Ich habe Hossam erledigt. Glaubst du, bei dir halte ich mich zurück?«

Minden hatte die Arme gehoben, die Handflächen nach vorne. »Du hast mich auf dem Dach verschont. Du willst uns nicht töten.«

»Nein. Nicht, wenn ich nicht muss.«

»Was willst du dann?«

Einen Moment lang zögerte er.

»Du weißt es nicht?«, fragte von Holl. »Dann geh den leichten Weg. Dieses eine Mal. Für mich. Für Hossam.«

Bastians Muskeln spannten sich. Seine Augen wurden schmal, düster. Der Blick ließ keine Zweifel zu. Von Holl hatte ihn verloren.

»Für dich? Für Hossam?« Bastian lächelte kalt. »Ja. Das mache ich. Ich geh den Weg, den ihr aufgegeben habt. Genug geredet, linke Tür.«

»Basti, ich ...«, sagte Minden.

»Noch ein Wort, und ich schieße. Handys weg. Langsam.«

Sie zogen die Geräte hervor und ließen sie fallen.

Mit vorgehaltener Waffe drängte Bastian sie ins Schlafzimmer und wies sie an, den Bettvorleger zur Seite zu ziehen. Die Dielen darunter waren nur locker verlegt und leicht zu lösen. Unter ihnen kam eine stählerne Bodenluke zum Vorschein, die aussah, als gehörte sie zur Schleuse eines U-Boots.

»Aufmachen.«

Von Holl drehte das Handrad, klappte die Luke hoch. Ein dunkler Schacht tat sich auf.

»Rein da.«

Minden sah von Holl fragend an – er nickte. Sie begann zu klettern.

»Du auch, Jojo.«

Von Holl öffnete den Mund, aber Bastian schüttelte minimal den Kopf. »Sofort.«

Von Holl gehorchte. Kaum war er im Schacht, schlug über ihm die Luke zu. Die Welt wurde pechschwarz.

38

Vorsichtig tastete Minden sich durch die Dunkelheit. In ihrer Schulter pochte es. Hinter sich hörte sie von Holls Atem. Sie fand einen Lichtschalter, aber als sie ihn betätigte, blieb es dunkel.

»Hast du gewusst«, fragte sie, um etwas gegen die Beklemmung zu tun, »dass Basti Prepper ist?«

»Nein«, erwiderte von Holl. »Aber ich würde nicht behaupten, dass es mich überrascht.«

Der Raum war größer als gedacht. Mindens Finger erreichten einen Stuhl, einen Tisch, ein Spülbecken. Einen Durchgang zu einem Bereich mit Sofa und Fernseher. Auch hier ein Lichtschalter, auch hier kein Licht. Es war sehr kühl, und nach der Hitze oben begann Minden zu frösteln.

Vom Spülbecken ertönte Wasserrauschen. »Zumindest werden wir nicht verdursten«, sagte von Holl und drehte den Hahn wieder zu.

Neben dem Sofa stieß Minden auf eine Nische mit kompakt aneinandergereihten Konservendosen, die bis zur Decke aufgestapelt waren. »Verhungern auch nicht. Wobei jedes Essen eine Überraschung wird.«

»Falls es sich überhaupt um Essen handelt ...«

»Ich glaube nicht, dass er palettenweise Holzleim gebunkert hat.«

»Irgendwo muss ein Generator sein.«

»Mir würde schon eine Kerze reichen.«

Jeden Winkel der Anlage suchten sie ab und wurden dennoch nicht fündig. In der Küchenzeile gab es kein Geschirr, in der Waschnische keine Hygieneartikel. Ein Bett, aber ohne Matratze. An einer offenen Werkzeugkiste stieß Minden sich das Schienbein. »Er ist noch nicht fertig«, sprach sie den deprimierenden Schluss aus, den zu ziehen sie aufgeschoben hatte.

Sie hörte, wie von Holl die Sprossen hochstieg.

»Wo willst du hin?«

»Nachsehen, ob wir die Luke irgendwie aufbekommen.« Nachdem Minden von Holl minutenlang ächzen und fluchen gehört hatte, tastete sie sich zum Sofa zurück.

Kurz darauf setzte er sich zu ihr. »Keine Chance.«

Schweigend saßen sie da. Es war unwirklich still. Was hätte Minden für das Surren eines Kühlschranks gegeben. Wie lange mochten sie schon hier unten sein? Zwanzig Minuten? Zwei Stunden? Sie hatte keinerlei Zeitgefühl mehr.

»Wie geht's der Schulter?«, fragte von Holl.

»War mal besser. Und bei dir?«

»Ich mag die Ruhe, aber die Aussicht ist dürftig.«

Zum ersten Mal, seit sie ihn kannte, musste sie tatsächlich über einen seiner Sprüche lachen.

»Was ist los?«

»Nichts«, sagte Minden. »Ich habe nur gerade eine erschreckende Entdeckung gemacht.«

»Und zwar?«

»Dass ich dich mag.«

»Oh«, sagte von Holl, und sie glaubte, ein Lächeln herauszuhören, »den Fehler machen wenige.«

Minden hatte auf der Sofakante gesessen und rutschte jetzt nach hinten, bis sie das Rückenpolster spürte. Sie ließ sich gegen die Lehne sinken, streckte die Beine aus. Für den Augenblick gelang es ihr, über die Schmerzen in der Schulter hinwegzusehen.

»Ich versteh's nicht«, sagte von Holl.

»Basti?«

»Dass er von Hossam enttäuscht ist, okay, aber ihn direkt umzubringen? Oder Clarissa ... klar war sie nicht die umgänglichste Person, aber das eigentliche Problem hatte er doch mit seinem Vater. Und Neurieth, der ja wirklich überhaupt nichts mit der Sache zu tun hatte ... Wirklich, ich versteh's nicht.«

Minden schwieg.

»Ja, vielleicht gibt es auch nichts zu verstehen.«

»Ich glaube«, sagte Minden, »es ging nicht um Hossam oder die anderen.« Sie dachte an den Sprayer vor von Holls Villa, auf den Bastian losgegangen war. »Ich glaube, er hat sich alleingelassen gefühlt.«

»Unsinn, ich war ständig mit ihm unterwegs.«

»Habt ihr jemals darüber geredet, was euch bewegt, was euch wirklich beschäftigt? Nicht auf abstrakter Ebene, persönlich.«

»Natürlich ... also, klar ... also, ach scheiße.«

»Ich will überhaupt nicht darauf hinaus, dass es deine Schuld wäre. Ich habe das mit Hossam selbst erlebt, wie es ist, wenn jemand sich in seine eigene Welt zurückzieht.«

»Aber«, von Holls Stimme war rau, »warum so plötzlich? Es gab überhaupt keine Anzeichen ...«

»Ein Fahrradschlauch.«

»Was?«

»Ein Fahrradschlauch an einem Kompressor für Autos. Der Moment vor dem Knall hat nichts Besonderes an sich.«

In der Dunkelheit neben Minden knackte das Sofa. Aber von Holl sagte nichts mehr. Schweigend saßen sie da und lauschten in die Finsternis.

»Warum hast du eigentlich das Militär verlassen?«, fragte von Holl.

»Nach der Verletzung war klar, dass ich raus bin. Ich war zu alt.«

»Für den Sport. Aber du hättest ja auch als Therapeutin bei uns arbeiten können.«

»Hätte ich.« Sie seufzte. »Ich habe es mir nicht zugetraut. In einem Umfeld zu arbeiten, dass dich kaputtmacht.«

»Der Leistungssport zerstört dich genauso.«

»Physisch, ja. Aber euch hat man auch psychisch auseinandergenommen. Ich meine nicht nur die Einsätze – schon vorher, in der Ausbildung. Die meisten Menschen werden nicht gewaltbereit geboren. Du musst es ihnen antrainieren.«

Von Holl schwieg.

»Oder etwa nicht?«

Noch immer keine Antwort.

»Und du?«, fragte sie. »Warum bist du zum Militär? Ich will gar nicht wissen, wie viel Geld du hast. Du könntest ein Leben führen, von dem wir Normalsterblichen nur träumen. Und stattdessen wälzt du dich im Kugelhagel durch den Dreck?«

Sie spürte, wie von Holl sein Gewicht verlagerte.

»Deshalb. Weil ich alles hätte haben können. Das bringt auch ein paar unangenehme Aspekte mit sich. Zum Beispiel hast du überall Freunde – aber jede Freundschaft ist mit der subtilen Botschaft verbunden, dass es nur deine Funktion ist, die umworben wird, nicht deine Person. Als Erbe eines Rüstungsunternehmens kommt eine wohlfeile Abscheu dazu. Denn für den Reichtum ist man zwar nicht verantwortlich ... aber dafür, wie er zustande gekommen ist, dann irgendwie doch.« Nach einer kleinen Pause fügte er hinzu: »Ich weiß, ich habe kein Recht zu jammern. Du hast gefragt.«

»Du glaubst, dich beweisen zu müssen. Geht mir auch so. Was denkst du, warum ich in den Leistungssport gegangen bin. Du schindest dich, bis dein Körper auseinanderfällt, und zwei Tage nach deinem letzten Sieg bist du vergessen. Andere Leute pflegen Freundschaften, gründen Familien, kümmern sich um ihre kranken Eltern, entwickeln Beziehungen. Und du selbst? Siehst in jedem Menschen, der dir begegnet, entweder einen Konkurrenten oder einen Parasiten. Wir sind zwei Seiten derselben Medaille: Ich hatte das Gefühl, nichts wert zu sein, wenn ich nichts leisten würde – und du hattest das Gefühl, nichts wert zu sein, weil du nichts leisten musstest. Beides basiert auf demselben Weltbild: dass Leistung unseren Wert definiert.«

»Was wäre denn die Alternative? Dass es egal ist, was wir tun?«

»Ich finde, die Frage sollte eine andere sein: Nicht, was wir tun, sollte im Vordergrund stehen, sondern warum wir es tun. Zu leben sollte keine Frage des Erfolgs sein, sondern eine der Haltung.«

Das Gespräch brach ab. Mindens Schulter brannte. Die Seite, neben der das Geschoss explodiert war, machte sich ebenfalls bemerkbar. Trotz der niedrigen Temperatur spürte sie Schweiß auf der Stirn. Der Notärztin hatte sie noch vollmundig erklärt, dass alle Verletzungen oberflächlich seien. Inzwischen begann sie zu zweifeln.

»Ich muss pinkeln«, sagte von Holl.

»Ich auch«, sagte Minden.

Niemand rührte sich.

Es lag nicht an der Scham. Sie waren zusammen im Hochgebirge gewesen, da verlor man gewisse Hemmungen. Aber im Dunkeln zur Waschnische zu tapsen und das Klosett zu nutzen kam Minden wie das finale Eingeständnis vor, dass sie hier auf lange Zeit eingesperrt bleiben würden. Wenn das Schicksal es wollte, für immer.

»Glaubst du, sie finden uns?«, fragte sie.

»Erst müssen sie Basti finden. Aber das sollte nur ein paar Tage dauern. Er ist nicht ausgebildet für so was.«

»Darf ich dir eine Frage stellen?«

»Du willst wissen, was in Anjirabad passiert ist.«

Sie nickte. Dann fiel ihr ein, dass er sie nicht sehen konnte. »Ja«, sagte sie.

Von Holl atmete hörbar aus. Das Sofa knackte. »Was hat dir Hossam erzählt?«

»Nichts.«

»Aber du erinnerst dich daran, was unser damaliger Auftrag war?«

»Brunnen, Bildung, Sicherheit.«

»Bis 2013. Ich selbst, genauso wie Hossam und Basti, hatte meinen ersten Einsatz 2015, als die Taliban die Stadt Kundus zum ersten Mal wieder eingenommen hatten. Die Taliban wurden vertrieben, aber danach ging es für uns eigentlich nur noch um ein bisschen Alibipräsenz. Trotzdem sind wir noch ab und an zu den lokalen Stammesältesten gefahren. Die waren unsere beste Informationsquelle, was die Taliban und die Bedürfnisse der Bevölkerung betraf. Aber mit den Jahren wurde die Lage immer gefährlicher, also wurde die Anzahl der Patrouillen reduziert. Am Ende haben wir nur noch selten das Lager verlassen. Die Politik wollte uns raushaben, Hauptsache, keine Schlagzeilen mehr. Die wenigen Kontakte, die wir aufrechterhielten, liefen alle informell. Primär wegen Hossam. Er hat die Besuche immer wieder gegenüber seinen Vorgesetzten durchgeboxt. Er war ja für den Kontakt mit der lokalen Bevölkerung zuständig. Das wusstest du vermutlich.«

»Seit vorgestern.«

»Anjirabad war ein winziger Wüstenort nordöstlich von Kundus. Keine hundert Leute. Aber der Dorfälteste sprach Arabisch. Er und Hossam haben sich prächtig verstanden, konnten stundenlang über Dattelrezepte oder verschiedene Koranauslegungen diskutieren. 2019, als eigentlich alle nur noch auf die Heimreise gewartet haben, sind wir mit einer Gruppe von zwölf Mann und drei Fahrzeugen noch einmal nach Anjirabad aufgebrochen.« Von Holl verstummte.

Als er nach einer Minute immer noch nicht weitersprach, sagte Minden: »Wir können das Thema wechseln, wenn du möchtest.«

»Schon gut. Wir gerieten in einen Hinterhalt. Hossam saß gerade beim Begrüßungstee, als die Taliban angriffen. Sie hatten sich in den Dünen versteckt, und aus irgendeinem Grund war unsere Luftaufklärung gerade woanders unterwegs. Unsere Jungs haben sie trotzdem noch früh genug gesehen. Wir hätten abhauen können.« Er sprach nicht weiter.

»Dine meinte«, sagte Minden in die Stille, »nur du und Hossam hätten überlebt.«

»Ja. Wir sind nicht abgehauen.«

»Warum nicht?«

»Wir hatten Funkkontakt zum Lager, der zuständige Oberst hat uns den Rückzug sogar befohlen. Aber wir wussten alle, dass die Taliban das Dorf dem Erdboden gleichmachen würden, sobald wir weg wären. Als Strafe für die Kollaboration. Also hat Hossam entschieden, dass wir bleiben.« Er räusperte sich. »Es wurden immer mehr. Irgendwann haben wir gemerkt, dass es zu viele waren. Da war es zu spät.«

»Ihr habt keine Verstärkung bekommen?«

»Basti stand mit seinem Halbzug abfahrbereit im Lager.«

»Aber?«

»Was wohl. War unter einer Stunde nicht zu machen, und der Oberst wollte uns da so schnell wie möglich raushaben, nicht noch mehr Leute hinschicken.«

»Sie haben euch aufgerieben.«

»Es hat anderthalb Stunden gedauert. Zwei Fahrzeuge waren bereits zerstört, als Hossam aufgegeben hat. Wir sind mit dem letzten raus. Tom ist gefahren, fünfzehn Minuten lang, wie ein Rallyepilot. Wir haben erst gemerkt, dass er einen Bauchschuss hatte, als er vom Sitz gekippt ist.« Von Holls Stimme war brüchig geworden. »Ich habe das noch nie jemandem erzählt.«

Minden schwieg. Auf manche Dinge gab es keine passende Entgegnung.

»Die Luftaufklärung der Amis war am Ende mit dabei. Hossam und ich haben im Lager die Bilder gesehen. Was die Taliban mit Anjirabad gemacht haben. Sie haben die ganze Dorfgemeinschaft in einer Reihe aufgestellt. Dann ist einer mit einer Pistole an ihnen vorbeigelaufen und hat sie einzeln erschossen.«

Minden schluckte. »Auch die Kinder?«

»Die Jungen.«

Zaghaft tastete Minden nach links, fand seine Hand, ergriff sie. Sie spürte die kühlen Spuren, die die Tränen auf ihre Wangen zeichneten. Bastian hatte recht gehabt: Was wusste sie schon? Wie konnte jemand weiterleben, der so etwas hinter sich hatte?

»Alles okay?«, fragte von Holl. »Ich bin davon ausgegangen, dass in deiner Praxis jeden Tag großes Drama ist ...«

Minden nahm keinen Anstoß an seiner betont flapsigen Art. Als sie spürte, dass seine Hand unruhig wurde, ließ sie los.

»Wir haben Orden bekommen«, sagte von Holl, »der Rest der Gruppe auch, posthum.«

Offenbar konnte er der Stille aktuell nichts abgewinnen. Also fragte Minden: »Das waren mehr tote Bundeswehrsoldaten als beim Karfreitagsgefecht. Warum hat man in den Medien nichts davon gehört?«

»Ein deutscher Offizier trifft sich entgegen der offiziellen politischen Weisung mit einem afghanischen Dorfältesten, und am Ende sterben alle – niemand, wirklich niemand hatte Interesse daran, dass das an die Öffentlichkeit gerät.«

»Deswegen bist du ausgestiegen?«

»Wegen Hossam. Er hat es akzeptiert, dass wir den Mund halten. Er meinte, es wäre besser so. Er hat die Schuld bei sich gesucht. Irgendwann konnte ich es nicht mehr ertragen, in seiner Nähe zu sein. Immer, wenn unsere Blicke sich getroffen haben, habe ich Anjirabad gesehen.«

»Und du selbst hättest lieber geredet?«

»Ich weiß nicht. Es stimmt schon, es hätte die Menschen nur noch mehr von der Bundeswehr entfernt. Und ich kann mir nicht vorstellen, jemals etwas anderes zu machen. Wenn du einmal so intensiv gelebt hast, ist ein Alltagsjob nichts mehr für dich. Wie beim Rettungsdienst. Oder Freeriding.«

»Forensische Ballistik kann da mithalten?«

»Sagen wir so: Ich habe mir mein Schweigen bezahlen lassen. Hin und wieder geben sie mir aufregendere Jobs.«

»Ich nehme an, ich frage eher nicht nach Details ...«

»Kluges Mädchen.«

»Du musst an deinen Formulierungen arbeiten.«

Das Sofa knarzte, als von Holl sich hochstemmte. »Ich geh mal pinkeln.«

Während er sich zur Toilette tastete, wischte sich Minden eine letzte Träne von der Wange. Sie hatte nicht nur Druck auf der Blase, sondern außerdem Hunger. Vielleicht fand sich im Werkzeugkasten etwas, das als Dosenöffner herhalten konnte.

An der Luke knirschte es. Dann durchschnitt ein blendend heller Lichtstrahl die Dunkelheit. Reflexhaft hob Minden den Arm vor die Augen.

»Hallo?«, rief eine Frauenstimme. »Ist da jemand?«

Der erste Schock wich einer tiefen Erleichterung. »Ja, wir sind hier.«

»Polizei. Kommen Sie langsam ins Licht. Und zeigen Sie Ihre Hände.«

39

Nachdem von Holl sich die Hände gewaschen hatte, folgte er Minden mit nassen Fingern in die Oberwelt. Draußen war es immer noch hell. Im Schlafzimmer stand Kommissarin Schlanghain, eine Waffe in der Hand, die Mündung nach unten.

»Sie machen das absichtlich, oder?«, fragte er.

»Was?«

»Immer dann aufzuschlagen, wenn ich indisponiert bin ...«

»Sie sehen tatsächlich ganz schön erbärmlich aus.«

»Haben Sie Basti?«

In dem Moment kam Kleinrädl in den Raum. »Ist er der Mörder? Auch von Neurieth?«

»Positiv. Veranlassen Sie eine Ringfahndung. Er ist bewaffnet und gefährlich. Stellen nur durchs SEK.«

»Sie brauchen einen Arzt ...«

»Ich brauche eine Ringfahndung.« Von Holl verließ das Haus, entdeckte einen Wagen mit Signalleuchte und wartete ungeduldig davor, bis die anderen nachkamen.

Kleinrädl hatte das Telefon am Ohr, gab von Holls Anweisungen durch. Offenbar hatte er verstanden, dass die Zeit für Machtspielchen vorbei war. »Wohin?«, fragte er, während er den Wagen aufsperrte.

»Aschheim, Bastis Eltern. Er meinte, er hat seine Hunde dort gelassen.«

Kleinrädl und von Holl saßen vorne, Minden und Schlanghain auf der Rückbank. Aus der nächsten Seitenstraße schossen zwei graue Kleinbusse mit getönten Scheiben und

Signalleuchten auf dem Dach und setzten sich hinter sie. SEK.

»Also haben Sie schon geahnt, dass er es war«, stellte von Holl fest, »und sind trotzdem alleine rein.«

»Wir waren früher da als das SEK. Die Kollegin wollte nicht warten.«

»Sorry, Chef«, kam es von der Rückbank.

»Wie haben Sie uns gefunden?«, fragte Minden.

»Wir haben die Geodaten Ihres Handys ausgelesen«, sagte Kleinrädl in Richtung von Holls. »Bis vor einer Dreiviertelstunde. Dann haben wir es verloren, auf der Thalkirchner Brücke. Vorher war es hier ...«

»Seit wann haben Sie mich verfolgt?«, unterbrach ihn von Holl.

»Seit Mittwoch.«

»Und Wiesbaden hat das genehmigt?«

»Um ehrlich zu sein, habe ich das privat veranlasst. Im Übrigen wäre ich Ihnen dankbar, wenn die Angelegenheit unter uns bleibt.«

»Sie stinkender Sauhund.« Dann fügte er hinzu: »Das ist als Kompliment zu verstehen.«

»Danke. Wir wären trotzdem nicht so schnell da gewesen, wenn wir nicht Meldung von der Zentrale bekommen hätten. Ein Taxifahrer hat dort angerufen, er habe zwei vorgebliche BKA-Leute zu einer Adresse gebracht, die zufällig mit der von Werker übereinstimme.«

»Und den Zugang zum Bunker?«, fragte Minden.

»Blut auf dem Teppich«, sagte Schlanghain.

Sie waren bereits auf der Höhe des Ostbahnhofs. Wenn man an jeder Kreuzung Vorfahrt hatte, kam man erstaunlich schnell voran. Noch einmal fünf Minuten, und das Aschheimer Ortsschild leuchtete vor ihnen auf.

»Ich geh alleine rein«, sagte von Holl.

Kleinrädl griff nach dem Mundstück des Funkgeräts, das in die Mittelkonsole eingebaut war, und gab die Adresse durch. »Zielperson bewaffnet und gewaltbereit. Zwei Kampfhunde. Außerdem zwei Zivilpersonen, männlich, weiblich, Mitte siebzig. Zugriff.« Er fuhr auf den Seitenstreifen.

»Freigabe für Zugriff bestätigen«, kam es aus dem Funkgerät.

»Freigabe bestätigt.«

»Kampfhunde?«, rief von Holl entsetzt. »Und was soll ...«

Doch da rasten die SEK-Busse bereits an ihnen vorbei.

»Sie verdammter ...« Von Holl hieb mit der Faust auf die Frontverkleidung.

»Halten Sie sich zurück«, sagte Kleinrädl.

Viereinhalb Minuten lang herrschte angespannte Stille im Wagen.

Dann knackte das Funkgerät. »Objekt gesichert.«

Kleinrädl startete den Motor. »Zielperson?«

»Negativ.«

Die Busse hatten schon zwei Häuser vor der Adresse der Werkers geparkt. Kleinrädl fuhr direkt aufs Grundstück, hielt mit einem Rad im Blumenbeet. Mehrere schwer gepanzerte Einsatzkräfte standen am Hauseingang. Die Tür, die es dort mal gegeben hatte, war nur noch als Sperrholz zu gebrauchen. Etwas verloren blickten die Buchstaben C+M+B von der Zarge.

»Dürfen wir?«, fragte Kleinrädl die Türwache. Er erntete ein Nicken und betrat das Haus.

Von Holl folgte ihm auf dem Fuße. »Diamond? Ruby?« Wehe, die Kanaillen hatten den Mädchen was getan. Er hörte ein Knurren aus dem angrenzenden Raum, eilte hin und

sah die beiden Hunde in der Ecke eines altbacken einge-
richteten Wohnzimmers. Sie saßen auf den Hinterläufen,
fletschten die Zähne. Zwei Spezialkräfte hielten sie mit vorgehaltener Waffe in Schach. Als von Holl im Raum erschien,
drehten die Hunde erwartungsvoll die Köpfe.

»Nehmt die verdammten Dinger runter«, rief er den Polizisten zu. Dann ging er vor seinen Mädchen in die Knie.
Sie ließen sich nicht lange bitten, schlabberten ihn hingebungsvoll ab.

Hinter sich hörte von Holl, wie Kleinrädl strenge Fragen
stellte. Er wandte sich um und sah Bastians Eltern auf einem Sofa kauern, dessen hellblauer Bezug kein bisschen zu
den eierschalenfarbenen Gardinen passte.

Der flamboyante Herr Professor wirkte auf einmal kleinlaut: »Er war wirklich nur zehn Minuten da. Zum Verabschieden, hat er gesagt. Er hat gemeint, er will für länger in
den Urlaub. Hat kurz mit den Hunden gespielt und ist wieder gegangen.«

»Das ist alles? Hat er gesagt, wo er Urlaub machen will?«
Der Professor schüttelte den Kopf. Er war kreidebleich.
»Er hat gesagt, dass ...« Seine Lippen zitterten, der Blick
ging zu Boden.

»Was denn, Herrgott noch mal, spucken Sie's aus!«

»Dass er ... dass er vielleicht noch bei der Demo vorbei-
schaut.«

Kleinrädl stand starr, als hätte ihn der Blitz getroffen.
Doch schon einen Wimpernschlag später kam Leben in ihn.
Er sah sich nach von Holl um. Ihre Blicke trafen sich. Von
Holl nickte.

Als sie nach draußen stürmten, hätten sie beinahe Minden und Schlanghain über den Haufen gerannt. Kleinrädl
drückte seiner Kollegin den Autoschlüssel in die Hand. »Sie

fahren.« Dem Leiter des SEK rief er zu, das Ehepaar Werker dem Vollzugsdienst zu überlassen und in die Innenstadt zu kommen, sobald die Einsatzbereitschaft wiederhergestellt war.

Während Schlanghain den Wagen zurück Richtung Innenstadt jagte, funkte Kleinrädl die Einsatzleitung an. »Anka, was ist mit der Demo? Wurde die nicht abgesagt?«

»Offiziell schon. Aber in den sozialen Medien rufen verschiedene Gruppen dazu auf, trotzdem hinzugehen. Die Theresienwiese ist schon halb voll, wir haben vergeblich versucht, sie zu räumen. Uns fehlen die Kräfte.«

»Wir haben den dringenden Verdacht, dass der Scharfschütze die Demo benutzt, um weitere Ziele ins Auge zu fassen. Ihr müsst auf höchste Alarmbereitschaft gehen.«

»Sind wir, Erich. Wir kommen an die Grenzen unserer Kapazitäten. Die Leute sind seit heute Morgen durchgängig im Einsatz. Wir haben die ersten Ausfälle wegen Hitzekoller. Einer unserer Hubschrauber musste schon runter, weil zu viele Piloten ihre Höchstflugzeit erreicht haben. Wir versuchen gerade, Ersatz von der Bundespolizei zu bekommen. Aber das wird zu lange dauern, die Leute versammeln sich schon zur Hauptkundgebung.«

»Jesus Maria, blockiert die Bühne, nehmt ihnen die Mikros ab, lasst doch um Himmels willen niemanden sprechen.«

»Brandner sagt …«

»Mir ist egal, was Brandner sagt …«

»Der OB will auf die Bühne.«

»Der Oberbürgermeister?!« Kleinrädl schrie so laut, dass Schlanghain das Lenkrad verriss. Ein Sattelschlepper brauste ihnen hupend entgegen, gerade noch rechtzeitig bekam sie den Wagen unter Kontrolle.

Kleinrädl schien das Manöver kaum bemerkt zu haben. »Sind denn inzwischen alle wahnsinnig geworden? Warum hat man es ihm nicht ausgeredet? Ich fass es nicht …«

»Er glaubt wohl, die Veranstaltung so am schnellsten abwickeln zu können, ohne dass die Stimmung noch weiter hochkocht.« Selbst im Knarren des Funkgeräts klang Anka Noris bemerkenswert ruhig. Von Holl mochte Menschen, die sich unter Stress zu beherrschen wussten.

Kleinrädl stieß Flüche aus, die selbst Bastian beeindruckt hätten.

»Ich muss weiter«, tönte die Einsatzleiterin aus dem Funkgerät, »meld dich, wenn du was hast.« Sie beendete die Verbindung.

Erneut wetterte Kleinrädl los, dass es schepperte.

»Zur Theresienwiese?«, fragte Schlanghain, als er sich halbwegs beruhigt hatte.

»Immer noch windstill«, knurrte von Holl vom Rücksitz aus. »Basti schafft locker zweieinhalb Kilometer. Verdammt, in der Ukraine haben sie einen bestätigten Treffer auf knapp vier. Mit der Explosivmunition, die er benutzt, reicht ein Streifschuss. Die gesamte Innenstadt ist ein Gefechtsfeld.«

»Ich bin offen für Vorschläge«, sagte Kleinrädl.

Die Sonne stand tief – Bastian brauchte sie im Rücken, also musste er in den Westen. »Schwanthalerhöhe«, sagte von Holl. »Geben Sie mir Ihr Handy.«

Kleinrädl zögerte.

»Machen Sie schon.«

Endlich reichte Kleinrädl es ihm nach hinten, und von Holl öffnete Google Maps.

Minden beugte sich zu ihm, wollte etwas sagen.

»Was ist?«, fragte er. »Bestes Kartenmaterial.« Mürrisch fügte er hinzu: »Besser als unseres jedenfalls.«

»Das kann nicht dein Ernst sein.«

»Inka Minden, die Unschuld vom Lande.«

»Und im Einsatz nehmt ihr das auch?«

»Im Einsatz kommt alles von den Amis.« Von Holl wählte die Satellitenansicht der Münchner Innenstadt. Das Projektil wäre mehrere Sekunden unterwegs, also brauchte es ein stehendes Ziel. »Wo befindet sich die Bühne?«, fragte er nach vorne. »Wohin ist sie ausgerichtet? Von wie vielen Seiten einsehbar?«

Kleinrädl griff zum Funkgerät. Zwei Wortwechsel später hatte er die Antwort. »Nördlich der Bavaria, nach Süden ausgerichtet, von drei Seiten einsehbar.«

»Kann man sie drehen, Richtung Osten?«

Kleinrädl gab die Frage weiter. Seine Miene verriet die Antwort: Nein, konnte man nicht.

»Wohin jetzt?«, fragte Schlanghain, die bereits am Hauptbahnhof vorbeibretterte.

»ADAC«, entschied von Holl. »Einziger Bau mit geeigneter Sichtachse. Herr Kleinrädl, besorgen Sie uns Luftunterstützung. Und alles, was sonst noch da ist.«

Ein Taxi hielt in zweiter Reihe, und Schlanghain wich kurzerhand auf die höhergelegenen Tramschienen aus. Die Stoßdämpfer krachten. Ohne Navi jagte sie weiter, nahm mit quietschenden Reifen die Linkskurve an der Donnersbergerbrücke. Eine halbe Minute später erreichten sie die ADAC-Zentrale: Auf einem wabernden fünfstöckigen Sockel erhob sich ein gelbes Ungeheuer von weiteren achtzehn Geschossen. Der Wagen rollte noch, als von Holl bereits heraussprang und ins Foyer rannte.

»BKA«, rief er, »wir müssen aufs Dach.«

Die Empfangsdamen sahen gelassen auf. »Der Kollege ist schon oben.«

»Welcher Kol… verdammt … wie kommt man hoch?«

»Fahrstuhl. Aber Sie brauchen eine Schlüsselkarte. Die haben nur die Haustechniker.«

»Dann besorgen Sie uns einen.«

»Bitte schön.« Eine der Damen zeigte auf den Mann in Arbeitskleidung, der gerade aus einem der Fahrstühle getreten war. Von Holl eilte ihm entgegen.

»Entschuldigung«, rief es hinter ihm. »Könnten wir erst Ihren Ausweis sehen?«

Von Holl schleuderte der Frau seine Karte entgegen, drängte den überrumpelten Techniker zurück in den Fahrstuhl. Zu fünft ging es aufwärts. Von Holl barst vor Ungeduld. Kleinrädl bellte in sein Handy, bis er merkte, dass das Netz flöten gegangen war. Schlanghain überprüfte ihre Waffe. Minden hielt sich die Schulter. Der Haustechniker pfiff leise und schief etwas vor sich hin, das vage an die Titelmelodie von *Game of Thrones* erinnerte.

»Können Sie das lassen?«, fragte Kleinrädl.

Der Techniker verstummte.

Der Fahrstuhl hielt. Sie gelangten in einen kleinen Gang, der an einer Brandschutztür endete. Der Techniker schloss auf und führte sie in eine Halle, die vollgestellt war mit zischenden und brummenden Maschinen. Noch eine Brandschutztür, und sie standen auf dem Dach. Doch der Blick war versperrt, ringsum waren Sichtschutzwände montiert.

»Damit es von außen schick aussieht«, erklärte der Techniker unnötigerweise.

»Wo ist unser Kollege?«, fragte von Holl.

»Kommen Sie.« Der Techniker duckte sich unter einem Lüftungskanal hindurch und ging auf eine Stelle in der Sichtschutzwand zu, wo eine Tür eingelassen war. Sie war mit einem einfachen Riegel gesperrt. Als der Techniker den

Riegel zurückschieben wollte, packte von Holl ihn am Arm. »Warten Sie hier.«

Er wandte sich an Schlanghain. »Ihre Waffe.«

Sie sah zu Kleinrädl, der nickte.

Mit Schlanghains Pistole in der Hand öffnete von Holl die Tür und trat hindurch. Die Sicht ging nach Südwesten und war atemberaubend: Laim, Sendling, Hadern verbanden sich zu seinen Füßen zu einer Spielzeugstadt. In der Ferne zackten die Alpen den Horizont. Die Kante des Dachs hatte nur eine kniehohe Brüstung, die wohl eher dem Zweck diente, dass kein Regenwasser die Glasfassade hinunterlief, als dass sie Menschen vorm Absturz bewahren sollte. Trotz der Höhe ging keinerlei Wind. Perfekte Schussbedingungen. Der Turm besaß den Grundriss eines Dreiecks mit abgerundeten Ecken. Die Längsseite lag in Ost-West-Richtung. Von Holl musste zur Ostecke. Während er die Sichtschutzwand entlangschlich, entsicherte er die Pistole. Von der Innenstadt her näherte sich ein Hubschrauber. Von der Hansastraße unter ihm drangen Sirenen hoch. Der Schweiß lief ihm in die Augen.

An der östlichen Spitze des Dreiecks sah er das aufgebockte Gewehr. Ohne Schützen. Hinter sich hörte er die Schritte der anderen. Verdammte Zivilisten. Noch fünf Meter bis zur Ecke. Von Holl hob die Waffe, näherte sich Schritt für Schritt.

Hinter der Kante schoss eine Gestalt hervor.

Von Holl riss die Waffe hoch, stabilisierte mit der freien Hand.

Starrte in die Mündung einer Pistole.

Keiner drückte ab.

Keiner senkte seine Waffe.

»Jojo.«

»Basti.«

»Ich habe dir gesagt, ich bring dich um.«

Von Holl ließ seine Pistole sinken. Eines seiner Augenlider flatterte. »Und dann?« Er neigte das Kinn leicht in die Richtung des herannahenden Hubschraubers. In der offenen Seitentür saß ein Präzisionsschütze. »Was hättest du gewonnen?«

Bastian zielte auf von Holls Stirn, der Lauf lag wie festgenagelt in der Luft. »Es geht nicht ums Gewinnen. Es geht darum, ob man kämpft. Weißt du, wer das gesagt hat?«

»Hossam.« Von Holl ging langsam in die Knie, legte Schlanghains Pistole auf den aus Waschbetonplatten zusammengefügten Boden. Mit erhobenen Händen richtete er sich wieder auf. »Weißt du, was er auch gesagt hat?« Das Wummern der Hubschrauberrotoren war so laut geworden, dass er die Stimme heben musste. »Dass nur ein ehrloser Gott einen Träumer wie ihn und einen Zyniker wie mich zu Freunden hat machen können. Aber es war kein Gott. Du warst es.«

»Laber mich nicht voll, Jojo, ich jag dir eine Kugel in den Kopf.«

Aber er schoss nicht.

Von Holl fuhr fort. »Du warst der Kitt. Du hast nichts beschönigt und nichts verhöhnt. Du warst immer ehrlich …«

»Lassen Sie die Waffe fallen«, dröhnte es aus den Lautsprechern des Hubschraubers. »Ich wiederhole: Lassen Sie die Waffe fallen.«

»Du hast uns beide so genommen, wie wir sind«, rief von Holl über den Rotorenlärm hinweg. Hinter sich nahm er Bewegung wahr – er beachtete sie nicht. Er hatte keine Zeit mehr. Der Hubschrauberschütze würde schießen, maximal eine Warnung noch.

»Basti. Leg die Waffe weg. Bitte.«

Bastians Blick bekam etwas Leeres. Es war dieselbe Leere, die von Holl schon in der Wohnung wahrgenommen hatte, bevor Bastian ihn und Minden in den Bunker gesperrt hatte.

»Basti, hör mir zu. Hossam hätte ...«

Bastian hob die Waffe, drückte den Lauf unters Kinn.

»Nein! Basti!«

Der Schuss fuhr durch von Holl, als wäre er selbst getroffen.

Wie in Zeitlupe sah er, dass Bastians Körper sich zur Seite neigte, seine Beine wegknickten, er auf den Waschbeton fiel. Kein Aufschlag war zu hören, der Hubschrauber schluckte jedes Geräusch.

Von Holl stürzte zu ihm, fühlte mechanisch seinen Puls, ein hilfloser Akt, es gab nichts zu retten, es war vorbei, das Spiel war verloren.

Alles war Nebel und rauschende Stille. Einsatzkräfte des SEK brüllten auf ihn ein, Minden zerrte an ihm, von der Straße drangen Sirenen hoch. Nichts davon bedeutete mehr als das unabänderliche Tänzeln der Zeit, das niemals nachlassen würde und doch so selten gewichtig genug war, um Spuren zu hinterlassen.

Von diesen haltlosen Minuten auf dem Dach der ADAC-Zentrale blieb von Holl nur ein einziges Bild in Erinnerung: Erich Kleinrädl, der an der Kante stand und rauchte. Aber das konnte nicht stimmen. Der Mann hatte eine geradezu lächerliche Höhenangst.

SAMSTAG

40

Es hatte geregnet. Völlig überraschend und auch nur kurz. Als schwere schwüle Decke hatte sich die Hitze bereits wieder über die Stadt gelegt. Julie stand in Schwabing und atmete tief durch. Wie die gesamte Soko hatte sie bis Dienstag freibekommen. Für den Nachmittag hatte sie sich mit Freundinnen an der Isar verabredet, aber vorher musste sie noch eine Sache hinter sich bringen. Sie ging zu der grün gestrichenen Tür auf der anderen Straßenseite. Gerade als sie klingeln wollte, öffnete von innen eine Rentnerin. Julie hielt ihr die Tür auf und trat selbst ins Treppenhaus. Im zweiten Stock fand sie das Klingelschild, das sie suchte.

Sie drückte den Knopf, hörte kurz darauf Schritte.

Eine Mittvierzigerin mit blonder Dauerwelle und dünnen Lippen öffnete. »Was wollen Sie?«

»Theresa Mayers?«, fragte Julie. »Ihr Ex-Mann schickt mich. Ich soll ...«

Die Frau wollte die Tür zuschlagen, Julie schob schnell den Fuß dazwischen. »Bitte, ich bin gleich wieder weg.« Sie zeigte das mit blauem Samt bezogene Kästchen, das Kleinrädl ihr mitgegeben hatte. »Für Sophia.«

»Verlassen Sie mein Haus«, keifte die Frau.

»Mama«, ertönte eine genervte Stimme aus der Wohnung, »kannst du leiser streiten? Ich will fernsehen.«

»Sophia«, nutzte Julie die Gelegenheit beim Schopf, »darf ich kurz mit dir reden?«

»Einen Teufel dürfen Sie«, zischte Frau Mayers, »sagen Sie Erich, dass er ...«

»Mama, wer ist das?« Leichte Schritte näherten sich.

»Zwei Sekunden?«, bat Julie und versuchte ihr einnehmendstes Lächeln.

Unter Theresa Mayers' Arm, der die Tür hielt, schob sich der Kopf einer Jugendlichen hindurch. Sophia war genauso blond wie ihre Mutter, aber es fehlte die Verkniffenheit von ein paar Jahrzehnten unglücklicher Lebenserfahrung. Um ihren Hals lagen gewaltige Over-Ear-Kopfhörer. »Was will Papa?«

Frau Mayers verzichtete auf weiteren Widerstand und gab die Tür weit genug frei, dass Sophia ins Treppenhaus treten konnte.

»Er wünscht dir nachträglich alles Gute zum Geburtstag«, sagte Julie, »und er hat ein kleines Geschenk für dich.«

Von der Mutter kam ein empörtes Schnauben. »Immer noch? Hat er es nicht kapiert? Wir wollen ihn nicht mehr in unserem Leben haben. Sagen Sie ihm ...«

»Was ist es denn?«, fragte Sophia.

Julie reichte ihr das Samtkästchen.

»Schmuck?«, zischte Frau Mayers. »Ich fass es nicht.«

»Mama, bitte sei mal leise jetzt«, sagte Sophia und nahm das Kästchen entgegen. Nachdem sie es von allen Seiten beäugt hatte, öffnete sie es. Es war eine Münze. Sophia zog die Brauen zusammen, hatte offensichtlich etwas anderes erwartet. Mit spitzen Fingern nahm sie die Münze aus ihrer Einbuchtung und musterte sie kritisch. Offenbar kam sie zu keinem befriedigenden Ergebnis.

»Darf ich?«, fragte Julie, die eine Vermutung hatte.

Sophia reichte ihr die Münze.

Ein Blick auf die Prägung bestätigte Julies Verdacht. »Weißt du, was *sober* heißt?«

Sophia schüttelte den Kopf.

»Dein Vater hat seit drei Jahren keinen Alkohol getrunken.«

»Wirklich?«

»Das steht hier.« Julie gab ihr die Münze zurück.

Mayers lachte auf. »Wer's glaubt.«

»Danke«, sagte Sophia, »na gut. Tschüss.« Mit der Münze in der Faust drückte sie sich an ihrer Mutter vorbei und verschwand in der Wohnung.

»Sagen Sie meinem Mann ...«

»Tut mir leid«, sagte Julie, »aber ich muss jetzt schwimmen gehen.« Sie war tatsächlich spät dran, auf keinen Fall wollte sie die Letzte im Wasser sein. Beschwingt lief sie die Treppe hinunter.

DREI MONATE SPÄTER

41

Mit jeder Woche, die verging, dachte Minden seltener an den Albtraum zurück, den sie im Sommer hatte miterleben müssen. Die Presse hatte sich auf neue Skandale gestürzt, die Praxis lief gut, und die Berge waren nah. Ein paarmal hatte sie mit von Holl telefoniert, in der Hoffnung, der Austausch könnte ihnen beiden guttun. Aber von Holl war so schlagfertig und glatt gewesen wie stets, weshalb sie ihn bald in Ruhe gelassen hatte.

Sein einziges Interesse schien sich auf die Ermittlungsergebnisse zu richten. Der BKA-Ausweis, mit dem Bastian sich Zugang zum ADAC-Gebäude verschafft hatte, war eine triviale Fälschung, in der Drogerie ausgedruckt und laminiert – aber welcher Laie wusste schon in einer Stresssituation, worauf er zu achten hatte. Peinlicher für die Polizei war der Trick, mit dem Bastian vom Kitadach bei Schloss Nymphenburg entkommen war: Er hatte eine Signalleuchte im Internet gekauft und auf die dunkle Limousine seiner Schwester gepackt. Die Luftaufnahmen der Hubschrauber bestätigten, dass er an zahllosen Einsatzwagen vorbeigekommen war. Kein einziger Beamter hatte sich über die falsche Fahrtrichtung gewundert. Die Befragungen ergaben, dass die Vielzahl der aktiven Behörden es unmöglich gemacht hatte, einen Überblick zu behalten, was gerade vonstattenging.

Minden schloss die Praxis ab, holte sich eine Nudelbox und setzte sich an die Isar. Es war ein ungewöhnlich kühler Septemberabend, sie hatte das Ufer fast völlig für sich. Nachdem sie gegessen hatte, schlenderte sie nach Hause. Joggen oder Sauna? Vielleicht beides. Bevor sie sich umzog, warf sie einen Blick in ihre privaten Mails.

Undine Schmidt hatte geschrieben.

Das Buch sei fertig, aber Baumann, die Literaturagentin, habe keinen Verlag gefunden. Das Thema sei veraltet, außerdem zu negativ, die Leute wollten leichtere Sachen, weniger Gesellschaftskritik. Allgemein mache sich wohl eine gewisse Kriegsmüdigkeit breit.

Niedergeschlagen schüttelte Minden den Kopf. Kriegsmüdigkeit. Dabei war der Krieg noch Tausende Kilometer entfernt. So wenig sie Bastians Handlungen entschuldigen konnte, in einem Punkt hatte er recht behalten: Die Menschen wollten ihre Ruhe. Und dafür waren sie bereit, jede Verantwortung von sich zu weisen, alles zu verraten, was ihnen vorgeblich wichtig war. Sie waren wie Kinder, die sich die Augen zuhielten, damit das Monster sie verschonen würde. Dem Suizid des »Bundeswehr-Mörders« war ein kollektives Aufatmen gefolgt; Gesellschaft und Politik hatten auf einen verwirrten Einzeltäter gehofft, hatten ihn gefunden und betrachteten den Fall als erledigt.

Da Hossams Mutter Aziza kein Interesse an dem Manuskript gezeigt habe, schrieb Schmidt in ihrer Mail, wolle sie es Inka überlassen. Die Widmung habe Schmidt gewählt, aber sie sei überzeugt, in Hossams Sinne gehandelt zu haben.

Minden öffnete den Anhang.

Die Innere Führung
Von Hossam Said

Für Inka

Niemand überlebt auf lange Sicht. Also kann es nicht nur ums Überleben gehen. Zwangsläufig muss es auch um das Wie gehen. Wie man überlebt. Oder, um es noch klarer zu sagen: wie man lebt.

Seit ich als zwölfjähriger Knirps zum ersten Mal gesagt habe, dass ich Soldat werden will, habe ich wieder und wieder die Frage gestellt bekommen: Warum? Und mit jedem Jahr, das ich diene, fällt es mir schwerer, diese Frage zu beantworten. Doch auf den folgenden Seiten will ich es versuchen ...

Minden ging weder joggen noch in die Sauna. Ohne Unterbrechung scrollte sie Seite um Seite durch das Dokument. Als ihr Nacken zu schmerzen begann, legte sie sich bäuchlings auf den Teppich, stellte den Laptop vor sich auf den Boden und las weiter. Es war kurz nach zwei Uhr nachts, als sie fertig war. Sie machte sich bettfertig, knipste das Licht aus und lag noch lange wach. Aber es war nicht schlimm.

Die Welt war ein Wunder. Hossam hatte es geglaubt. Und wer ihn erlebt hatte, konnte nicht anders, als es ihm gleichzutun.